王选

癸卯之秋

兰州

故乡那么辽阔为何还要远行

王选 著

江苏凤凰文艺出版社

图书在版编目（CIP）数据

故乡那么辽阔,为何还要远行 / 王选著. —南京：
江苏凤凰文艺出版社，2023.10
ISBN 978-7-5594-7875-7

Ⅰ.①故… Ⅱ.①王… Ⅲ.①散文集-中国-当代
Ⅳ.①I267

中国国家版本馆 CIP 数据核字(2023)第 130861 号

故乡那么辽阔，为何还要远行
王选　著

出 版 人	张在健	
责任编辑	项雷达　李　黎	
责任印制	刘　巍	
出版发行	江苏凤凰文艺出版社	
	南京市中央路 165 号,邮编:210009	
网　　址	http://www.jswenyi.com	
印　　刷	苏州市越洋印刷有限公司	
开　　本	880 毫米×1230 毫米　1/32	
印　　张	11.5	
插　　页	20	
字　　数	240 千字	
版　　次	2023 年 10 月第 1 版	
印　　次	2023 年 10 月第 1 次印刷	
书　　号	ISBN 978-7-5594-7875-7	
定　　价	56.00 元	

目　录

中秋记

冬至记

立春记

清明记

后记

端午记

仲夏端午。

端者，初也。

——《风土记》

馒头歌

大馒头，哪里来？

白白的面粉蒸出来。

白白的面粉哪里来？

黄黄的麦子磨出来。

黄黄的麦子哪里来？

庄农汉种出来。

——童谣

端午节在麦村，人们更习惯于叫五月端。

天晴，似乎和所有春末夏初一般，阳光亮堂，坦白。就连风也是透明的，带着槐花凋谢后的残香。

回家。和妻一道，去西湖车站坐车。西湖车站，倒是在城的西北边，但没有湖，甚至没有水，只有巴掌大的停车场，被四面高楼挟持着，异常局促。车站挤满西南路的乡村班车。

原先回麦村，没有直达车，车在山下一停，就得爬山，走回去。山路蜿蜒，坡陡难行，如果再提点东西，上山，得半个钟头，简直能挣死。坐车，也是如此，要步行下山，在梁村路口坐。后来，张村有人买了班车，把路线延伸到了麦村，麦村变成了始发点和终点，坐车方便多了。

我已经好多年没有走过那条上山的老路了。想必老路，也被荒草埋没了。

下午两点上车。车上人不多，稀稀拉拉，前后分散坐着。都是邻村的人，有些面熟，有些陌生。两点半发车。车出了站，便在马路上来回遛圈子拉人。眼看着要走了，突然一个调头，又开始遛圈子。司机总是抱着侥幸心理：万一再拉一个人呢，不就多挣二十元吗？

　　我刚进城上学那会，班车费五元。大概是二〇〇二年的事，距现在也十多年了。五元这个价，一直持续了好多年。后面陆续上涨，十元，十五元，现在是二十元。

　　遛够了圈子，终于出发了。可刚走到城边，有人打电话，说来迟了，在车站，让接一下。车又调头，折回去接人。一车人，开始有微词了，嘀咕着，这车，不走，光是个绕圈圈，真是……司机倒好，两耳不闻。妻子是坐惯了往返于县城直达车的，看我们这车来来回回，出不了城，也开始抱怨。我倒无所谓，这样拖拖拉拉的车，都坐好多年了。就像一个人的慢性子，你摸透了，也就毫不指望了。在西北，所有的通村班车，应该都这么一副脾性吧。

　　车在城里晃悠了三四十分钟，终于出了城，往麦村颠簸而去。

空院子

它们在没有人烟的院落，发出了原始的寂寥声。

　　这些年，父亲一直在外打工，多是在工地上干一些苦力活，比如挖井桩、和水泥、砌墙、打顶。属羊的人，五十出头，生活已让他苍老、瘦弱、疲倦。母亲偶尔去天津打工，多是干一些保姆之类的活，伺候老头老太，也是受苦看脸色。

　　父母不在，家门也就紧锁。锁依旧是离开时挂上的样子，歪斜着，昏沉睡去。开门，满院孤寂，扑面而来。那些熟悉的物件，似乎要扑过来，抱紧我，忍不住号啕一场。它们留守在家里，像被遗弃的孩子，无人打理，任凭西秦岭的风把它们的衣衫磨破，把它们的期盼吹灭。院子是水泥硬化过的，西侧堆着沙，荒草在院子四周和沙堆上肆意生长。不要水泥阻隔，或许用不多久，它们就要侵占院落，把房屋淹没了。那时候，我还能找到通往堂屋的路吗？

　　院子南边，有一个花园。以前父亲用砖块砌了齐膝高的护栏，后来被我家的馋牛一屁股掀倒了。倒了也就倒了，骂几句解解气，就行了，反正它也听不懂。护栏一倒，父亲懒得再砌。没有护栏，虽叫花园，其实不过是院子里没有硬化的一方地块罢了。花园里，栽着一架葡萄，起身了，骑在墙头，瞅着空落落的院子和空落落的村庄。葡萄叶嫩，沾满阳光，碧绿透明。倒是品种一般，不甜，葡萄也仅有指头肚大小。花园里还有几株月季、蔷薇、指甲花，也就那么孤寂地长着，开着。没人心疼，没人赏看，自个给自个静悄悄地开了，落了，不关风月，不关世事。花园一角，栽了几窝韭菜，没人收割，长成了五月麦子的模样。

门口东侧，早些年，父亲从别处移栽了一窝竹子。竹子喜阴，正好门口拐角处少见阳光，没几年，繁衍了一大片，齐刷刷立起来，把墙角和门顶留出的豁口填满了。有时，竹子会偷偷跑出院墙，在墙外长几根竹笋，但总被路人掰掉。竹子长了一些年成，颇有气势。在高寒阴湿的麦村，数茎竹子长到儿孙满堂，真是不易。有风吹来，稠密的叶子，互相摩挲着，发出了河流般的声响。它们依然用每一片叶子保持着清洌的口音。它们在闲聊。它们在低诉。它们在没有人烟的院落，发出了原始的寂寥声。

除去花草，院子便仅剩两面土坯房了。北面是主房。一间堂屋，一间厨房，一间装粮食、堆杂物。东面是偏房。一间我住，一间做牛圈，后来牛有了新圈，那屋成了堆放农具的地方。

土房，是上世纪八十年代修的，应该是一九八七年，我出生那年。那时，父亲刚二十岁，大好年华。祖父人到中年，儿孙齐全，奔波于公社和家庭之间。曾祖父也还健在，我记事起，他就患有白内障，失明。不知我家修房那年，他是否还能看见，反正后来，他没有看见过重孙们成长的模样，只用一双枯手把最后的光景度过了。

在八十年代中期，修一座土房，花钱不多。有木头、青砖、瓦片、基子就够了。木头除了檩要买，其余都是在村里砍的。青砖座底，防潮，用量不多。灰瓦铺顶，千百片。这些，村里以前有砖瓦厂，可以买。至于基子，就得一片片打（础）了。把湿土倒进模子，光脚板踩平。用石础子击打，反复，来回，直到瓷实，平整。取掉模子，就是三尺长、两尺宽的方块状基子，一层层，码起来，等晒干。以前盖房，全靠力气。能苦到脱三层皮。一家之力，是完全盖不起的。得靠村里人相帮，一人一把力，把一面房推起。

家里的土房，如今已经三十年了。三十年，它看着父母日渐苍老、衰退，看着我们日渐长大，然后逃离，把主人的身份交出去，换成了客人。但它依旧那样站着，风吹，雨淋，日晒，被老鼠掏挖着身体，被蛀虫吞噬着骨骼。时间久了，墙面开始倾斜，瓦片生满苔斑，且多有破损。虽偶有修补，但依然腰酸背疼，浑身疾病。好在它还一直咬紧牙关，站着，没有抱怨。

我们家，也许在父亲手里是不会再修房子了。他和母亲，把半生心血换来的十来万元，交与我，在城里买了套房子。而我，俨然伪装成一个市民，不再回乡翻修一面土房子。父亲已经老了，没有精力和宽展的钱去修房。他常念叨，干不动了，就回家，和母亲住在这塌房烂院里，了却此生。他们将和老房子，一道把这苍茫而苦涩的人世走完。

在村里，我们家是为数不多的几户至今还住着土坯房的人。

二〇一〇年前后，村里略有积蓄的人都盖了砖房。红瓦、砖墙、水泥地基。人们拼命使房舍更加坚固、牢靠。我们家，也曾有过打算，但缺钱，遂作罢了。现在，走在农村，还住着土坯房的家庭，大致有三种情况：一是没有人住了，或去世，或举家迁走，再不回来，任由老房子坍塌；二是家庭实在困难，没有人力或者余钱修新房；三是子女在外工作，积蓄全部贴进去买了楼房，再无能力回村修房。我们家属于第三种情况吧。

可不论是砖房，还是土房，这几年，人们都削尖脑袋进城，在城里买房。所以，不论是颓败的土房，还是堂皇的砖房，命运都是一样的，人去房空，荒草满院。

我站在院子里，被阳光反复讯问。这明晃晃的光线，让人双眼含泪，却不知如何作答。而那些花草、房舍，在没有主人的漫长日子里，是不是也和此刻的我一样，在每个午后都掩面长泣呢？

旧时端午

母亲在前面走着，五月的风，那么悠长、碧绿，吹起了她的衣襟。

小时候，端午是盼来的。

天摸亮，父亲就出了门。母亲已在厨房，菜刀在案板上，当当当，响个不停。一些透明的光，挂在窗外。还有一些细碎而圆润的鸟鸣，挂在梨树上。更远处，三两声驴叫，挂在被露水打湿又被铃铛摇醒的山野里。

昨天割油菜，直到很晚。我和妹妹往一起抱油菜秆，累瘫了。晚上回来，丢着盹，喝了拌汤，倒头就睡了。早上，父亲让我们多睡一阵，算是对昨天干活勤快的奖励。

第二觉醒来，天光大亮。父亲已回来，和母亲说着话。天阴着，空气泛潮，一些薄雾在草叶上升起来。父母的对话，也是潮湿的。

从炕上爬起，洗个囫囵脸。出堂屋。呀！院子里已放着一堆父亲折来的柳梢，叶片翠绿，枝条柔软。和父亲插柳。每个门口，都得有。大门、堂屋、厨房、厢房、牛圈、二门、后院、粮房等，我抱着一捆柳梢，跟在父亲屁股后面，一颠一颠，也像一根细弱的柳梢。父亲要，我挑拣几枝，递给他。门楣上方，左面插几枝，右面插几枝。插不进去，就挂在钉子上。为什么端午要插柳，我从未问过父亲，觉得这是理所当然之事，就像过年要杀猪吃肉，清明要去坟园祭祖。从记事起，家里就是这么做的，没有为什么。

插完柳，院子绿意盎然，门厅充满生机。掀起帘子进屋，感觉要钻进树林。一只黄鹂，飞过来，扑棱着翅膀，在门前打转，它一定看花了眼。

妹妹在厨房帮母亲烧火。葵花秆，从灶口里掉下来，火星子溅在鞋面上，红绒布烧了几个洞。妹妹听母亲说话，没发现。锅里的水开了，翻滚着白花。盛着面糊的箩，平稳地坐在水面，盖上锅盖，再加一把火。母亲在蒸面皮。面是前一天搅好的。先将面和好，揉成团，再扣到盆子下醒一半个钟头。面醒好，放进清水，反复搓洗揉捏，成牛奶样的面浆，捞出面筋，沉淀一晚上。临蒸前，倒掉沉淀出的清水，再将盆底的面浆搅起，就可用来蒸面皮了。大火，水滚。面皮箩上刷一层油用来防粘。均匀倒上面浆，进锅蒸，两三分钟即可熟。箩得有两个，轮流倒换。

蒸面皮不光是技术活，有时也看运气。麦村的女人们几乎都掌握着蒸面皮的每一个环节，甚至熟烂于心。可不一定每个女人每一次都能蒸出柔软、劲道、不会断裂、色泽金黄的面皮。有时，前几张堪称完美，后面，就"一蟹不如一蟹"了。也有时，一开始，糟糕透顶，不是箩上剥不下来，便是一切就断，但后面却好了。不知是面没洗好，还是火候太旺，或者面浆太清太稠，都有可能。

蒸好的面皮，一张张，抹了油，叠起来。要吃，卷成棒，快刀切，一指宽，抓进碗，麦麸醋、油泼辣椒、蒜末子、熟油、盐，就行了。料再多，就隔味了。吃一碗，不过瘾，再来一碗，还要来一碗。母亲笑骂道，你恶鬼掏肠啊，少吃一点，不要撑劲大了。我们伸着舌头，把碗边的辣椒舔进嘴，顺便用指头把嘴角的油也捋进嘴，意犹未尽地放了碗。

面皮蒸完，母亲提着两只油乎乎的手出了厨房，满头烟火和蒸汽。洗毕手，她从炕柜里翻出绣鞋垫的丝线，喊我们过去给她帮忙。她要给我们兄妹搓手款了。

手款，西秦岭一带也叫花花手。母亲把每种颜色的丝线抽一根，大红、酒红、粉红、水红、明黄、橘黄、墨绿、草绿、冰蓝、紫……还有好些颜色，我叫不出名字。我们牵住丝线的一头，母亲用牙咬住另一头，绷紧，她取一根，放在手掌间，从上往下搓，搓紧了，咬在牙齿的另一边。接着换一根，搓。再换一根，搓。搓那么五六根，放一起搓成较粗的，对折后，再搓一下，就成了一根花手款。像一根菜花蛇，提起来，浑身打着旋。母亲在我们胳膊上比画合适，剪断，然后绑在手腕、脚腕上。

戴手款，据说可避五毒。比如蛇、蝎、蜈蚣等。真是这样吗？反正大人这么说的。麦村草深林大，毒物总是随处可见，戴手款，似乎很有必要。

我们戴着手款，被拧在一起的各种颜色晃花了眼。手款，是我们整个童年唯一的装饰品。我们戴着它，在青草深处出没，在玉米林里游荡，在梦里奔向了蔚蓝的远方。

手款戴到六月六，就得剪断，抛到树梢或者屋檐上。这些手款会被喜鹊衔去，到了七月七，给牛郎织女搭鹊桥。

有时过端午，也会戴荷包。祖母在世时，会用丝线缠一种简单的荷包，形如一颗荞麦。在西秦岭，有一条谜语：

三片瓦，盖爷庙，爷庙里面蹴着个白老道。

谜底就是荞。我们孙子辈多，家务又繁杂，祖母都是忙里偷闲给我们做荷包。要是顾不过来，也就罢了。母亲做女工，手相对笨，荷包是不大会做的。

在西秦岭，农作物以小麦、玉米、油菜、洋芋为主。不种水稻，自然也没有大米。没有米，没有粽叶，过端午也就没有粽子可吃。从小到大，我们家只在腊月里，要么从集市上买一袋二十斤的米，过年吃；要么有开三轮车的来村里用大米换小麦的，换一袋吃。平时吃不上米，也舍不得吃。麦村人和我家一样，在所有端午节，都是吃不到粽子的。

插了柳梢，吃了面皮，戴了手款。地里的活，可以推延。母亲提着面皮，带上我和妹妹，去转娘家。母亲手挽竹篮，竹篮里，一片，一片，叠着油滋滋的面皮，还有几颗煮熟的土鸡蛋。她在前面走着，五月的风，那么悠长、碧绿，吹起了她的衣襟。我和妹妹像蜂蝶，一路在草丛里乱飞着。母亲边走边唱秦腔《华亭相会》：前面走的高文举，后面紧随张梅英……

这都是小时候的事了。人越老，就越惦念小时候的事。我离老尚早，可总是被童年挟裹，深陷其中。

现在回家，大门紧锁。进了院，也是荒草起伏，不见人影，不见炊烟，不见杨柳青青，不见面皮出笼。如今，一家人为了光阴，正月一过，就已仓促上路。大家都忙于生计，忙于挣钱，忙于打拼遥不可及的幸福，都不怎么回家了。

父母不在，家，也就徒有其名了。

我和妻子在三爸家吃了饭。父母离开时，在三爸家留了钥匙，方便他有空去照看院子。我拿了钥匙，独自回到家，开了大门，再开堂屋门。门上空荡荡的，没有柳梢，过年时贴的对联，或掉色泛白，或残缺不全，或杳无踪影。进屋子，坐在炕沿边，看着屋内的一切，熟悉、亲切，又隔着时光的浮尘，让人恍惚。耳朵里除了风声和鸟叫，就完全是寂静和冷清了。端午，早已不是年幼时盼来的模样。

瓢熟了

吃瓢长大的人，是不屑于吃草莓的。

瓢，即野草莓。

每当想起瓢，我就想起田野青青，油菜金黄，麦子怀孕，牛蒡叶在水池旁摊开油亮的手掌，红蓼花在绿领子里探出细长的脖子，一些毛驴蹄子在黄土路上叩响了清晨的大门，穿花衬衫的姑娘们提着草帽在葵花林里侧身而过。

五月到，瓢就熟了。老话说：五月里五端阳，瓢儿熟到半山上。

午后，阳光灿烂，涂抹河山，一些透明的光线，蛛网一般，织在草木之间。我和妻子，端上盛饭的铝盆去摘瓢。十五年完整的乡村生活，让我对麦村的每一个细节都熟烂于心。我知道哪里草深，哪里长着一棵歪脖子杏树，哪里有一眼冒冒泉，哪里的瓢又大又甜，却摘的人少。

我们去老头湾——数十亩山地挽着胳膊连起的一道湾。有成片的苜蓿，有我们家的一亩红土地。那湾子和苜蓿地里，总是长着密密麻麻、星辰一般的瓢。在青草深处，用细脖颈高举着圆圆的脑袋。风一吹，她们摇摇脑袋，把整个下午的田野都摇出了波浪。

瓢有三种颜色，白、红、粉。白的，如玉。红的，像火焰。粉的，是大姑娘的脸蛋，带着娇羞。

白瓢甜。粉瓢次之。红瓢微酸，水分大。瓢儿晒干后，吃起来，堪比葡萄干。

我们到老头湾的苜蓿地后，妻子被如星宿一般缀满绿色夜空的瓢惊呆了。一个县城长大的姑娘，对瓢的认知，仅停留在一些言辞里，最多也不过是去乡下时，在路边的草缝里零零碎碎捡几颗。当她看着眼前铺开的瓢，竟有些不知如何下手。惊喜之后，一头扎进了这无以计数的甜蜜里。

摘瓢，有两种办法。一是揪掉细长的茎，一棵，一棵，一手揪，一手捏，最后用野燕麦秆或瓢蔓扎捆成把，攒三五把，可提回家。还有一种，就是捋，左手抱盆子或草帽，挑拣个儿大的瓢，右手食指和中指，夹住果实，捋掉，放进盆。捋瓢时，果实和柄断裂总会"嘣"一声，声虽细小，但很清脆。每听到捋瓢声，总是莫名兴奋，这或许和人类原始的收获之心有关。有些人手底麻利，一两个钟头，就能捋满一盆，看上去，像盛着珍珠，端回家，边摘锯齿状的萼片，边吃。有时，攒一掬，捂进嘴，放开吃，口舌生香，酸酸甜甜，真过瘾。有时，攒一些摘掉萼片的，放进罐头瓶，撒上白糖，倒入凉白开，泡着，带到学校当饮料喝，也是极品。当然，这只是孩子们的吃法。摘瓢，完全可以边摘边吃，两不误。

麦村的瓢，大如拇指，小如黄豆，上面结满细碎的黑籽。借着光，甚至能看清她们叶片上的白绒毛。瓢形如珠，如卵，如腊月的灯笼，如九月的山楂，如嘴角上的一抹红，如大地从胸口掏出的一次次心跳。

妻子是不太会摘的，我教她，她总是捋了忘吃，吃了忘捋。有时被眼前繁密的瓢瞅花了眼。哈，城里姑娘到了乡下也就笨手笨脚了。我笑她，她也笑自己。笑声，像一只只麻雀，起起落落，啄破了田野的静谧。

麦村高寒阴湿，瓢熟得晚。不像大棚里的草莓，正月一到就火急火燎上了市。码在篮里，摆在路口，大如鸡蛋，红得一塌糊涂，毫无节制。卖草莓的人，吆喝着、兜售着被催熟的产品。吃进嘴，也几乎无味，说如同嚼蜡，似乎偏激，但绝对从馒头样肿大的草莓里，尝不到什么叫真正的酸甜，什么叫田野的味道。

在城里，草莓被高贵地称为水果。在麦村，瓢不过是人们五月的零嘴。在大棚，草莓软塌塌趴在塑料地膜上，脑袋低垂，昏昏欲睡。现代化、规模化，将农产品更快地产出，但也完全掠夺了产品本身的属性，味道、色泽、营养，甚至情感和时光酝酿的一切都被剔除，只留下一具空壳，以满足人类的口腹之欲。草莓便是如此。在麦村，所有瓢都春生冬枯，经历四季轮回，让时间酝酿骨血。夏天，她们都会被茎秆高高举起，像一只只攥紧的拳头，拒绝着被同化、被粉饰。

吃瓢长大的人，是不屑于吃草莓的。

两个钟头，我摘了五六把。妻子捋了小半盆。

整个山野，再无他人。以前，这湾子总是布满牛马。放牧的人，也总是在苜蓿地蹲下来摘瓢吃。他们的手指被瓢的汁液染成红色。他们的嘴皮也被瓢的汁液染成红色。他们摘掉一颗瓢，便是解开了大地的一颗纽扣。放牧的人，吃着大地的乳汁，深知田野和时序的馈赠之恩。

现在，牛马或已老死，或已被牲口贩子买去，杀掉，进厨，填了人类疯狂的肠胃。而人，老的一茬，难以动弹；年轻的，小的，被时代的洪流挟裹着，卷进了城。没有谁会在五月回来，端着盆子，走向田野。他们在城里，早已被城市化，被文明化，被灯红酒绿、汽车尾气、速冻食品，迷惑了心神。

没人采摘的瓠，熟透了整个五月。她们在田野等待着，有手指将她们摘掉、捋走，来完成存在的意义。然而没有，手指不知何在。她们等来的是五月连绵的风和日渐炙热的阳光。最后，她们脱水、干瘪、枯萎，落入泥土。

天色将暗，落日熔金。我和妻子也该回了。

瘦哥的房

瘦哥的一院砖房，在麦村把人耍尽了。

端午第二天，瘦哥向我咨询商品房商业贷款的利息一事。

我接他电话时正忙着，便搪塞了几句。下午，他又打来电话咨询，我也一头雾水，懵懂不清。一提到钱，我常犯迷糊，平时自己装多少钱从没数清过。再说，在城里混迹十多年，我也是一个租房客，居无定所。看着高楼遮天蔽日，可都与我无关，也就没有心思去操心商业贷款了。

最后百度了一下，告诉他，应该是四点几。他犹豫片刻，挂了电话。

事后，我才知道他在西城区预订了一套商品房。房是现房，夹在两个保障房小区中间，都是高层。房价一个平方六千八。这样的房价，作为商品房，在这个城市已算很便宜了。城中心一带，这两年的新楼盘，不论期房现房，均价都过万了。而人均月工资也就三千来元。一个人，不吃不喝不拉撒，三个月工资，才能买到一平方米。

故乡那么辽阔，为何还要远行

瘦哥预订的房，一百个平方，抛去公摊，也就八十个平方。两室一厅。他打算首付二十万（自己掏一点，再借一点），剩下的四十八万办商业贷款。他掰着指头算了一账：四十八万，一月还三千，差不多要十三年。十三年，感觉还能撑得住。现在三十八岁，还完五十岁过点，离死还有一截子呢。他笑着对我说。

　　这座五线城市房价上涨，直追西安。瘦哥为自己的当机立断和深谋远虑感到庆幸，甚至还有一丝骄傲。他媳妇经常骂他蠢驴，但这一次，他明显感觉自己不蠢。

　　在麦村，瘦哥是下庄人，比我年长，按理说耍不到一起，但他母亲的娘家，和我母亲的娘家，是同一个村子，所以他母亲和我母亲关系较好。我们俩也因这层关系，走得较近。瘦哥有两个儿子，大儿子上四年级，小儿子上二年级。两个儿子，都是我托关系，转学到城里的。这些年，西秦岭一带大量农村孩子转学进城，成了风气，村学无人念书，日渐衰落，甚至倒闭。两个孩子进城后，瘦哥在农民巷租了一间平房，也就十来个平方吧。支了两张床，摆了一张做饭用的旧课桌后，就仅能转身了。他把媳妇也带进城，专门给孩子做饭，接送上学。一家四口，塞在巴掌大的出租屋里，过着拧巴的日子。瘦哥搞装修，好在人勤快，能吃苦，粉刷、贴砖、吊顶、做防水，都能干。靠着手艺，他一月挣五六千元，应该没问题。

　　慢慢地，他们一家四口已在城里挤了五年。瘦哥开始觉得，老这样租房也不是长久之计。一来，每月要三百元的房租，加上水电垃圾费，一年下来四千多元。这五年，他给房东"贡献"了两万多元，心想总不能把挣的钱都养活人家房东吧。二来，两个儿子都像葵花秆一样，齐刷刷长，出租屋太小，实在装不下了。

再装，就撑破了。兄弟俩挤一张床也就罢了，连个写作业的地方都没。以前孩子年龄小，四口人，尚能转个身，现在一大，转身都成了难事。三来，孩子都十多岁了，和父母住着，极不方便。他有时干完活，三五天回来一次，憋得慌，想和媳妇亲热一下，可孩子在跟前，只能忍着，忍得他们两口子眼珠子冒火。四来，孩子还要在城里最少上四五年学，总不能一直在这里挤下去吧。

这么一盘算，瘦哥觉得确实有必要在城里买房了，况且房价连年水涨船高，要等降，是不可能了，不如早动手少吃亏。

好些年前，麦村有人在城里买房，他嘲笑，说城里待的时间长了容易短命。水质硬，空气污染严重，破车又多，人挤死人，还是麦村好，山清水秀，开阔自由。他才不跑到城里去买房，那都是目光短浅之人干的蠢事。

于是，瘦哥用三年时间，把多年攒下的积蓄全砸进去，在村里结结实实盖了一院房。先是盖了两间偏房，然后修了五间正房，都是平顶，墙上贴了瓷砖，室内吊了顶，地上铺了砖，装修风格和城里楼房基本没啥区别。最后，他盖了大门，砖木结构。院子也用水泥硬化了。瘦哥的一院砖房，在麦村把人要尽了，体面、洋气、宽展、高档。瘦哥过年回村，脖子伸得咕噜雁一样长。为啥？就因为他有一院砖房。麦村人没几户像他一样，把房子修得这么堂皇的。他内心飘浮，觉得麦村人都不如他。虽然嘴里没说，但心里一直憋着。

当他把房子修好，没住两年，孩子要上学，一家人只能全部进城。盖了一院房，花了一堆钱，成了摆设，只有逢年过节回去住几天。

当预订的那套房子完全交工，售楼小姐打电话让办理手续时，瘦哥依旧沉浸在对自己深谋远虑的自信和对未来楼房生活的幻想中。等到在售楼处伸着脖子听了一圈之后，他突然发现，自己忘了一个致命环节，那就是办理商业贷款要缴利息。他上学时和我一样，差点没笨死。他压根就没有考虑到这一点，只想着还本金，而忘了利息。按理说，一个买房的人，不会不知道这点常识，可事实就是瘦哥真的没想到。瘦哥回到家，一边嘴里嚷嚷着"草率了""大意了"，一边捉着手机，用计算器算了好几遍，还是一头雾水，于是打电话问我商业贷款利率的事。我说得模糊，他听得糊涂。他打电话把跳广场舞的媳妇喊回来，狠狠骂了一顿用来解气，然后两口子窝在床沿边开始算账。他们捏着孩子的破本子，划拉了半天，也没算出个眉目。瘦哥气哄哄地骂媳妇，百屁不懂。媳妇回他，你屁屁不通。

最后，还是我告诉瘦哥，百度搜一下，有商业贷款利率计算器，他又捉着手机倒腾了起来。四十八万元的贷款，四点九的基准利率，按照最初设想的十三年还清，本息一共六十三万多，其中利息就要十五万多，每月还款平均要四千五。利息十五万，这不给银行扛长工嘛。再说，一月还过四千五，他余个千把元，一家人四张嘴，要吃喝，要搭人情，要交房租，交水电费，交电话费，交孩子的补课费，偶尔头疼脑热，还要吃药打针，等等，乌七八糟，怎么够？他也想过把贷款时间放长，二十年，或者再长点，可还是换汤不换药，只不过把短痛换成了长痛，性质没有变。

一想到这些，瘦哥气馁了，蔫了，想放弃了。他为当初的鲁莽和无知感到扫兴和懊恼，好在光阴紧逼，谁也没有心思去想那些不如意的过去。过去了，也就过去了，日子总得往前看。

后来，有好几个月，再没有瘦哥的消息。

瘦哥当时订那套商品房时，交了五千元定金。他去讨要，人家百般刁难，甚至说他违约，反而要他们交两千元违约金。瘦哥不依，死活不走。人家下班要锁门，他被掀出门，让改天再来。瘦哥心想：现在的商人，你买他们商品之前，把你当大爷，车接车送，茶杯给你伺候着，凳子给你提着，动不动送个碗啊毛巾啊啥的。只要生意一成交，你立马就成了孙子，人家爱怎么糟蹋你，就怎么糟蹋你。如果生意谈崩了，你连孙子都不是，人家各种给你讲政策，讲合同，讲条件，各种说你的不是，非把你蹂躏得死去活来、死心塌地不可。

不知瘦哥的定金最后讨到手没。

再后来，听母亲电话里说，瘦哥买房了，是城中村拆迁户补偿的现房。听说那里的拆迁户，大多补偿了三四套。一些靠房租过紧巴日子的人，一夜之间成了暴发户。他们住一套，留一套，其余卖掉，手头捏着数百万元，先买一辆车，随后男人成天打麻将，女人整天跳广场舞。

我问瘦哥买的房子多大，母亲说，好像八十个平方，四十四万，人家一次性付清了。

四十四万，一次付清。我知道瘦哥这次彻底下了狠心，不当城里人誓不为人，买不下房绝不罢休。但四十四万是从哪里来的？前几年家里盖房，他把多年的积攒全部砸了进去。这几年，就算挣了一些，最多二十万元，剩下的二十来万他是从哪搞定的？这可不是个小数目，我实在想不来。

但我能想来的是，瘦哥是个犟人，你越逼他，他弹性越大。父亲去世早，他一直很要强。人们在城里买房，他偏要在村里盖房。城里房价高破天时，他偏要住楼房。他就这么个性子。

有一天，瘦哥给我打电话，这次没有问商业贷款利息的事，而是聊了聊孩子中考没考好，到底是去念职业学校，还是上高中。上职业学校，他心里不甘，上高中，成绩不行，还得托关系花钱，况且上了高中也未必能考上大学。边说，瘦哥边叹气，又补充了一句，最近在床上躺了两个月，腰椎间盘突出，疼得要命，干不了活，挣不了钱，真是屋漏偏逢连夜雨啊。

遇见四宝母亲

她用粗糙的、沾满草汁的手指，揩了揩眼睛。

我在巷道里溜达。巷道寂寂。

在我生活了三十年的麦村，我竟然像一个闯入者，显得冒昧、唐突、生硬。我试图与一堵墙、一堆朽草、一丛荨麻、一棵杏树、一副瘫痪的篮板、一辆因报废而被肢解的拖拉机，甚至歪歪斜斜的一根拴驴桩交谈，可它们都缄默不语，还带着一些陌生、敌意、排斥。

我败兴而归。

在拐角处，遇见了四宝母亲。虽然每年都会回家，可我还是很久没有见过她了。

我依稀记得多年前她的样子，一个瘦弱的女人，随意梳着单辫，满脸愁容，赶着两头灰色的瘦毛驴，在红泥路摇晃而过。毛驴鞍上，搭着两根绳，一节狗尾草，一件破单衣，搭着她惨淡的光景。她和她的小毛驴，走过坚硬的土路，留下了一串黑色的驴粪蛋，也是坚硬的，滚动着，卡在了路边的草丛里。那应该是年复一年的某个夏末午后，阳光滚烫，泥土炽热。远处，是挂在枝头的酸梨，拇指大的干涩果实，晒着晒着，就落了。再远处，是跛子李背着破背篓，提着卷刃的镰刀，拾粪来了。

我依旧想不通，四宝母亲一个人，是怎么把几十件胡麻搭到驴背上驮回来的。那可是一个男人也干不了的活。

我愣了半天，终究还是认出了她。她比以前更加愁容满面了。头发如灰，风一吹，似乎就要烟消云散。苍老像一把菜刀，在她脸上反复剁着，直到沟壑布满每一寸皮肤。她双乳干瘪，下垂，撑起的旧衬衫也显得松松垮垮，像两只进入暮年的鸽子一般，昏昏欲睡。在麦村，女人们几乎不会穿胸罩。在朴素的衣衫下，她们醒着，睡着，沾满泥土，沾满风雨和月光，沾满生命的唾沫和血液。

当我喊她娅娅（母亲姐妹的称谓）时，她手里提着一把镰刀，刚割完油菜回来。她站在我跟前，皱着眉，好半天，没有说话。她应该是不认识我了。这么些年，每次回家，我都很少在村里走动。四宝家离我家又远，平时没有瓜葛，自然是不会去的。况且我常年在外，城市的庸俗、狭隘和快餐、尾气，早已重塑了我的相貌。我早已不是十五年前，那个穿粗布衣裳、黑面布鞋，满脸垢甲，怀里抱着一本书，手里提着一根棍，跟在牛屁股后面去放牧的孩子了。人世仓皇，光阴波澜。一些人出生，一些人长大，一些人老去，一些人殁了。

我是那个长大的人。四宝母亲是那个老去的人。她对我的印象，或许还停留在十五年前。

当我向她说出我父亲的名字，并告诉她，我是他儿子时，她才恍然，但还是带着一些疑虑。瞅了好半天，似乎要从我的脸上找到我父亲的痕迹。她记忆中的孩子，不经意间长成了这般模样，让她难以辨认。她不知道要感慨什么，一个庄农人，没有抒情。她只是"哦"了一声。

然后我们开始说了一些闲杂的话题。她问我成家了没，我说前年结的。她问有娃了没，我说还没。她问城里有房没，我说五年前登记了一套，到现在还没踪影。她说那咋住，我说租房。她说还是你们有工作的好，有个铁饭碗，旱涝保收。我说挣的一点仅够吃喝，瞎混日子而已。她最后又问，你结婚，媳妇要房了没？我说提过，但没房，就租了间结了。她叹了口气，说，还是你的好，我家四宝，找了个……哎，能把人的命要了。

四宝家，兄妹四个，老大、老二，是两个女的。老三，叫三宝，跟我同一年出生，六岁那年，河坝里凫水淹死了。我依稀记得那年夏天，大人们疯了一般朝坝上跑去，似乎发生了什么大事，然后便听见四宝母亲撕心裂肺的哭吼声从坝上传来，像一场暴雨，哗啦啦落在了麦村。我坐在门槛上，端着空碗，看着燕子在电线上起起落落，焦躁不安。我不知道发生了什么，但我觉得肯定发生了什么。后来才听母亲说，三宝在河坝里淹死了。我抱着空碗，一个下午都迷迷糊糊的，似乎有人把我打碎了。

三宝殁了后，没几年，他父亲过世了。慢慢地，四宝母亲把老大、老二、老四，一个个拉扯成人。两个女儿先后出嫁，听说嫁了很远，一年半载也回不来一次。听说家境也一般，过得并不如意，婚后也无力接济母亲和弟弟。两个女儿出嫁，留了点礼金。四宝母亲拿着这些钱和家里不多的积蓄，盖了一面砖房，自己搬到东边的土坯房。她知道儿子大了，快到谈婚论嫁的年龄了。她得提前准备，给四宝拾掇好一面房子。那些年，农村结婚，女方家会要一面砖房，这是谈婚论嫁的首要条件。房子盖好后，一直没有收拾，台阶没有用水泥硬化，地没有用砖铺，墙没有粉刷，顶子没有糊，家具也没有添置。她实在没有钱，也没有精力了。一个女人，熬尽心血，在砖、瓦、水泥、沙子都要用三轮车往来拉的麦村，盖一面砖房，真不容易。每当有人提起四宝家的砖房，都会说四宝妈真攒劲。

剩余的部分，她没有能力了，留着，等四宝在外打几年工，回家自己收拾。

但好几年过去了，四宝家的砖房还那样摆着，红砖外撑，瘦骨嶙峋，异常落寞。偏房的炕烟早已把曾经雪白的椽熏得乌七麻黑，起初严丝合缝的门窗也如牙齿一样有些松垮。新房，日渐成了旧房。

四宝母亲说，你知道，我家那狼吃的四宝，要是有你一点本事，我也就省心了，狼吃的娃在外面打了几年工，一分钱都没挣下。前两年，在深圳一个电子厂，听说一月挣三四千，可到头来花得狗儿干净，还向我要钱。后来，深圳不去了，嫌热得很，回来了，怕出力气，工地上又不干，想做个生意没本钱，端盘子洗碗看不上，现在一天在唱歌的地方，给人家当保安，一月挣两千元，光把自己的一张嘴混住了。

四宝母亲说，你也知道，房子盖起几年了，一直没收拾，指望我庄农里积攒的一点钱，怕再有十年也拾掇不好。我给四宝说，攒点钱，把房装修了，断路的娃干脆不听，我一说，就反过来骂我操闲心，你说遇上这样的孽障，咋活？

我不知道说什么好。我明显看到她浑浊的眼眶里，漂起了泪花儿。她用粗糙的、沾满草汁的手指，揩了揩眼睛。接着说，四宝今年也二十八了，年龄不小了，你看村里的少年，个个都结婚了，有几个二十刚出头，外面打工就哄了媳妇，现在娃都有了。我们家四宝，没出息的货，打了这么多年工，连个媳妇都没哄下。娶不上媳妇，我一天也燥得睡不着，到处托人打听，可你也知道，现在的女娃都到外面打工去了，村里连个影子都没，更别说介绍媳妇，哎，我也就只能瞎操心了。

今年三月份，四宝来的时候，领了一个女娃，我也高兴，给人家做这做那，端吃端喝，尽力伺候着。后来我私下问那女娃，愿不愿意跟四宝结婚，那女娃说愿意，我一听，心里欢喜得不行，把人家当祖宗一样又伺候了几天。临走时，我把买驴娃攒下的一千元塞给了那女娃，心想着，只要人家满意，他俩早点把婚结了，我这一辈子，就再没啥妄想了，也算尽到了义务。可谁知道，过了半月，四宝这狼吃的娃，给我打来电话说人家女的不成了。我问啥原因。四宝说，人家女的城里要房，乡里的不行，说没楼房，就散伙。你说，城里人都买不起一套房，我们这些黄土里刨的，咋可能？一套房，再不少也得五六十万，我哪能拿出那么多钱？你说，我辛辛苦苦一辈子，挣死挣活盖了一面房，结果人家看不上，要住楼房。你说，这世道，不是把人往死逼嘛，哎，那卖驴娃攒下的一千元，白白打了水漂。

她说完，叹了一口气。这气，似乎在心窝里憋了很久，都发霉了。她是村里为数不多的几个中年留守妇女。或许她的事，早已跟麦村人讲遍了。而人们的光阴，并不比她如意多少，听多了，自然也就嫌弃了。而她的苦衷，最后还是无人能替换，她只有在艰涩的日子里，把自己在黄土中反复摔打，让内心麻木，才不会胡思乱想，才不会痛苦无助。

　　　　　　　　　　　　故乡那么辽阔，为何还要远行

她应该好久没有唠叨这一肚子的话了。她讲完了，也就讲完了。或许她会更加伤心，或许，也就说说罢了。

　　她说，城里的房，我再转世一辈子，也买不起的，四宝，就看他的命了，命里有女人，就有，迟早的事，没有，我也没办法。

　　说完，她有些慌张。她似乎觉得不应该给一个不太熟悉的人讲这么多。何况，讲了，也无济于事。而此刻，端午的阳光，跳下墙头，在巷道里游荡着。在时空遥远的南方，一个人跳进历史的江水。几千年了，他念叨的哀民生之多艰，依然像一口钟一样，敲响在西北偏南的村庄。

　　四宝母亲要走了。她说，到城里如果碰上四宝，给说点好话，让多攒钱，别再大手大脚了。她说，把你打搅了半天，有空到我家来游，你长这么大，还没来过几次。我点着头。看着端午的风，吹乱了她灰白的头发。一些光，在豁刃的镰刀上，滑落，消融在了黄土里。

六　指

他是麦村唯一一个不爱城里的年轻人。

我去六指家闲逛。

六指是村里唯一一个没有外出打工而留守下来的 80 后。三十五岁，光棍是打定了。当然，就目前情况来看，他压根就没指望给自己娶个媳妇。

六指孤身一人，父母早亡。

六指的左手小拇指处多长了一根细短的手指，像根小树杈。我们叫他六指，便是这个原因。按理说，他右手也该长一根，这样才对称嘛，可偏偏就没有。我们掰开他的手找啊找，终究还是没有。我们很失望，建议六指把左手多余那根掰断，或者锯了。

六指抚摸着那根六指，坐在麦草窝里，像呵护着一根小嫩芽，说疼。

六指不在家，大门虚掩着，我进门，喊了几声，无人应答，又退了出来。六指是从来不锁门的，反正家里也没什么像样的东西，不怕贼偷。最值钱的也就他这么个人了，可谁偷他啊。再

故乡那么辽阔，为何还要远行

说，他家里是我们年轻人的窝点。逢年过节回家，哪里不去，就去他家，盘腿坐在土炕上，盖着他那垢甲厚到能抠下来的被子，围一圈，喝酒，打扑克，谝闲传，睡大觉，说梦话。他把门一锁，我们倒不方便了。

过年，六指站在地上，给我们倒水，水杯里一层茶垢。他把二三十元一斤的茶叶往杯子里捏了一小撮，有人嘲笑，六指，你舍不得吗？你数一下，放了几根。六指嘿嘿一笑，说，没钱买，有几根就不错了，不像你们，在城里挣大钱，不是当官，就是当老板，跟我这个老农民能比吗？

你现在是咱们村里的活神仙啊，当官、当老板跟你比起来，一个天上一个地下，不在一个档次。

六指又捏了几根茶叶放进水杯，茶叶漂在上面，沉不下去。接着说，神仙虽然比不上，但清闲，这是真的，不像你们城里人，一天忙得跟狗一样。我这人，就爱清闲，到城里去，人太挤，到处是人，我看着就麻烦，再说还要挣钱，力气活，我不爱干，脑力活，得看脸色，我是个看脸色的人吗？明显不是，我他妈是个有面子、有尊严的人。我们哗啦啦笑了，没有说啥。六指接着说，再说，城里除了空气和放屁不要钱，再干啥都要钱，不是人待的地方，我在麦村，出门青山绿水，进门热炕枕头，爱干啥干啥，不花一分钱，不看一点脸色，虽然不种地，但有吃有喝，虽然不出力，但穿衣不愁，他妈的，我就爱这生活。

有人开玩笑，前几年，你留下，是守着村里的小芳，后来小芳走了，现在，你留下，怕是惦记村里的鸡吧。

放屁，村里现在冷清得跟鬼脊背一样，哪有鸡，人都走光了，鸡毛都找不下几根。我现在不走，除了当神仙，过逍遥日子，还有一点，很重要，就是给你们把后路守住，万一村里被野猪占领了，你们回来，连个撒尿的地方都没有。

我们又哗啦啦笑了，我们笑得很奇怪，笑得五味杂陈，笑得心里捏了一疙瘩。

我说，别扯那么远了，挖坑、喝酒，给六指敬两杯，一杯子敬他的逍遥自在，一杯子敬他给咱们看守门户。

我们就这样喝开了，六指上炕，端起酒杯的时候，第六根指头，戳在空中，像一颗刺。

六指不在家。我在后梁的水泥路上，碰见了他。他像个老干部一样，背搭着手，站在路边，眺望远方。远方依然是茫茫山峦，层层叠叠，像洋葱一般，难以剥开。我不知道当六指眺望远方时，他在想什么。就像麦村人永远搞不懂他不出门去打工，死守在这里，究竟是为什么。难道仅仅是他在喝酒之前说的那样吗？好像是，也好像不全是。他是个古怪的人，难以捉摸。

村子的年轻人，都出门了。有的远在北京，开理发店；有的远在广东，进电子厂打工；有的远在天津，当 KTV 服务生；有的在兰州，在饭店里烤羊肉串；有的在西安，摆夜市。但大多在我们这个城市，开出租车、承包工程、干零工、开饭馆、卖衣服、搞装修、当保安、当老师等等。不论干什么，反正村里的年轻人都在外面找了一个混饭吃的活，再也不会去耕作祖先们留下的土地，再也不想过鸡犬相闻起早贪黑的乡村生活。

唯独六指还留着。说他是在坚守着最后的乡村，这绝对不可能，也显得矫情。他和我一样，才没那个情怀呢，也压根就没那么高尚。在村里人眼里，六指，就是个没出息，他们拿他和其他年轻人反复比较：你看人家世平的儿子，今年不到二十岁，外面打了两年工，就哄来了一个媳妇，现在娃都怀上八个月了；你看小灰，在外面摆地摊，没黑没明，挣了五六年，城里把房买下了；你看大牛娃，在市上工作，没几年，人家就混成了副科，走在人面前，腰杆子伸得铁锹把一样直。你说你六指，腿没瘸，手没断，腰没折，人没傻，不去外面挣两个钱，哄个媳妇生个娃，成天窝在麦村这土坑坑里，有啥意思？

有啥意思？

六指也说不清有啥意思。反正他就不爱进城。他是麦村唯一一个不爱城里的年轻人。

村里人嘴上不说，但心里还是瞧不起六指。在这个用金钱衡量一切的时代，麦村虽然还保持着一丝农耕文明遗留下来的淳朴，但对六指这种穷得叮当响还怕出门的人，多少都带有一些鄙视。

六指留在村里都干些啥？

地是不种的。他家有五六亩地，离村子近，又平整，还在路边，随便种点啥，肯长，收割也方便。可六指就是不种，一来怕出力气，二来没有务农经验，三来对啥事都抱着一种得过且过的将就心态。自从他父亲过世后，这些年，地一直荒着，最后被流转了。流转之后，才美死他了，他可以名正言顺地不种地了，反正也没地种了，这可不能怪他。村里人再说闲话，他有了理由，甚至很不客气地顶一句，表明自己的态度。

可一个庄农人，你不种地，又不打工，靠啥生活？这是个问题。但对六指来说，这真不是问题。

在麦村，他早已摸索出了一套属于自己的生存方式。虽然日子过得并非如鱼得水，但也不会皱皱巴巴。

一个村庄，百十来户，走了不少，但留下的一小部分，还要过油盐酱醋的日子，不可能锁门关窗。村子是一个小的社会圈子，只要是个小社会，多多少少就会有一些集体事务。这些事务里，最常见的便是婚丧嫁娶。在村里结婚的人很少了，都是在城里摆一桌，最次也在镇子上。包个班车，一骨碌拉进城，席一坐完，就结束了，这样简便、省事。但丧事还是不少。即便过世在外面的人，也得拉回来，落叶归根嘛。

有丧事，六指的生活也就有了指望。

过世了人的家里，得请村里人帮忙料理事务。村里缺青壮年，要打电话从城里往来请。没年轻人，其他事尚能凑合，但往坟园抬就是大麻烦。在麦村，死了没人抬，是件很可怕的事。人骂人，会诅咒说：你死了没人抬。

但六指是不用请的。只要一听到鞭炮响，他两手塞进裤兜，叼着烟，便循声而去。

去之后，主人没安顿啥，他自己忙活了起来。比如借凳子锅碗、劈柴、放鞭炮、搭帐篷等。有时，也需要总管指拨、主人安顿。当然，大多时候，六指只能干些力气活。下帖、供席、帮厨、陪客这样的脸色活、轻松活，是不会轮到他的。一来他不会说话，也说不到点子上；二来大家嫌弃他，一个光棍汉干这些不吉利。不过六指对此完全不在乎，他喜欢干力气活，尤其喜欢和村里的女人们待在一起，听她们扯家务、骂男人、说荤段子，偶尔一抬头，瞭见她们松垮的衣衫里漏出的半个干瘪奶子，他的心扑通扑通跳半天，然后便满足了。

六指去帮忙，一个是凑热闹。平常，他都一个人，太孤寂。

一个人睡觉，一个人溜达，一个人发呆，一个人为吃喝犯愁，一个人守着空落落的院子，一个人和一群垂暮之人相依为邻。只有在乱哄哄、人出人进的丧事上，他才是安心的、踏实的。二个，是有吃喝。平时，他害怕动锅动碗，宁可饿着，宁可吃三天方便面，宁可跑十五里山路去镇子上吃一碗面皮，也不会进厨房自己捏弄一点。在丧事上，饿了，随时都能进厨房，端个碗，舀几勺粉汤菜，押两颗蒸馍，稀溜溜倒进肚子。或者活干完，亲朋一走，就可以坐席，这是他解馋的好机会。干事完了，吃剩的馍、肉、菜，堆了厢房一地，主人家会打包一些，让六指带走，反正放着吃不完也会坏掉。大家都知道六指一个人，不爱做饭，还不如让他带些。六指脚底下像安着弹簧，一颠一颠提着塑料袋回了。接下来的几天，他的嘴边上，一直流着油水。三个，是一种惯性。这些年，他主动给人家帮忙，习惯了，一听见鞭炮声，像有人勾他的魂，两条腿自己把持不住出了门。

我最近一次见六指在丧事上帮忙，是在去年秋天。

鹏程祖父是留守老人。家里早已不种地。老人忙了一辈子，不种地，反倒闲得慌，浑身的毛病也就出来了。一天，他坐门口晒太阳，前天下了一天雨，把门口冲了个窟窿，他看着不顺眼，要修补修补。背上背篓，提上铁锨，到后梁去背土。这一背，就再没醒过来。六指摸黑从别人家地里偷了几捆玉米秆，天冷了，他需要烧炕。当他走到后梁取土的地方，隐约看见土坑黑乎乎一堆。六指以为卧着一只野猪。他轻轻放下玉米秆，从路边拾了一根干树枝，提在手里。当他慢慢凑近时，发现不对，试着用树枝捣了几下，也没反应。他把火机打开，才发现地上躺着的是鹏程祖父，气息已绝。

六指叫了人，把鹏程祖父抬了回去。

工作上的事忙，像鼻涕抹在玛瑙棍上，弄不干净。但我跟鹏程关系好，他祖父去世，自然应该去烧纸祭奠。我乘顺风车回去时，六指和三明父亲正蹲在鹏程家门口的拐角处，负责放鞭炮。在麦村，人去世，遗体一般停放三天，这三天供亲友来吊唁，我们叫烧纸。来烧纸的人，到门口，总管要安排人放鞭炮迎接。放鞭炮，在所有丧事中最没有技术含量。夹一根烟，蹲在墙根下，看有提花圈或捏香蜡冥票的人来，点一串鞭炮，朝院子大喊：亲戚来了。算是迎接和通报。鞭炮声落，唢呐骤起，孝子号啕。六指和三明父亲一个负责放炮，一个负责通报。三明父亲是跛子，干不了其他活。六指跟他搭班子，人们都笑话他俩：一个跛子，一个傻子。

六指看我回来，起身，调侃我说，王主任回来了，辛苦，辛苦。顺便给我发烟，当然，烟是丧事上的，他可以尽饱抽。我不抽烟，说，你个货，也会调侃人了。

下午，来烧纸的亲戚少了。这时候，六指闲着没事干，在院子胡打逛。他的麻西装背上，蹭了一层土，也没人给他提醒。他在灵堂前晃悠一下，到库房里转一圈，又到劈柴的地方跟人抬几句杠。实在无聊，就到后厨，顺手抓一个馒头，捏一根葱，吃了起来。有人嘲笑，六指，你饿鬼掏肠吗？一天光知道吃。馒头撑得六指的腮帮鼓鼓的，说，你们坐席，我吃的席把把，都是残汤剩饭，没一点油水，能不饿吗？大厨端起一碗粉汤菜，塞到六指手里，说，赶紧吃，吃了去倒泔水。六指接过碗，说，乏得很，担不动，你让其他人去。大厨把半碗肉片倒进六指的粉汤菜里。

六指笑着说，这还差不多。

六指抹着一嘴油从后厨出来，总管看到了，喊道：六指，你满院子跟掐了头的苍蝇一样，乱逛的啥？六指说，我倒泔水去呢。总管才降下声音说，赶紧去。六指提着桶子，把最后一疙瘩蒸馍塞进嘴，走了。

三天丧事，六指有吃有喝。到晚上，亲戚走完了，留下帮忙的人就可以消停吃一顿。六指早早坐下，把碗筷分好，等着吃。总管过来，又把六指收拾了一顿：你个年轻人，不知道端碗，光等着吃神仙饭。在红白事上，总管的权力是至高无上的。平时就算六指再说自己有尊严，有面子，但总管收拾他，他还是不敢说啥。况且，他不听话，人家总管不叫他帮忙，他混饭吃的机会都没有了。六指给自己倒了一杯酒，偷偷喝了，钻进后厨端碗去了。饭后，有些人忙了整天，乏了，早早去睡了。六指留下，一边守夜，一边和村里的年轻人喝酒。除了六指，村里没年轻人，鹏程打电话叫回来了几个。大家在酒桌上胡编，说城里人多到能挤破头，说乡里慢慢没了，说再过几十年老人去世年轻人不回来，麦村就从地球上消失了。六指喝多了，满脸通红，摇头晃脑，舌头都捋不直，结结巴巴说，咋能没人，胡……胡说，还有我呢，我……我不死，这村子……就在。那你死了呢？六指愣了半天，眼珠子迟钝地转了半圈，说，也是，我死了呢？有人说，你先好好活着，先不要死，明天我把你带到城里，耍几天。六指趴在桌上，摇着手，说，不去，你们城里……城里……不是人去的地方，不自由，看脸色，还是我们……我们麦村……好……

三天丧事结束后，麦村在城里混日子的人，一个个走了。六指在村口送我们，他一手插在裤兜里，把麻西装的衣襟撩到后面，一手提着塑料袋，袋子里装的都是这几天席面上剩下的。比如七八个蒸馍、几条半截的鱼、一碗胡萝卜丝、两块肘子、半只鸡、一包大枣、几包烟（他背着人偷偷装的）、三瓶半斤的酒。我说，六指，闲了来市上，请你喝酒。同车的人说，六指，闲了来市上，请你洗头。六指说，你们这些死城里人，洗个头，都不自己动手，还让别人洗，城里人都是些好吃懒做的货。那人补充，洗头，是洗你下面的头。六指一挥手，红着脸，佯装要打，说，你个死狗二流子，太黄了。我们都呼啦啦笑了。

车要开走了。有人说，再见，六指，给我们把村子守好。

六指说，再见，你们这些死城里人。

如果光靠丧事，六指的生活自然是难以维持的。好在村里还有一些其他杂事。比如谁家墙塌了，要修补半天，这是力气活，村里请不了人。那家男人就会隔着巷道喊，六指，给我帮着砌一下墙，晚上有肉吃。六指翻下炕，吧唧着鞋，走了。谁家不顺利，请了阴阳念经安土，六指在村里瞎溜达，听见铃铛声，便进院去，那家人也不好当着阴阳的面说啥，只好指拨他端茶倒水，忙到中午，也能上炕吃碗饭。招待阴阳，吃得肯定不差，层层油饼，鸡蛋糊糊。再比如，谁家拉了一架子车洋芋，从地里回来，往后院窖里装。六指在巷道闲逛，看见了，过来，主动帮着卸洋芋。活干完了，人情礼仪还是有的，那家人说，六指，进屋，洗手，吃饭。六指也不推辞，进屋，洗手，吃饭。虽是一碗酸汤，半片干馍，但至少把肚子填饱了。

麦村人都说，六指是干百家活，吃百家饭。

去年有段时间，听在城里打工的村里人说，六指多了个身份：办事员。

村里去年前半年栽了好些杆子，黑不溜秋，还冒着油。一开始，大家不知道干啥用的，既不像电线杆，又不是拴驴桩。后来，才听说是拉网线的。电信、移动、联通，三大巨头要给麦村通网络。没过几天，真的来了一些人，背着一圈圈网线，在黑杆子上架着。六指没事干，溜达到电线杆下，背搭着手，伸着脖子，吞着唾沫，看人家干活。这么看了几天，也不知咋搞的，这些公司的人和六指"搭"上了，并为六指安顿了一个办事员的职务，让他在麦村发展业务，到时候支付他报酬。

网线进了村，得有人使用，不然资源浪费。可麦村留下的多是老人，老人吃个药的钱都舍不得花，谁还愿意安网线？再说，大家拿的都是老年机，没法上网。这就需要六指出面了，一是动员村里的老人，花点钱，拉根网线，过年儿孙回来，让他们用，再说还能看电视，台多得很，随便挑，光唱秦腔的就好几个呢。二是通过村里的微信群和打电话，鼓动在外面的年轻人拉网线，虽然平时用不上，但有时回来，上网就方便多了，再说也便宜，一顿酒钱一年就够了。六指有事没事，借着串门的由头，去怂恿老人们拉网线，嘴皮子挂了一层唾沫，也没能让老人们搞清楚啥是无线网。每到晚上，六指就在群里发消息，动员大家拉网线，但效果并不明显，人们在群里说，六经理，发个红包，我们一定拉。六指发了个地雷的表情，说，你们城里人还缺钱，赶紧拉网线，拉了到过年的时候大家一起抢红包。群里悄无声息了。

不知道最后六指在村里发展了多少业务，但我感觉不是很多。也不知道最后六指挣了多少钱，估计也不多。

最近，听说六指办事员的业务又繁忙了起来。这次，不是拉网线，而是干起了村委会的公事。

麦村不大，但公事还是有的。有些，需要去乡政府跑腿。有些，需要和村里人沟通。老人们跑不动，年轻人没有，加之现在好多事都在电脑上操作，大家对电脑两眼一抹黑，更是搞不懂。六指自然就成了唯一合适的人选，村干部找他说了这事后，他立马答应了。

六指屁颠屁颠地干起了公事，成天乐此不疲。听说年底六指能领到一笔工资。但也听说六指爱给村委会打小报告，村里人越发看不起他了。

当六指正眺望远方出神时，我喊了一声，晚上喝酒。六指一惊，回头看见我，用两只手把灰旧的麻西装衣襟撩到后面，手塞进裤兜，露出领口酱黑的白衬衣，迈着八字步，朝我走来。

你咋回来了？

五月五过节啊。

过啥节啊，你看这村里，死气沉沉的，哪有个过节的样子。

没事干么，回来转一转。

你给我提礼了没？比如粽子啥的。

你家伙，才干了几天公事，就开始索贿了。

啥狗屁公事，不干了。

不干得好好的吗？

好啥哩，看脸色的很，动不动挨乡政府那帮孙子的骂，嫌这不合适那不合适，光把我折腾死了，我一年能挣多少钱，受他那气。我也是有尊严、有面子的人嘛。再说，事没干几天，惹了一身臊，把村里人得罪了一层，划不来。

我拍了拍他的肩膀，又拍了拍，不知该说什么好。

他突然问我，到城里端盘子一月能挣多少钱？

两千过点，想打工了？

没有，随便问问。他摇摇头，那头油腻得三七分全乱了。或许是起风了。他说，走，喝酒去，日月长在，何必忙坏。

黑夜行

月色晃荡，村庄像半只碟子，盛不住这夜晚。

黑夜再一次降临麦村。

月色晃荡，悬在树梢，像半只银镯子，被风敲响，叮叮当当。群山留出轮廓，伏在苍茫大地，似乎一起身，这干硬的夜色，便会被抖落一地。

"李桂英""旋黄旋割""种谷"，这些山鸟在黑夜里啼叫不休。这叫声，让孤寂的村庄越发宁静，甚至让人恐慌。除了鸟叫，村庄再也没有能力和心思制造一点声响。

驴在槽头嚼草的声音，牛在圈里反刍的声音，狗在窝里想心事的声音，鸡在架上互相推搡的声音，蛙在淤泥里咳嗽的声音，玉米在露水里拔节的声音……早已没有了。磨被卸掉，驴被杀死。牛在远方，进了餐桌。狗在山林，独自流浪。鸡在蛋里，便已夭折。蛙未成卵，池塘干涸。玉米磨面，无人播种。

孩子们进了城，在出租屋，丢着盹。曾经洒满欢笑的巷道，一片空荡。迷藏在麦草堆里蹲着，无人过问。方格子在地上，痕迹模糊。玉米秆做好的"眼镜"，已经折断。骑在墙头摇旗呐喊的少年，如一株狗尾草，被时间连根拔走了。

大人们，在城里忙于生计，忙于挣钱，像一棵树拼命结着果子，可依然难掩风雪之年那日渐枯朽的腰身。大门紧锁，无人串门，无人喝酒划拳，无人东家长西家短，无人把电视的声音开到能掀翻屋顶，无人惹是生非，无人传播小道消息，无人偷鸡摸狗，无人睡错了炕头。

唯有留守的老人，看完新闻，填热土炕，提来尿盆，闩上门，关了灯，卸下无端的疲惫，双眼一闭，便早早睡了。

村庄陷入了巨大的、黏稠的、下沉的寂静。

听说那只彻夜叫着"李桂英"的鸟，是一个男人的转世之身。很早很早以前，这个耕作务农的乡下拙朴男人，娶了一个美貌贤惠的妻子，名叫李桂英。两人异常恩爱，日子虽清贫，但粗茶淡饭也让他们过得舒心自然。直到一日，男人外出种地，回家后，发现妻子不知所终。经过打听，才知妻子进山采蘑菇了。他在山里找寻了数天，一直没有发现踪迹。是离家出走，是被歹人所害，是失足殒命山谷，还是被人绑架而去，都难以知晓，成了一桩悬案。男人愁肠百结，最终积郁而亡，变成了一只鸟。整天在山林里飞来飞去，不停地叫着妻子的名字，李桂英——李桂英——冬天，他飞往南方去寻找。四五月，他又返回西秦岭来寻找。

没有几个人见过这只鸟。但见过的人说，它因常年呼唤爱妻的名字，嘴角总是流着血。

那只叫"旋黄旋割"的鸟，老人们说，是一个女人转世的。在变成鸟之前，她也是一个普普通通的农妇，家中虽无良田，但她人勤快，开垦了不少山地。人辛苦，日子还是能够维持的。唯一不顺心的是，她的男人是个懒汉。那一年，她家种了六七垧麦子，由于风调雨顺，长势良好。六月初，麦梢杏黄，麦穗饱满，丰收在望。她催着男人尽快磨镰、修补鞍具，准备割麦，但懒惰不堪的男人躺在炕上，总是说再等等，还没黄彻底。过了十天半月，麦子黄透，金光翻滚。女人心急，继续催男人，男人还是说再等等，等全黄了，下镰不迟。女人拗不过男人，只好再等。结果数天后，一场冰雹，铺天盖地，把所有麦子打成了稀巴烂。女人站在地埂边，看着东倒西歪、狼藉不堪、颗粒无收的麦田，当场疯了。几天后，她死了。死后，变成了一只鸟，在大地上飞来飞去，一直叫着"旋黄旋割"，提醒人们，麦子黄一点，割一点，不要撒懒，不要等到全黄了，万一有个天灾人祸，后悔都来不及。麦村的人常说："旋黄旋割，天打了不要怨我。"

每年五月打头，麦子快黄了，"旋黄旋割"就从远方回到麦村，让人们提前下镰，边黄边割。见过它的人，又说，它的嘴角流着血。

叫"种谷"的鸟，是布谷，也叫杜鹃。书上说，杜鹃啼血。它的嘴角，应该也是挂着鲜血的吧。

我披着这些鸟叫，一个人出了院门，走在月色泼洒的巷道里。

这月光，如此黏稠，像极了山鸟嘴角流出的血。一脚踩下去，脚底都是黏糊的。那些挥之不去的腥味和草木被夜露浆洗过的味道，纠缠着，混合着，塞满了麦村的每一处空间。

我像一个夜游神，独自一人在村里晃荡。我想看看，这唯独被山鸟还年年记住的村庄，被世界和从麦村走出的人遗忘的村

　　　　　　故乡那么辽阔，为何还要远行

庄，此刻会是什么样。

我在巷道里走着，那些细瘦的路灯，像撑着一把黑伞，伞下，挂着灯光，把巷道一截一截照得透亮。这灯，彻夜亮着，不知疲乏的样子。寡白的灯光，清淡的灯光，无物可照的灯光，人影罕见的灯光，只是照亮了流浪鬼的黑脊背。

我不知道该去往哪里。曾经熟悉的大门和大门里熟悉的人，此刻，不是隐于人世，便是远走他乡。我没有去路，铁锁空悬，关闭往事，钥匙走在浪迹人间的路上，无处还乡。

在喜明家房背后，我听见了闹铃的嘀嘀声。他们一家早在多年前就于城郊买了一块没有土地证的地皮，盖了两层楼，安安稳稳当起了城里人。喜明父亲活着时，偶尔还会回来，自老人得病过世后，喜明一家便和麦村没有往来了。这闹铃，应该是喜明父亲活着时对的。晚上十点，没有人知道这闹铃响起的目的。是准备铺好褥子睡觉，是下炕去给驴添草，还是拉开灯吃晚上的一顿药？或者还有其他事。此刻，人已入土，事随风逝，没有人知道这闹铃为什么会响起了。只是每个晚上，它还会叩动日渐生锈的筋骨，发出笨拙的声响。最终，待耗尽电量后，它还是会"过世"。只是此刻，它比主人在人世多活了些时日罢了。

闹钟不知为谁而响。

过了喜明家，向下，再向下，就到了下庄。这些年，我已很少在村里走动，对于村庄的印象大多停留在童年。陌生的下庄，枯静的下庄，洋槐遮蔽夜空的下庄，有一口涝坝供家畜饮水的下庄，有一大片白杨林和两眼泉水的下庄，此刻，毫无声息。在大锤家门口，我隐约看见一个庞大的黑影。我无法判断是什么。我甚至怀疑是两头牛卧着，或者一堆干柴。当我走近，才看清是一辆报废的三轮车。它像一头公牛，静静趴着，等时光锈蚀它的身体。

好多年前，大锤买了村里第一辆三轮车，时风牌，一时风光透顶。那突突突的声音，总是回荡在麦村人的屋顶和耳畔。那天蓝的铁皮，混合着黑烟，在麦村的每一个正午跑过。它碾场，它拉沙，它运货，它载着人去镇子上赶集，它无所事事地在村口瞎溜达，它甚至带着麦村在世界的尾巴上突突突地跑着。

但多年以后，因为一个部件的损坏，大锤最终放弃修理开了八年之久的三轮车，进城，开起了出租车。曾经的三轮车被弃置在大门口的土台上，一放，就是六七年，再也没有动弹过。它咽下声响，吸去黑烟，收敛光泽，放下心事，静静蹲着，等死。

我把手搭上去，它的脊背，如此冰凉，真的跟死了一样，凉透了。

最后，我在坝上走了一圈，凉气袭人。长久的干旱让碗底状的涝坝只在中间聚着一汪漂满绿萍的水。借着灯光，我在昏暗的水面依稀看见了细胳膊细腿的蚊子，用手指撩拨这夜色。

如此寂静，让人恐惧。那些童年时讲过的鬼故事，在脑海里起伏。而此刻，那些虚薄而恍惚的鬼，也定是寂寞的。它们在房檐下走过，在瓦片上掠起，在树叶间停留，在山鸟凄冽的叫声里落下。它们只看到了同伴的影子在出没。没有人行走、说话、打鼾、捉迷藏，没有人温暖它们冰凉的手脚。

我徒然地在村里走了一圈，然后回了家里。月色晃荡，村庄像半只碟子，盛不住这夜晚。

夏至记

日北至，日长之至，日影短至，故曰夏至。至者，极也。

——《恪遵宪度抄本》

瓜葫芦瓜

瓜葫芦瓜，种红花。

一面栽的葡萄架，一面种的水黄瓜。

两个女儿摘棉花，摘着摘着睡着啦，

姑娘姑娘不要愁，睡到半夜梳油头。

半面梳的采花楼，半面梳的明镜儿。

采花楼上一盆水，洗白手，擀白面，

擀下面，一张纸；

切下面，一根线；

下在锅里莲花转，亲戚吃来亲戚看。

——小曲

换 瓜

瓜在水桶里。水桶在井里。

麦村不种瓜。可能是地气太凉，土壤也不行。

夏天了。知了爬在白杨树上，抱着灰绿的树干，不嫌烦地叫。它不口干舌燥吗？地里的菜瓜，藏在硕大的叶子下，探出憨笨的脑袋。它头顶喇叭状的黄花，是朵谎花，开着开着，就落了。电线上，燕子挤一堆，开会。门口树荫下的牛，摔打着尾巴，屁股后面两摊牛粪。厨房，蒜瓣在白瓷碗里。塌蒜的人，用擀面杖，当当当塌着，一颗蒜溅到门槛外，一只羽毛蓬乱的母鸡，跑过来，啄了去。

瓜在水桶里。水桶在井里。

赶着牲口驮了一上午麦子，脚板磨薄了一层。最后一趟，是咬着牙走回来的。进了麦场，把麦垛子从牛背上掀下来，码好。抽出绳，绑在牛鞍上，把牛吆到涝坝饮完，就可以回家了。

母亲提前一趟回去，赶着做饭。

脱掉被汗水和泥泞浆过的短袖，囫囵洗了手脸，掐一瓣瓜花，塞进蚂蚱笼，喂食。一个笼子，四只蚂蚱，老打架。一只死了，一只腿断了，一只触角断了，还有一只呢？逃了。肚子饿得不行，跑进厨房，提半片馍押饥。嗓子没唾沫，咽不下。嚷嚷着饿死了，饿死了。母亲递来半截黄瓜头，说，等会你爸回来，先吃西瓜。

父亲回来了。汗把头发浸湿透了，肩上搭着两根绳。裤腿被啥扯开了，用一根麻蒿绑着。给他端洗脸水，说，爸，先吃瓜，饭还没熟呢。父亲擦着头发上的麦壳，顺便拍打着肩上的土，说，你抱去。

哈，要吃瓜了。

我从井里提出水桶，从水桶里抱出西瓜。好绿的瓜，好大的瓜，好沉的瓜，好凉的瓜，上面还沾着一层密密的水珠。瓜皮挨着肚皮，肚皮都是凉飕飕的。把瓜放在方桌上，从厨房提来菜刀。一手扶瓜，一手提刀，摸了半天，没处下手。父亲说，我来。接过刀，在西瓜上弹了两指头，自语道，好瓜。他要杀瓜了。妹妹还东西回来，看到要吃西瓜，黄鹂一般飞过来，落在桌前。我们把脑袋凑上去，看杀瓜。父亲一手摁瓜，眉一皱，一刀下去，瓜应声裂成两瓣。呀！一股甜丝丝的凉气喷出来，钻到了我们眼睛里，眼睛都是凉的、甜的。

瓜被切成好多小块。红瓤黑籽绿皮，熟得正好。我们端起一牙，一口吞下去，一小半进嘴了。嗯嗯，甜，嗯嗯，凉，嗯嗯，再来一牙。母亲嚷道，少吃点，吃多了吃不下去饭了。我们才顾不上母亲的唠叨呢，一口气，吃了七八牙，一点不渴了，浑身也凉森森的，只觉得汗珠子一颗颗在蒸发，皮肤开始变得干燥起来。真是吃胀了，肚皮圆滚滚的，跟个西瓜一样，手一拍，嘭嘭响。

瓜吃完，瓜皮不能丢。攒一堆，放到牛槽里，给牛当料。

我捡了一把瓜籽，从里面挑了几颗饱满的，其他的放窗台晒着，等干了，当瓜子吃。挑出的，埋进院角的土里。瓜籽啊，会不会发芽，会不会开花，会不会长出一个又一个大西瓜呢？如果能结出瓜，我们就不用换瓜吃了。就可以放开吃，尽饱吃，天天吃了。

麦村人要吃瓜，得换。

从地里驮到场里的麦子，因为磕碰、挪动，还要摞麦垛子，麦穗上的麦粒有些就掉落了。扫到一块，簸掉土，捡去杂质，装进化肥袋，扛回家。我们把这些麦子叫土粮食。顾名思义，就是混杂着土的粮食。即便是土粮食，我们都要扫起来，不敢丢下一粒。我们知道每一粒麦子都是用血汗养大的，从播种到最后磨成面，吃进嘴，要一年的时间，这期间，出的力，淌的汗，熬的夜，操的心，只有老天知道。祖母教育我们，浪费一粒粮食，人过世了，阎王爷就让吃一根蛆作为惩罚，阳世间浪费了多少粮食，阴曹地府就要吃多少蛆。我们听着，呆呆的，头皮麻麻的，然后又去麦场，把遗落的麦粒扫一遍。

土粮食，其实是最饱满的粮食。我们叫头梢子，熟得太好，麦衣裹不住，一碰，就脱落了。掉在土里的麦粒，都是肥胖滚圆的。这跟杏子一样，最先熟透、熟好的，风一吹，最早掉下来。

扛到家里的土粮食，如果土多，就得等空闲了拉到下庄，去泉里淘洗。反复淘，把泥土洗干净了，倒在草坡上的塑料单子上晾晒。光溜溜的麦子、圆滚滚的麦子，像一群光屁股小孩，在金灿灿的阳光里，打闹着，叫嚷着，恨不得跑起来。若土不多，倒在院子，簸干净就行了。

换瓜的人开着三轮车，冒着黑烟，突突突，进村了。一车西瓜，蹦蹦跳跳，进村了。他把车停在村子中间（那里是个十字路口），吸一根烟，歇一口气，然后背搭着手，满村子转悠着喊：换瓜来——换瓜来——他老婆坐在车筐边，守着瓜。

听到换瓜的吆喝声，孩子们先按捺不住了，嚷嚷着叫母亲换瓜，生怕一迟，瓜没了。母亲正在补鞍子上的破洞，不胜其烦，说，厢房门口的袋子里有土粮食，你挖几碗，背上去换。

认不得秤啊。

你先走，我就来了。

孩子们欢呼雀跃，背上麦，小跑着，出了门，又把脑袋伸回来说，你快点啊，人家把我哄了不要怪我。

三轮车前已围了一圈人。男人站在车斗里，提着秤称瓜。嘴里不时喊一声：换瓜来——先称粮食后称瓜，瓜刚上市，很贵，一斤麦才能换一斤瓜，大人舍不得。过段时间，瓜多了就便宜了。半斤麦，一斤瓜。那时候，一斤麦子八毛钱，五毛钱能买一包六盒火柴。男人将称过的粮食装进化肥袋，慢慢地，一袋满了，又一袋满了。车斗里的瓜，一颗颗少了。四碗麦，四斤，换了颗八斤的瓜。母亲不放心瓜的生熟，端在手里，拍打了半天。换瓜的男人说道，他娅娅（孩子他阿姨），熟着哩，赶紧背回去，你看把娃的下巴都馋得掉下了。母亲说，你还是打开我看一下。男人提着长刀，在瓜上切一个三角口子，用刀尖一点，把三角瓜瓤提出来，伸到母亲眼前，说，你看，沙碌碌的。母亲才放心，把瓜装进化肥袋，说，我的可是好粮食。母亲心里还舍不得那几碗土粮食，眼眶里潮潮的。孩子们背上瓜，脚底下乘着风一般迫不及待跑回家，一时高兴，忘了下午还要驮六分地的麦。

回到家，瓜是不能先吃的，得等父亲。父亲来了，才能杀瓜。父亲是严肃的人，孩子们不敢嚷着让他换瓜。当然，换回来后，他也会不说啥。

有时，也会换回来生瓜。背着去重新换，换瓜的人很不高兴，好像是我们把瓜背回去，自己搞生了一般。最后，他随手翻出一个，递过来，说，这个没问题，去吧。

有时，为一牙瓜，我会跟妹妹吵架，甚至动手脚。当然，结果都是我挨一顿骂。母亲气哄哄训道，你大，你就不让着点妹妹，你多吃一口，能把你饱三天？还是能长一斤肉？我坐在门槛上，耷拉着脑袋，啃着瓜皮。妹妹立在炕沿边，腮帮子上挂着眼泪，哽咽着，身子一抖一抖。那天的瓜，不甜。当然，这都是父亲不在的时候才发生的事。父亲在，我们都乖得像猫。

掉在地上的瓜，被鸡吃了。我从它们嘴下抢来一点，塞进蚂蚱笼。有人说蚂蚱吃了西瓜会叫得更欢——呱呱呱——呱呱呱——我想，因为蚂蚱不渴了，喉咙也不干了，跟人一样，嗓子也清亮了。

偶尔，也去偷瓜。一圈人爬在车帮上，围住换瓜的人，假装看热闹，其实是打掩护。换瓜的人正忙着称瓜、装粮食、嫌弃别人家的麦子有土。有人从人堆后面伸进去一只手，够到一颗瓜，用手拨啊拨，拨到车斗边，悄悄抱出来，塞给另一个，摁到肚子上，撩起短袖一裹，藏起来。到手了。有人咳一声，大家一哄而散。换瓜的人发现瓜被偷了，大喊大叫，你们这些贼娃子、土匪，小心我把你们腿卸了。

大家嘻嘻哈哈笑着，早已溜远，钻到一堆葵花秆后面，在石头上把瓜磕破，一人一块，哼哧哼哧啃着，瓜籽瓜汁沾满了脸。吃完，用瓜皮把脸擦一遍。啊，好凉快，但紧接着，脸上像糊了纸，又黏又绷，难受极了。

小时候的瓜，真好吃。

后来，麦村人不怎么种粮食了，也就没有土粮食了。换瓜的人，也不来了。他种瓜是为了换粮食吃，没有粮食，来了也是白来。听人说，换瓜的人，后来一直念叨麦村的粮食，颗粒真好，磨的面粉真白。

我再也没有吃到过一块像小时候的瓜，那么甜，那么香，那么凉。我们再也没有一个童年般的夏天了。

麦黄杏

全世界回荡着蜜一般的嗡嗡声。

有一种麦黄杏。麦子一黄，它忍不住也就黄了。

记得年幼时，我们一家去割麦。午后的阳光，巴掌一般，把人的影子拍得很扁很扁。过大弯路，路边的土台上，长着一棵麦黄杏。齐腰粗的树干，把脖子伸到路中间。一些黄杏子落在地上，拇指大小。一边是黄的，另一边被太阳晒红了，像涂了一抹胭脂。有些摔破了，裂成两瓣，爬满蚂蚁，它们用漆黑的大板牙，啃食着。杏核光溜溜躺在路边。

我们捡了几颗杏子，在袖子上囫囵一擦，一捏两瓣，掏出杏核，装入裤兜。杏子进嘴，啊，甜，真好吃。好吃到啥程度？也说不来，就是好吃。我们一连吃了八九颗。父亲跳上土台，在树干踏两脚，熟透的杏子，就噼里啪啦落了下来，好几颗砸在我头上，疼。我们把落到地上的杏子捡到草帽里，端到麦地吃。满满一草帽，不少呢。我们像端着一盆黄金。我们提的水壶里的水肯定不够，麦割到中途，解渴就靠杏子了。

麦村多杏树。

麦村的杏树应该是上世纪六七十年代栽的。麦村阴凉，适合杏啊梨啊核桃啊生长。一排子杏树栽下去，三五年，一个样子，八九年，就已碗口粗了。杏子落地腐烂后，露出杏核。树叶落下去，盖住杏核。套着土黄色外壳的杏仁，在某个春天睡醒了，伸出嫩白脑袋，挤破坚硬的核，摇头晃脑来到了世间。

三月里，杏花开。杏花大多白色，偶有粉白，花瓣比梨花厚实。大片大片的杏花，云一样，开在地埂上，开在河沟边，开在山梁前，开在风口里，开在房背后，也开在姐姐薄薄的睡梦里，雾一般，缭绕着。三月的杏花彻底开了，像一个人把内心的秘密全吐露出来。西秦岭的阳光伸长手指，敲打着花瓣，全世界回荡着蜜一般的嗡嗡声。

杏花开，猪瘟来。天气一暖，瘟疫都来搅日子了。

四月，杏子拇指肚一般大，我们摘下来，咬开，很酸，但我们还是吃了。我们有一口漂亮而瓷实的牙板，才不怕酸呢。我们把一颗白白嫩嫩的杏仁捉在手里，裹上棉花，团成球，塞进耳蜗。我们叫"抱鸡娃"。抱，是孵的意思。"鸡娃"在耳蜗里待了三天、五天，甚至一个星期。晚上，我们还得小心翼翼从耳蜗里取出来，放在窗台，以免睡着后掉出来压死。第二天，继续抱。我们深信，有一天鸡娃会从耳蜗里钻出来。好多天过去了，我们忍不住拨开棉花，杏仁由原先的白嫩，变成了"赭石"，甚至发红，软哒哒的，于是又塞进耳蜗。某一天尚未破壳的"鸡娃"掉了出来，被挤破了。我们有些沮丧，有些难过。有的"鸡娃"抱着抱着，也就忘记了，不知丢在了哪里。

我们从来没有抱出一只鸡娃，这让人失望，但每年，我们还是要"抱鸡娃"。我们是从大娃娃那里学到的。大娃娃还小的时候，也是从大娃娃那里学到的。

六月杏子黄。

黄澄澄的杏子，挤满树枝，吵吵嚷嚷，它们是小学二、三年级的男生们。

麦村人把自家种的杏子，叫大结杏。应该是一个新品种。大结杏，顾名思义，比野杏大。杏树栽在院内墙边，鸡蛋大的叶子和鸡蛋大的杏子，翻过墙，朝外张望着。大结杏先是青绿，接着能晒到太阳的一面变红，再变红，红到油亮，红到浓得化不开。另一面，也一天天黄了，但不会红。我们走过墙根，一抬头，看着又黄又红的杏子，它们好像故意逗弄人：来呀，来吃我们呀。我们馋得啊，牙缝里塞满了口水，恨不得拿棍子捣一颗，但那家人看得很紧，我们没下手的机会。

麦村人种的大结杏不多，但漫山的野杏，是真多。野杏子分两种，我们叫甜核和苦核。苦核，说的是杏仁吃起来味苦。甜核，杏仁不苦，微甜。当然，甜核杏少，苦核杏多。我们在山里跑遍了，对每一棵甜核杏树都了如指掌。除了甜苦核，从外形上，杏子还分羊粪蛋杏、癞呱子（癞蛤蟆）杏等。

吃过午饭，我们不睡觉，去摘杏。

在麦村长大的人，看一眼杏子，就知道好不好吃，这是一项基本技能。我们在树下仰着脑袋，搜寻着黄透的好吃的杏。杏树叶把浓稠到发黑的阴影罩下来。杏子们在树上互相推搡着，挤着眼，说，来呀，上来摘呀。我们在树下，摸着光秃秃的脑袋，也互相推搡着，咂巴着嘴，说，不要急，心急吃不了热豆腐。

我们齐刷刷爬上一棵杏树，像一群猴子，钻进树叶里，顺手一颗，丢进嘴，吃了起来。有时，一歪头，一颗杏挂在嘴边，一伸嘴，吞了。有时，挑最好的，装进衣兜，拿回家给大人吃。我们在树上吃了几十颗杏，肚子胀了，牙软了，人也乏了。找一根高处的树干，坐上去，两腿挂着，一只鞋不小心掉了下去。我们伸着瘦长的脖子，把脑袋探出树叶。哇，从高处看外面的世界，新鲜而开阔。天那么蓝，刷过油漆一般。三只云，哦，不对，应该是五只，头朝西，一只追着一只，跑远了。风吹来，树木摇晃着它们绿汪汪的头发。两只燕子从潮水一般的声音里弹出来，漫过了天空。一些鸟，比如黄鹂，比如燕子，比如火火燕，比如白脸媳妇，在树林里翻飞，偶尔啄一嘴杏子肉。布谷鸟还在，有心无心叫一声，很懒散的样子。远处的堡子依旧沉默着，像一只空碗，装满了我们不知道的事。它周围的麦子，黄了。再远处，就是模糊的山的轮廓了，山的那边有什么呢？

少年们在树叶的缝隙里转动着脑袋，少年们有一丝淡淡的忧伤。

大人站在门口，喊着我们的名字，让去放牲口。我们从树上缓缓溜下来。"上树好，下树难，肠子挂在树尖尖。"我们有这样一句顺口溜，用来笑话下不了树的人。

麦子割完，杏就全黄了。

一个大雨过后的正午，不能下地，大人们提着竹篮，背着背篓，带着孩子，孩子扛着竹竿，一家人拾杏去了。森林潮湿，冒着幽蓝的烟雾。人们钻进林子深处，寻找果实繁密的杏树。找定了，卸下东西，父亲弓着腰，吃力地爬上树。树干乌黑，湿滑，长满绿苔，难以搭脚。树干上生着金黄的胶，被雨水泡软了，我们摘下来揉捏着玩，软糯粘手。上了树的父亲，找好位置，开始使出浑身力气，摇晃树干。杏子们噼里啪啦冰雹一般，密密麻麻落了下来。我们的头，被几十颗杏子砸中了。母亲抱怨父亲不提醒，父亲哈哈笑着，又摇了起来。摇不掉的，他用竹竿敲打着。

地上落满了金黄的杏，厚厚一层。太多了，实在太多了。

父亲在树上抽烟。我们一边挑拣着最好的杏子吃，一边把杏子捏破，掏出杏核，扔进竹篮。杏皮丢一边，不要了。杏核晒干，可以卖钱。杏仁可以炒杏茶。

湿漉漉的森林里，看不见人，但能听见家家户户拾杏子的声音。孩子们打闹着，嬉耍着。大人们聊着麦田里的事。很快，杏核装了半竹篮。我们也被杏子吃饱了。杏皮捏成两瓣，像张开的嘴巴，堆在树根边。一棵杏树差不多摇光了，只有实在够不到的几颗，藏在叶子后面，心惊肉跳的样子。没有杏子的杏树，一下子轻松了很多，但也空落落的。我们又到了另一棵杏树下。

至于那些没有人吃也没有人捡的杏子，在田野里独自黄了，独自凋零了，独自腐烂了。半个夏天，几场大雨过后，森林幽暗、潮湿、蓬勃，弥漫着杏子的酸腐味，暗自游走。

杏子没有了。杏树站在秋天的门槛上，穿着白衬衣，打着口哨。

我们挂在屋檐下的两串杏干，变成了酱红色。

秋末，我们拉着架子车，扫杏树叶，给冬天准备燃料。红的、黄的、绿的、紫的杏树叶，厚厚一层，褥子一般，铺在地上，那么安静地等着扫。森林里，隐隐有扫帚的刷刷声，也有人们说话的声音。森林里，冷清清的，白霜在不远处坐麻了腿。杏树叶，扫成堆，一堆一堆，鼓鼓的，坟包一样。等叶子干透了，用架子车拉回家。

冬天。我们在大雪皑皑里喝杏茶。一人一大碗，清香，暖胃。杏树们，拥着白雪织成的细绒围巾，丢着盹。不用多久，雪再大些，它们盖上新棉花缝成的被子后，就睡着了。森林里，静悄悄的，只有一串兔子的脚印，蹦跳着，延伸到了远方。

我已好多年没有吃过麦村的杏子，也没有上树摘过杏子了。

老 田

男人和女人被拉扯到一起，除了生娃，可能就是为了方便干农活。

上午，九点刚过。整个麦村落满露珠，湿漉漉的。割草的人，背着一背篓青草回来了。青草码在背篓顶上，用绳子横腰拦着。镰刀别在草缝里。青草晃悠，起起伏伏，遮住了割草人的旧草帽。草背回来，堆在后院。晚上铡了，给牲口当夜草。

割草回来的人，麦村人叫他老田。老田种了一辈子地。小时候，给农业社种，后来，包产到户，给自己种。他爱地如命，把村子周围能种的土皮全开垦了，哪怕是案板大的一坨，也不放过。有一年，他垦荒地，把三驴子祖坟上头的一块土坡挖了。三驴子不依，说是在先人头上动了土，坏了他家风水。两人站在地埂边，先是打嘴仗，打着打着，不过瘾，就动了手。结果三驴子掰折了老田一根小拇指，给老田赔了八千元。到现在，老田左手的小拇指伸不起，一直耷拉着，像一根尾巴。村里人从他们身上得出的经验是：打赢，赔钱；打输，挨疼。自此，村里消停了好多年。

包产到户后，按人头，老田家五口人，人均六亩山地，统共算下来近三十亩。这些地，老田一亩不落种着。小麦、玉米、洋芋、胡麻、葵花、油菜、荞、莜……样样不少。当然，小麦占大头，每年差不多要种十亩，玉米、洋芋其次，各三四亩。

多年以后，他们家的人嫁的嫁，过世的过世，进城的进城，村里要收地，他硬是死活不退，跟老伴两个人起早贪黑种着三十亩地，差点没挣死在黄土里。

后来，村里人开始撂荒，出去打工，即便不打工，为了图轻省，也只种村子周边交通便捷的地块。这时，老田给别人打声招呼，把地肥肯长的撂荒地捡过来，自己种上了，然后把自己无路可走的地再撂掉。这样一来二去，掰指头一算，他还是种着三十亩地。这个数字，在村里绝对算种地大户了。一年下来，麦子少说六千斤，留过一部分，剩下的粜了。他一直对粮价怨言颇深，觉得这几十年，其他物价翻了好几倍，麦子一直在一块钱上下浮动，这不符合天理啊。他数着从粮食收购站换来的钞票，嘴里嘀咕，心里委屈。除了麦子，其他作物，也是留过吃的后全粜掉。他儿子在城里当老师，买了房，买了车，他帮着儿子刚还完房贷，现在又帮着还车贷。

这些捡来的地，种了几年后，老田终究还是放弃了。

村里人越来越少，撂荒地越来越多，生态越来越好。野猪、野鸡、野兔，还有瞎瞎（鼹鼠）、水狼子（黄鼠狼），多了起来，种的庄稼全被它们糟蹋了。春天，撒一把籽，野鸡吃了。夏天，野猪到处拱。秋天，瞎瞎把麦芽根咬断，死了大片。村里种的地本就寥寥可数，这些野物赶集似的，一亩接着一亩，害了个底朝天。老田守着七倒八歪的玉米秆，心里像老刀子割。

除了野物糟蹋，村里人一少，干农活就没搭对子的了。以前，驮麦的时候，两户人凑一起，赶着自家的牲口，今天给你驮，明天给我驮。到耕地、打碾时，也搭对子。这样互相合作帮衬，人轻松，活也干得快。现在，找不下搭对子的人，所有活只能自己一人干，活一多，干脆干不前，还挣得要命。年龄一大，更是干不前了。

　　干农活，有些必须两个人。比如种洋芋，一人耕地，一人遗籽。送粪时，一人拉车，一人牵牲口。驮麦时，两人才能把麦摞子架到牲口背上。碾胡麻时，一个人扬，一个人簸……老田有时想，女娲娘娘造人，造个男人，再造个女人，然后拉扯到一起，除了生娃，可能就是为了方便干农活。去年，老伴被儿子叫到城里带孙子去了，家里留下他一人。最近，儿子打电话也叫他，说城里托了人，找了个扫马路的活，比种地轻松，收入也比庄农强。他让老田尽快把牲口卖了，进城来。

　　基于以上一疙瘩原因，老田不得不把地撂掉了。

　　今年春天，他本来想种点油菜、洋芋，想想，还是算了，加上那段时间感冒，气都吸不上来，哪有力气扶犁把子。不种地，一天除了给骡子割一背篓草，便无所事事。他背着手，在村里瞎晃悠，看见有人就去凑，听一听别人扯闲，时不时插两句，不然太冷清，心里寂苦啊。听人扯闲，日子打发起来也快一些。

　　前些年，他好歹是个老师的父亲，人们还尊重他，让他说，听他说。现在变了，人家不爱听他的了。一来他也说不出啥新鲜事，二来村里有些人打工做生意挣了钱，不稀罕有正式工作的人了。有老人蹲在墙根下，拍打着裤腿上的土，笑着说，老田，不种地，成脱产干部了。老田呵呵一笑，回道，你们早脱了，我才脱，扯大家后腿了。

儿子又打电话催他，他回绝了。他舍不得那头黑骡子。他要走，骡子势必卖掉。他的这头黑骡子，是他养的上一头黑驴下的，而上一头黑驴，是他父亲活着时，养的一头黑驴下的。两辈人，养了三辈牲口，有年头、有感情了。他们家能有今天，这头骡子是有大功劳的。他还真舍不得卖掉。况且他不喜欢城里，夏天太热，到处冒火，能把人烤熟。虽然到处车挤车，人踏人，但却没个能搭话的，不比村里，出门进门都是熟人，想说啥说啥。实在没人，给牲口，给杏树，给农具，给杂草，给死了的人，给天上的一朵云、水里的一个泡，甚至给自己，说一阵都可以。城里不行，人家还以为你得了精神病。其实，最关键的是他怕进城花钱，喝水要钱，买菜要钱，住楼要钱，打电话要钱，坐个车要钱，就连撒个尿，也要钱。反正只要眼一睁，就要钱，他一辈子是个舍不得花钱的人，到城里去，咋能受得了。不像农村，只要有包盐，半个月不花一毛钱都能过日子。所以，这么一盘算，他决定还是不去。

老田不去城里了，和其他老人一起留守在麦村。

老田的粮食去年秋天粜光了。麦子粜了，玉米粜了，油菜粜了，胡麻粜了。当然，洋芋、葵花肯定也粜了。老田粜粮食时，压根就没想到不种地了。这么多年，他和麦村人一样，家里不存粮了。一是觉得没必要，反正第二年还收；二是吃不上，麦子留着会出"牛"，老鼠也害；三是村里人都到镇子上买面吃了，即便没粮食，只要有钱，还是饿不死。

老田终究也买面吃了。

前些年，村里有人种麦，打碾下来，会拉着粮食去集上换粮

　　　　　　　故乡那么辽阔，为何还要远行

油公司的袋装面。这样省事。磨面的话，得把粮食拉到邻村，排队。排到了，先把麦闷湿，湿到软下来，能咬扁，然后才磨。嗡嗡嗡的机器声，不绝于耳，吵得脑仁疼。面粉钻到鼻孔里，打个喷嚏，都是面糊糊。开磨坊的人，往机器里倒粮食，磨面的人蹲在另一头，把面和麸子分开。磨完了，装袋子。最后拉回去，抱进屋，码起来。要花一天时间，够费人。换面，就容易了。用村里的三轮车把粮食拉到集上，在原先的老粮站、现在的粮油公司卸下，过秤。按市场价，折算成钱，再用钱买人家从城里批发来的面粉。买好，丢进车筐，拉回去，多省事。也不用多买，就买两三袋，吃完了再买。这样才新鲜呢。新鲜，这都是从城里人嘴里学来的词。以前，大家不知道新鲜不新鲜，因为啥都是自家的，无论日期，能吃就行。此外，大家都觉得买的面好，为啥？因为特别白，白得像石膏粉，白得刺眼，白得没一丁点麸子皮。擀的面条，也白得很。下到锅里，更白，白得像一团棉线。不像磨的，磨不好，黑的吃，跟狗肉一般，捞到碗里，一看都饱了。还有，据村里的女人们说，买的面好擀，不费力，就揉到一块了，也好吃。老田想，也不一定是好吃，可能是换了个口味的原因吧。再说，村里人也还搞不清面那么白，是有添加剂的。

当人们都换面吃、买面吃的时候，一开始老田坚持磨面吃。他知道添加剂对人有危害，这是他儿子给他说的。他知道磨的面不好擀，但擀好了，吃起来劲道，这是他自己比较来的。他还知道，吃着沾满自己血汗种出的粮食，有感情，心里踏实，吃了长骨血，这是他悟出来的。

但最后，他不种地了，没有余粮了，不得不买面吃。

草割回来，堆在后院。给骡子饮水，骡子一头扎进桶子，呼啦啦把半桶水吸干了。老田本来要吆出去到坡上吃会草。但今天不行，他有事。他抱了一捆草，撒到槽里。然后回屋，插上电炉，熬了一罐茶。他不抽烟，舍不得花钱。但茶不能不喝。一天不喝茶，三天没精神。以前种地，再忙，下地前也要熬一罐，雷打不动。

喝了茶，从席子底下压着的旧袜子里摸出几张钱，揣进衣兜，出了屋，锁了门。他去贵娃家。贵娃有三轮车，逢集时会开上，村里人跟集，都坐他的车。十点多，贵娃开着三轮车突突突出了村。冒着黑烟的三轮车，拉着老田和另外两个人。老田买面去了。

老田颠簸在车筐里，心想，农民不种粮食，到了买面吃的程度，这还算是农民吗？没有自己种的粮食，他自己也只能狗熊耍扁担——混饭吃了。

说起粮食

因为掉垛子，我跟母亲没少挨父亲的骂。

花牛的祖父过三年。

村里留守的人都去烧纸。在外面的，花牛打了电话，邀请了一番。能回去的，也回去烧了纸。一个人，离开人世三年了。真快，让人恍惚。我还清晰地记得他穿着蓝色粗布衫，牵着黄牛，背着背篓，背篓里放着拾粪镰刀和竹罩，佝偻着腰，走出村口，去割麦时的情景。就像昨天的事，可一转眼，已三年了。过了这个忌日，人们就要把他忘记了。

我们烧香，磕头。我们在逝者亲人的脸上，依稀可见他的音容。但此刻，悲伤早已在三年的耗损中消散殆尽，人们甚至带着欢笑，用千百年延续下来的方式，完成最后的祭奠。

院子临时搭了棚，棚下摆着两张桌子。烧完纸的人，要坐席。后厨设在门口的柴房，厨师是外村人，常年在西秦岭跑动。谁家有红白干事，请他去做席，他骑上电三轮，载着女人，拉上锅碗瓢盆，就出门了，一去三五天。席面上什么，由主家决定。

根据主家意见，他开单子。再由主家安排人第二天一早进城采购。有些食材是现成的，熟着，一热即可上桌。有些需要炒煎蒸煮。

虽然村里人全请了（有人的去家里，没有人的打电话），但终究人不多，加之又是三年期。流水席，最后一轮的两桌人坐满，已到下午两点。好在肚子里都垫过，也不至于太饿。上席，是年长者或者客人坐的地方。今天，坐上席的是黑球祖父，七十多的人，忙活了一辈子，到现在还挂着铁锹拾柴。他的儿子和孙子黑球一家五口都在城里，只有他守着麦村的院子。边上，是富贵二爸，没盘下媳妇，如今六十好几了，一辈子光棍，种地的收成，挣来的钱，全被富贵抓走了，他活得谁都不如。北边，是六指，提着酒瓶，嬉皮笑脸地给大家倒酒。他边上，是麻驴子，在城里零工市场等活干，买了套五六十平方的楼房，这几天听说村里申报危房改造，他回来打探消息，看有没有自己的份，他还想把老房翻修一下。另一边，是老田。他边上，是宝娃父亲，宝娃在当社区干部，女人开超市。他跟老伴进城帮着带孙子，不到半个月就回来了。儿媳妇嫌弃他们老两口，说不会用马桶，做饭不放油，平时不洗脚，把娃带得无法无天……反正一大堆说辞，老两口窝着一肚子气，又回麦村了。我边上，是军军，在城里最早开挖机，挣了钱，现在成小老板了。另一桌，是花牛家的亲戚。门口，立着黑妹，依旧脏兮兮的，一副呆呆的样子。

六指给大家敬酒，棚底下太热，没人愿意喝。六指轻蔑地说，你们酒都不喝，还吃啥肉呢，没听过酒肉不分家嘛。有人回道，你咋不喝？六指夹了一根鸡腿，嘣着，说，我喝啤酒。麻驴子指着厢房说，到库房去领。六指嘿嘿一笑，嘴角龇出两抹油，说，我要能从援朝老汉那个啬皮跟前把啤酒要来，太阳就从炕眼里出来了。

席供得很快，菜一碟一碟上，空盘一个一个扯。有人说到天气，由天气说到前几天的麦子，由麦子说到收割，由收割说到价钱。往年大暑节气，正是麦子收割打碾的时候。麦村高，阴凉，麦子黄得晚，比川道地区大概迟半个多月。

"麦子黄，绣女请下床。"一家人，不分老小，都要下地割麦，忙得像热锅上的蚂蚁。天摸亮，老人起身，磨镰刀。女人在厨房，烧汤。磨毕，拾掇妥当，一家人吸吸溜溜喝完汤，就开始起身了。天还麻着，山鸟挂在树枝上，睡眼蒙眬。东边，天跟山的接缝处，堆着鱼肚白的云。村里已经人喊马叫了，大家憋着一股气，打仗一般，走过了露水湿重的地埂。

进了地，一字排开，一人两膀子宽，从地头割起。没有人说话，窝着狠劲，只听见镰刀割断麦秆的嚓嚓声和麦秆互相摩擦出的刷刷声。到十点，一伸腰，屁股后面已摆满了麦捆，像躺倒的士兵，整整齐齐。腰酸透了，一手扶着，老半天才能伸直，太阳已蹦上树梢，明晃晃的。可以歇口气了，一家人围一堆坐在麦捆上，喝水，吃馍，说话。

到中午，一亩地，剩不多了。天太热，太阳在头顶炸裂，火粒扑簌簌落下来，掉在脖子上、胳膊上、脊背上，烧得肉疼，似乎能闻见一股焦煳味。割不完了，下午接着割。把麦捆全部立起来，在太阳下暴晒，容易干。提上镰刀，拖着酸软的腰身，回家。

以前，麦村每家平均种十亩麦，因为山地多。十亩麦，前前后后，要割十天。割完的麦子，在地里摞成小垛子，放置一段时间，等麦子基本干透，就该用牲口往回驮了。那时麦村的山地能通架子车的很少，要拉，得先背到路边。背麦，是个要命活。一次只能背十二捆左右，像背着一座火焰山，绳子也在肩膀上勒出了两道红槽，看着都疼。

驮麦，人稍微轻松一点，但牲口受罪。二三十捆麦子架在牲口背上，路远，要走近十里路。整个上午，一头牲口能驮回去一百来捆麦子。到中午，一揭鞍子，牲口背上如水洗一般，大汗淋漓，冒着热气。尾巴下面有一根绳，是和脖子前面、肚子下面的绳子一起固定鞍子的，我们叫臭拱。下坡时，为了防止鞍子前移，全靠臭拱扯着，几天下来，牲口尾巴下面，裂了口子，肿胀起来，血肉模糊，苍蝇、牛虻挤成疙瘩在上面喝血，牲口尾巴摔打不急，疼得满地打滚。我们得不停赶走那些讨厌至极的苍蝇、牛虻，甚至一巴掌拍死。到最后，鞍子一搭到背上，牲口四条腿直哆嗦。放臭拱时，尾巴死活拉不起。

驮麦最害怕的，不是走路，是麦垛子掉到了地上。有时，没有路，牲口驮着麦垛子下沟上坡，不小心，垛子就跌落了。有时，垛子两边不均衡，一边重，一边轻，走着走着，偏到一侧就翻了。也有时，牲口驮乏了，发脾气，故意往土崖上蹭，蹭来蹭去也就掉了。掉了垛子，得重新往牲口背上架，但绳子已松，很难架上去。况且走在半路，也没人帮忙。垛子很重，除非两个大人才能抬得架到牲口背上。一个人，或者女人、娃娃，只能干瞅着。掉了垛子，最伤心的是麦粒撒了一地，捡不起，扫不成，只能眼睁睁看着麦子遗落在了田野，不能归仓。因为掉垛子，我跟母亲没少挨父亲的骂。他气急败坏的样子，像一头狮子，要把我

故乡那么辽阔，为何还要远行

们吃掉一般。他吼道：眼睛睁那么大，看啥着呢，掉下了，麦撒了一地，你能一颗颗拾回去吗？我和母亲无言以对，可掉垛子也不由我们啊。我跟母亲，对驮麦有恐惧。

一场麦驮下来，牲口瘦了一圈，人脱了两层皮。

割、驮，前后一月，麦子总算进场了，人稍微能消停点。接着，打碾籽种，簸土粮食，晾晒麦子，摞大麦摞子，活一样接着一样，总干不完。

今年的麦村，不是这般要命地忙碌了。这几年的麦村，都不是这般要命地忙碌了。人们很少种麦，即便种，也就两三亩，轻而易举收割了。

今年小暑前后，下了十天左右的雨。夏雨绵稠，无休无止，泼洒在田野，倒灌进已黄透的麦穗。包裹在麦衣里的麦粒，在雨水的冲泡中日渐松软，发胀，最后忍不住，发了芽。鹅黄的麦芽，蛇信子一般，从麦子的嘴唇里吐出来，挤破衣裳，在雨水里摆动着。雨水泡得太久，麦衣和麦秆受潮，开始发霉变黑，再这么下去，就要腐烂在地里了。人们穿着泥鞋，顶着化肥袋子，站在地埂上，看着稀稀拉拉的地块里，麦子们浑身湿漉漉的，在细密的雨水中，影影绰绰有一层薄纱般绿茸茸的麦芽了。麦子发芽了，糟糕透顶。芽麦面，产量低，磨成面，吃起来，粘牙齿。人们已经多年没吃过芽麦面了，但今年，天不睁眼，人要遭罪。

后来，天晴了。幸亏天晴了。再下，麦子都要统统烂到地里了。

太阳晒了几天，有人不知从啥地方联系来了一台收割机。收割机咆哮着，冒着黑烟，慢腾腾进了村。村里种麦的人家，开始找收割机割麦了。

这几年，农田路修宽了，收割机大多可以进地。收割机进地，突突突突，麦子被卷进"嘴"，很快，脱掉衣裳的麦子从一头出来，麦秆从另一头落在了地上。这家伙，半天工夫，就割了二亩麦。割完后，粮食直接拉回家，麦草撂在地里。太省事了。割一亩，二百元。以前，靠人割，二亩麦最快两天，有时候人手少，得三四天。

今年，村里的麦子一律用收割机割了。这在麦村历史上绝对是大事件，也是标志性的事件。从此以后，麦村将告别靠人割麦的时代，那些起早贪黑的日子，那些割麦撂麦的日子，那些人背驴驮的日子，将从麦村人的生活中撕掉，成为回忆。像我这一代人，就成了麦村最后提着镰刀割过麦的人了。从此以后，机器轰鸣，镰刀寂寞。

真是一个巨变中的时代。

由于受到雨水浸泡，麦子发了芽，产量都不高，大多一亩三百斤，最好的也就五百斤。麦子装进袋，留过一点后，其余的要粜了。今年的这一批芽麦一斤才四毛钱，还没人要。有人算了一账，按一亩五百斤算，四毛钱，能粜二百元。这二百元，刚够收割费。如果算上人工、化肥、农药的钱，种了一料庄稼是亏本的，而且种得越多，亏得越大。在巨变的今天，西秦岭的农业依然还是靠天吃饭。农民要在传统的庄稼上获利很难。

有人一桌饭，吃掉上千元，这是一个农民在不景气的年成里种一年麦换取的所有收成。真是天壤之别，让人痛心。人们在席桌上，唏嘘感慨。岁月在他们脸庞上刻画出了深邃的沟壑。他们戴着陈旧的帽子，穿着陈旧的衣裳，用粗笨而长满老茧的手夹着从城里买来的食物。他们都是我的乡亲。他们终究还是要在一粒麦子中找到光亮，他们的内心肯定也曾落过一场无休无止的雨。

他们念叨着，麦，明年还种不种呢？不种，留在村里，能干啥？种，没个好收成，没个好价钱，有啥意思呢？

最后一个菜，是醪糟汤。老人们捏着软塑料勺子，舀一勺，嘬着嘴，吸溜溜喝着。他们对这种甜丝丝的东西不感兴趣，他们更喜欢一碗浆水面，或者一碗大拌汤。只有这些下肚，日子才觉着踏实。

招待毕村里人，就该烧纸了。烧完纸，三年就算结束了。一个人在这世间最后的惦念，也就告一段落了。那一刻，鞭炮响起，哭声响起，悲伤响起。花牛的家人穿着白孝衫，戴着麻孝帽，跪在供桌前，长久地跪着。他们的眼泪落下来，如同一粒粒麦子，种进了土里。而在某一个多雨的盛夏，这些眼泪会发芽吗？

土炮家

土炮不是炮，是我们家邻居的邻居的名字。

土炮母亲来我们家。我正坐在门槛上刷手机。

院子西角，不知哪年丢弃的一粒苹果籽，长出了苗子。现在一人高了。父亲冬天修剪过。院子南边，是炕大的一块花园。韭菜开花，月季猩红，葡萄藤攀在屋檐下，肚皮上挂着稀稀拉拉纽子般的葡萄。花和菜是父母种的，但他们都不在。

土炮母亲看我家门虚掩着，以为我母亲回来了，想进来说几句话。她一手提着铝盆，一边胳膊窝里夹着一捆葱。盆边沾着面粉。银色的盆子，在正午阳光的反射下，摔出一坨亮光，泼在地上。她跟母亲是同岁的人，也跟我母亲一般苍老了。五十来岁，白头发犹如荒坡的野草，一茬盖过一茬。没办法，集上买了劣质的染发剂。回来调和一下，用旧牙刷抹在头发上。味道刺鼻，扎眼睛。没几天，颜色掉了，还是满头白，她们懒得拾掇了。

土炮姐弟二人。姐姐早些年嫁了人。土炮母亲到现在都后悔当时要的彩礼少了，才三万元。三万，现在城里一个厕所都买不下。她给土炮娶媳妇时，女方要了十四万的彩礼，退了两万，也要十二万。相比她家姑娘的彩礼，实在太少，这让她一直耿耿于怀，也一直对土炮父亲有怨言，动不动扯来这事骂一顿。

当初，家里的主是土炮父亲做的。他觉得彩礼这事，不能没有。没有的话，人家觉得你姑娘不值钱。也不能过分，这又不是倒卖人口，不是卖骡子卖马要讨个好价钱。况且，姑娘嫁人，当父母的终究希望他们一家人把日子过好。一次性把男方家掏空，姑娘嫁过去，日子咋过？土炮父亲的话，不无道理。土炮母亲说，你有菩萨心肠，但土炮娶媳妇，你能保证人家女方也这么想？土炮父亲嫌女人家瞎搅和事，打发出去了。最后和男方的媒人商定，彩礼要五万，到时候，退两万，皆大欢喜。

轮到土炮娶媳妇时，女方家开出的条件是：彩礼十五万，三金，四季穿的衣裳各三套，到西安拍婚纱照，去三亚旅游，最关键的是城里有房，有车。女方狮子大张口，土炮家自然无法接受，房子、车子、彩礼，加上其他花销，差不多一百万。就是把老两口宰了，也拿不出。但也不能因为没钱，就不给儿子娶媳妇啊。最后他们托媒人，跑了不下十趟，把一套房和一辆车暂时磨掉了，保证以后手头宽裕了一定买。女方又把三金提成五金，最后才勉强同意。

在西秦岭，农村人结婚，女方城里要房，已是最基本的要求。城里没房，这事就别提。土炮父亲为女方暂时放弃房和车感到欣慰，甚至有点骄傲，在村里不时吹嘘，你看我家儿媳妇，没要房和车，就跟了我家土炮。

结婚以后，土炮带着媳妇到城里打工去了。土炮搞装修，主要粉墙。媳妇在酒店当服务员。

这期间，土炮父亲出事了。

那是一个夏天，正午过后，土炮父亲把门口的一堆驴粪扫到墙根下，无意间瞥到家里唯一的黑驴蹄子长了，前面裂着几道口子，看来该削蹄子了。给驴削蹄子，跟给人剪指甲一个理。

他从村里找了半天，也没找见一个能帮手的人，只好从厨房喊出切酸菜的土炮母亲，给自己帮忙。他找出多年不用的门担，提了绳子，放到门外。又取下镰刀，喷了几口水，在廊檐下的石头上磨了磨。黑驴在门口杏树下拴着，乘凉，尾巴甩打着，赶蚊蝇。土炮父亲把驴缰绳紧紧缠在树上，将驴头提起，让驴无法挣扎。然后凑上前，一把抓起驴后腿，一扯，搭在土炮母亲抵上来的门担上，用绳子一绑，固定住，让蹄子尽量朝上。土炮母亲用肩膀扛着门担的另一头。黑驴拧头甩屁股，踢腾了半天，发现无济于事，才稍微消停了一点。土炮父亲提着镰刀，站在门担左侧，刀刃向内，把厚厚的碗口般的破损蹄子一点点削下来，像削果皮一样。驴又挣扎了一阵，很快习惯了这种不适感，便任由主人削了。左后腿削完，换右后腿。地上落了一层薄片状的驴蹄，大小不一，像一层黑树叶。眼看着马上削完了，但最后一镰刀，土炮父亲没控制住，手下一滑，削深了，钻进肉里，黑驴一疼，浑身一抽，屁股两扭，上蹿下跳，又咬又踢，没几下，绑在门担上的蹄子挣脱了。以土炮母亲的力气，哪能治住一头暴跳如雷的驴。土炮父亲反应过来时，已经迟了，黑驴朝他胸口一蹄子。他从崖上翻下去，把腰摔折了。

腰折以后，家里因为结过婚，没钱治，土炮父亲躺了一年多，最后才能下炕，但走路勾着腰。才五十出头的人，已经不像

故乡那么辽阔，为何还要远行

样子。

土炮和媳妇在城里打工挣钱，一心要买房，给父亲看病也舍不得。城里的房价，一周一个价，一月一大涨。以他们挣钱的速度，一年拼死拼活攒五万，六年才能攒够一个首付。但买房是他们的理想。他们要和村里人一样，离开麦村，体体面面当城里人。

土炮父母并不反对儿子在城里买房，虽然家里盖满了房，再住五六个人都没问题。当初他们口头承诺过，要给儿媳妇买房，现在倒好，老两口挣不了钱，自己的日子也推得很难心。他们常为不能出门打工挣钱给儿子买房而感到愧疚和痛苦。

土炮母亲坐在院子台阶上，阳光照着她的满脸倦容。我似乎在她的侧影里看到了我母亲的样子，她们同样疲惫，同样无助，同样被生活磕碰得浑身疼痛。

土炮母亲说，上午拔了几棵白菜，准备弄点浆水酸菜，结果跑了半个庄，都是些老弱病残，要不来一点酵子（发酵用的浆水）。

我应道，能走的都走了。遂又想起土炮父亲，问身体咋样。

老样子，光把"水火"能自己送掉，啥活也干不了。

土炮咋样？听说媳妇生娃了，儿子还是女子？

女子。

你咋不给帮着带娃？

刚生下，伺候了几天月婆子，人家嫌我这也不会弄，那也不会弄，我忍着，啥话都不说，心想，我再不会弄，也把两个娃拉扯大了。有一天，给人家炖了一只土鸡，提到医院，人家嫌煮得太绵，倒厕所了，我气不过，说了两句，人家大哭大闹，往土炮的脸上吐唾沫，不给娃喂奶，把我骂了个里外不是人。我也就忍了，心想，都是为了娃，一辈子啥气没受过，骂几句就骂几句，反正也掉不了肉。结果有一天，娃尿了，我给换尿布，人家一把把娃夺过去，骂我手贱兮兮的，啥都不会弄，还不如滚回去。当时病房里那么多人，把我莫名其妙骂了一顿，我又没惹她，又没干啥错事。我躲到楼道里哭了一场，伤心得很，就回来了，想着你爱咋咋去。后来听说娘家她妈来伺候了，咋伺候都觉得好。哎，自己的妈，亲得很，男人的妈，跟狗一样嫌弃。

一只野猫站在墙头，目光茫然。村里的老鼠几乎绝迹。抓不到老鼠，猫饿得无精打采。我一挥手，猫脖子一歪，跳下墙头，走了。

选选，你说，养儿子干啥哩？有啥意思？小时候，一把屎一把尿拉扯大，大了还要供给念书，还要娶媳妇买房子，还要受媳妇的羞辱，你说，养儿子能干啥？

她要走了，我把她送到门口，她半躬的后背，在地上落下了沉重的影子，又被她吃力地拖动着，像拖着一个问号在走动。临出门时，她问我啥时候走，走的时候给土炮捎一袋菜，都是自己种的。我答应了。

花园里的韭菜，依旧绿着，月季，依旧红着。葡萄抱着自己的肚子，满腹心事。风把院角的竹子摇响了，叶片互相切割互相摩擦的声音，像一群即将老去的父母，在六月的角落揾着眼，细细地哭着。

祖父是村里最年长的留守老人

梦里，祖父把一生又艰涩地走了一遍，把所有的悲喜都捡起来打磨了一遍。

　　此刻，祖父睡了。月光在院子，明晃晃的。月光是黑夜的鸟群衔来的粮食。月光在一个苍老的梦里，日渐模糊，日渐稀薄。

　　我去三爸家看祖父时，门锁着。第二次去，还是锁着。只有墙角的蔷薇，歪着脑袋，守着大门。我第三次去，祖父回来了。在廊檐下洗脸。脸盆是旧式搪瓷盆，白瓷蓝边，帮上印着红花。红花儿，淡淡的了。有些瓷，掉了，露出黑底，像一块块疤。脸盆立在墙根，盆里的水，刚够一掬。麦村缺水，以前没通自来水，要驮水吃。村里人用水，很是节省。洗脸，盆是立起的，水倒进去刚盖住底，不敢多，多了是浪费。我叫了声爷。祖父听力尚好，抬头，说，选选回来了，进屋里。我进屋，把茶叶、梨放在炕头。

　　干啥去了？下来了好几趟，你都不在。

　　走了趟坡上，把洋芋地的草锄了一阵，春上种了点洋芋，一段时间没去，草长满了。

这么热的天，都一点多了，干一阵，就早点回来。

把剩下的一点挣着锄完了。你吃了没？没吃有馍，我给你取。

吃了，我给你倒水吧。你吃没？

那倒一杯，我十点多出门的时候，喝了茶，咬了一口馍，不饿。

祖父脱了旧布鞋，爬上炕，取下帽子，放在窗台，盘腿坐着，接过我递去的水。祖父问我啥时候回来，坐谁的车，车上有没人，等等，我一一作答。随后，我们还说到了我的工作，他说要踏踏实实干，更不要拿别人的。当然，他对当下某些不良现象，也带着愤懑，顺嘴批评了几句。最后，我们还是说到了庄稼，说到了粮食，说到了天气，也说到了村里的人和事，诸如谁前些日子过世了，谁家的驴卖了，谁家申请了危房补贴，谁家儿子喝酒把人打了，谁家拉上了网线，谁家装修房子时把腿摔断了，等等，拉拉杂杂，零零碎碎，不紧不慢絮叨着。水在窗台，热气渐退。窗外，是盛夏的烈日。

祖父今年好像八十五了。一九三三年的人，或者三二年。我问过，但也忘了。

我很小的时候，是不怎么常见祖父的，那时他还工作，在乡政府，具体搞哪一块业务，不大清楚。有时周末祖父回来，穿一身蓝，中山装，粗布裤，戴蓝帽子。帽子里垫了一圈报纸，总是很挺。上衣兜里别着一支钢笔，银色铮亮的笔帽挂在衣盖上，在我们的童年里闪烁着光泽。祖父坐在炕上，眼前摆着用了几十年的红漆小方桌，桌上，祖母端来饭菜，还放着一碟腌蒜薹。腌蒜薹真好吃，碧绿透亮，嫩脆可口，很提胃口。没有蒜薹，会换葱白，或大蒜。我们叫下食。祖父吃饭，祖母坐炕沿上，跟他絮叨家务。我们几个孙子，在地上一边打闹，一边偷偷把手指伸进铁皮罐里，蘸一指头麦乳精舔着吃。有时来人，上炕，和祖父盘腿坐着说事，祖父总是不停发烟。烟好像是双玉兰，有时是红奔马，都是我们本地产的。后面有一段时间，换成了大前门。那时候，村里人大多抽七八毛钱的凤壶，软盒子，红颜色，上面印一个金色的抽象的壶。祖父抽的这几种烟，一块钱，或者一块二，比凤壶档次稍高。祖父是干部，是吃公粮的，烟也就抽得相对好一点。我们几个孙子，还是在地上，泼猴一般耍着，等着祖母再给一颗糖，或者一颗鸡蛋糕。糖纸被我们攥在手里，舍不得扔，沾着唾沫，黏糊糊的，最后折起来，揣进衣兜。祖父给来人介绍我们，说，这是大儿子家的，这是二儿子家的……我们眨巴着眼，猴子吃蒜一般，看着来人和祖父喝起了罐罐茶。祖父打发我们去麦场背柴草，祖母要烙馍。我们一哄而散，抢着背背篓去了。

记得有年六一，我们去镇子上参加汇演，中午，祖父找到我，带我到他宿舍。那时乡政府有一座单面楼，应该盖起有些年月了，红砖外露，落满灰尘。楼房后面，是几排土坯房。祖父的宿舍在楼上，房子不大，白墙，刷着绿墙裙，支一张单人床，摆一张桌子，桌上有厚厚的书。午饭是跟着祖父在乡政府食堂吃的。几十号人，端着各自的缸子或大老碗，在灶台打饭，然后围着大圆桌边吃边开玩笑。那一晚，我是住在祖父宿舍还是回来了，记不清了，毕竟是二十多年前的事了。

祖父退休之前的事，我能想起的屈指可数。

退休后，他回到家，当起了地地道道的农民。六十岁的祖父，虽然干了大半辈子公事，但地里的活，样样都能拿下。他跟三爸一家生活。春天耕作播种，夏天收割打碾，秋天刨洋芋、掰玉米、种油菜小麦，到冬天，该是暖热炕了。

关于祖父年轻时的事，我几乎一无所知。很多次跟祖父在一起，想听他细细说说，但都不了了之，有时说起，我也是无心，没有细究，听过也便模糊了。只晓得我们家以前穷，解放前，祖上给地主扛长工。祖父念书到高小毕业，那时候，刚解放不久，高小毕业，已算是读了不少书，属于有文化有知识的人。祖父先到大队后到公社，就这样一步步成了吃公粮的人。工作以后，除了公社，祖父换过好多个地方。其间，调到县委组织部，本应有个好仕途，但我们家口大，人多劳力少，二祖父、三祖父又去当兵，曾祖父就把祖父叫了回来，说在附近的公社干个公事，家里忙了，还能回来帮一把。祖父就回到了麦村所在的公社，一干好多年，直到退休。那时候的人，淳朴，老实，没什么升官发财的念头，也不会为所谓仕途而不惜代价。

当然，这些都是零零散散听来的，也不知是否确切。

祖父和祖母生了六个孩子。大姑娘在十多岁时从大型拖拉机上掉下来，殁了。二姑娘因当时家贫，养活不了，送了人。有段时间，在陕西找到，认了亲，有走动，但最后也不知啥原因，不再往来了。具体是不是亲生，那时自然无法鉴定。另外四个，一女三男。姑姑嫁在邻村的邻村，今年已过六十。还有大爸、我父亲、三爸。祖父帮着大爸找了工作，大半辈子，至今在乡政府干公事。父亲排行老二，没念下书，也没啥手艺，当了农民。三爸聪明勤快，念书亦不多。九十年代，祖父给三爸买了拖拉机，拉东西、碾场、粉洋芋面，平时也务地。

祖父对子女向来严格，经常批评，这可能跟他干了一辈子公事有关。啥事都要有板有眼，有模有样，更不可给他丢人。

祖父一严格，儿子们就躲着他，跟他也不亲近。有时，哪个儿子跟老婆吵架，老婆借着势说，我去告诉你家老子，让来看看你德行。儿子立马住嘴，泄气一般，该干啥干啥了。儿子们自然是怕的，万一被告状，又是一顿拾掇。我父亲爱睡懒觉，偶尔睡到太阳冒尖。母亲急性子，要赶着去地里干活，叫不动父亲，打也不是骂也不是，气得团团转，最后把头往窗台一探，说，他爷（我们这边儿媳妇背后把公婆叫娃他爷、娃他婆，简称他爷、他婆）来了，你好好睡着。父亲一听祖父来了，一骨碌爬起，衣服胡乱一套，下炕，蹬上鞋，眼睛两揉，坐上椅子，摸出一根烟抽着，制造出一种起来很久的假象。但等了半天，不见祖父进屋，揭门帘，一看院子空荡荡，一摔门帘，骂道，不编谎能死啊。拉着脸出门收拾农具去了。

祖父有时也教育我们，他说得最多的是：四肢不勤，五谷不丰，黎明即起，洒扫庭除，敬人者人恒敬之，等等。当然，还会说不要向你们老子学，没本事，还懒得很。顺便又把三个儿子从头给我们数落了一顿。我们还小，听或者不听，都是没关系的，反正祖父不会拾掇我们。

好多年以后，当我活到三十岁时，回想祖父对子女的教育，虽然严苛，难以亲近，对他们的表现也有诸多不满，但这何尝不是所有中国农民对待子女的方式。几千年了，祖祖辈辈都是这么过来的，在传统中国，夸什么都不能夸儿子，即便儿子有出息，也要谦虚低调，说其为不肖子。换个角度想，这种严不也是爱吗？况且祖父干了一辈子公事，是个有面子的人，他的儿子应该比别人做得好，即便做不好，也要尽力而为，仁义道德一定要讲，勤恳谦逊一定要讲，与人为善一定要讲。

几十年了，我们一大家子极少跟村里人发生口角和过节，父辈们和村里人关系都很融洽，别家有红白干事也总会前去相帮，有来串门者离开时皆是送到门口，在人背后闲言碎语也不多说。麦村我们王家只有五户，其他都是赵姓。我们是祖上搬来的，住了五辈人。虽是外来户，但从未感觉被排挤、打压、轻视。我想这一切，多多少少都和祖父有关。他如同家中地基，稳稳实实撑着我们几十口人的家族。

进入二〇〇〇年以后，三爸三妈带着两个孩子进城念书，在城中村租房住。临巷道边，开了小卖铺，都是零碎商品。平日里，孩子上学，三妈守铺子，三爸跑货车。他们进城后，留下祖父母，种着好些地，养着两头驴。农忙时节，三爸三妈回家，一起播种收割。

后来，祖母过世了。祖母的过世对祖父打击很大。或许从某种意义上说，这是祖父生命的转折点。祖母走了，剩下他一人，孤零零过日子。祖母活着时，两个人是个伴，忙点家务，干点农活，说说话，甚至发发脾气，日子一天天很快就过去了。但没有祖母，祖父终日面对的都是空寂的院落，和一个人对一个人云遮雾绕的回忆，以及一个人离去后留下的深远的空白。

祖母走后，祖父的精神有一段时间几近坍塌，虽然活了七八十年，经历风浪无数，但祖母的离去，让祖父一生夯筑的情感堤

故乡那么辽阔，为何还要远行

坝还是出现了难以修补的溃口，毕竟一起生活了六十年的人就这么走了，从此阴阳两隔。有好长一段时间，祖父坐在炕上，不言不语，坐着坐着，眼圈就红了。有时他给我说起祖母，说祖母过世前，还念叨着几个孙子，说祖母一生操持家庭，没有享过一天福。我听着，满心难过。但我永远难以理解祖父内心铺天盖地的切肤悲恸。

祖母走后，祖父就真的孤零零的了。

那些炕柜上祖母叠得整整齐齐的被褥，那些衣襟上缝补过的针脚，那些厨房里被粗糙的手指打磨光的盆子，那门头立着的拐棍，那一起贴上墙的年画，甚至，那整夜的咳嗽，那刺鼻的炕烟，那飘忽而来的饭香，那隔着玉米架的怪怨，都那么真切地存在着，一喊叫，似乎就动起了，但人确实不在了。一切恍恍惚惚，云里雾里，活着和死了，让人难辨真假。

祖母活着时，平日里，做饭、洗衣、填炕、缝缝补补，都是由她干的。虽然身体不好，颤巍巍的，但这些活还是统统干了。祖父是主外的，不会做饭，也不下厨，衣裳也不洗的。填炕，会帮祖母把麦衣、驴粪等倒在炕眼门前。祖母走了，这些琐碎事，都要祖父干。人老了，身子骨寒，加之麦村冷，白露一过就该烧炕，祖父得每天自己填炕，填好了，炕是热的，填不好灭了，就得睡一晚上冷炕。洗衣缝补也就罢了，最难心的是做饭，本该一天三顿，人老了不方便，也觉得麻烦，就省成了两顿。一早起来，喝一罐茶。九十点，烧一碗鸡蛋糊糊，咬一口干馍，顶一顿。中午不吃。晚上在电磁炉上煮一把挂面，将就着把肚子填饱了事。我们也会捎一些面包、馒头之类的回去，天长日久，祖父也吃怕了。他唯一改善一下伙食的，就是逢集时步行十里路，到集上吃一碗羊肉泡馍。

这些年，祖父一个人磕磕碰碰、锅锅碗碗的是怎么过来的，我难以想象。

这些年，村里的老人一茬茬过世了，就剩下了祖父。他们大多没有迈过八十岁这个槛。有的几天前还在地里干零活，几天后，就过世了。有的害了半辈子病，嘴上常常挂着阎王爷咋不收，后来就真的在病痛中被收了。也有的过世在了他乡，被车拉回来，埋在了西秦岭的群山里。

这样掰指头一算，祖父成了村里最年长的留守老人。

这些年，三爸和三妈进城。大爸常年在外，大妈有时外出打工。我父母也常年打工。孙子辈在外上学上班。家里留下祖父一人。我们为了各自的生活，父辈们为了子女的生活，群鸟一般，离开巢穴，在城里挣扎、拼命，企图把日子过好一些。至于祖父，我们顾不上管，由着他独自冷清凄苦地活着。不光是我们家，麦村，无数的村庄，都是如此，年轻人和中年人走了，把老人丢下，由着他们冷清凄苦地活着。

真是艰难地活着。哪有什么天伦之乐，哪有什么老来之福，只有精神上的孤独、生活中的不易，以及无助、昏沉。这是几千万留守老人共同面对的境况。

有时，三爸会把祖父接进城，住些时间。但祖父很快就回去了，在城里待不惯，车多人杂费钱，又没认识的伴，加之三爸家的房子小，住着挤。我一直没房子，本想把祖父接过来跟我住一段时间，但也仅仅是一种想法。

前些年，祖父还种着几亩地，大家劝说别种了，他很固执，

故乡那么辽阔，为何还要远行

反过来把我们训一顿。后来身体确实不行了，才依依不舍丢下了一些。现在，随便种点洋芋、油菜，一来家里吃，二来打发时间。不种地，驴还养了一段时间。夏秋还好，把驴赶出去放，不用草料，冬春就不行了，得铡干草。家里没人，谁帮他铡？况且养一头驴，还要起早贪黑添草、喂料、铲粪等，闲不下来。最后实在没办法，把驴也卖了。猪啊，鸡啊，猫啊，祖母过世后，再也不养了。现在，家里除了祖父，就没有一样会动弹的了。

平时，上午祖父都去地里，干不了多少活，但他还是要去，去了种瓜点豆，用钁头刨着种几行洋芋，也栽几窝辣椒、茄子、西红柿。下午，割一割地埂上的草，或者用铁锨翻一块地。他常干活的那块地，是我们家新选的墓地，埋着祖母。我想，祖父去地里，说是干活，其实是陪祖母去了。两个人在一起，说说话，说眼前的，说寥远的，说自家的，也说别家的。一起看着地头的茅草，在大风里摇摆着，白茫茫的飞絮，和雪沫一起，飘远了。看着路边的洋槐发芽了，又是一个春天，那嫩森森的毛茸茸的洋槐芽，在枝头，一天天伸开了手指，天暖了，碧玉般的洋槐花，指日可待了。看着三分地的麦子，从梢子上渐渐黄了，小南风吹来，田野里弥漫着麦香，那个戴草帽的人，背着背篓，在蓝盈盈的胡麻地里走了过去。看着不远处的山楂树落满了鸟雀，叽叽喳喳，又扑啦啦飞走了，那一树红彤彤的山楂，在秋天的夕阳下透明了起来，那只被惊吓的兔子，窜过山坡和草丛，朝太阳落山的地方跑去了。

天黑了。祖母睡了。黄土万丈，盖不住的心跳，把山河的胸口砸得生疼。祖父背着背篓，装着几根枯枝，回家了。回来后，洗脸，弄点吃的。然后看《新闻联播》，几十年了，几乎一天不落。因为干过公事，虽然在遥远的大山深处，但依然关心着这个国家的变化，忧心着这世上的苦难，他对地球上的大事，一清二楚，有些认识比我通透、比我深刻。他是个明白人。

到了九点多，祖父就睡了。

有时不去地里，祖父一个人，坐在炕上，抽着闷烟，或者翻看一些《资治通鉴》之类的书。有人来，上炕，祖父发烟，和来人聊天。村里有红白干事，他也早早去，搭情，或者烧纸，去了，人家把他请上炕，坐在上首，陪着客人说话，喝罐罐茶。他是村里很受尊抬的人。

但我依然不了解祖父一个人的日常。

面对着巨大的难以抵抗的孤独，面对着漫长的缥缈如浓雾的时间，面对着生活中的诸多不便，面对着祖母过世后留下的空白，面对着熟悉的同龄人一天天消失，面对着子孙们如意也不如意的日子，他会想些什么，又会做些什么，我不得而知。我只看到祖父八十多年光阴中的细枝末节。这个世上，真正懂祖父的人，除了不在人世的祖母，就只有他自己了。

有一次，祖父来城里，我送他回去时，想给他买一件衣裳，他不要，说身上穿的，好好的，又没烂。他还说，活不了几年了，你买了，穿不了，也是浪费。那一天，下着大雨，祖父的话，让人难过至极。

还有一次，祖父在村头碰见一个老人，两个人随便闲聊了几句，那老人说，我咋感觉身体明显不行了，怕是活不出六月了。祖父开玩笑说，你要好好活着，再活两三年，就小康了，咱们还要看看小康社会是啥样子，那时候你就能享福了。他们都笑了，那一刻，春末的阳光，河水一般明晃晃地漫过长满苔斑的屋檐。后来，那个老人，真的没有活出六月，就过世了。

有时候，我去看祖父，我叫祖父去城里看戏，他抽着烟，说，麻烦得很。我知道，他说的麻烦，是指什么。有时候，我去看祖父，到了晚上，他执意我留下，跟他睡。一开始，我还是回去了。后来，我理解了祖父留下我的心思。

八十多岁，一个人，真的够老了。祖父还是常常去地里干活，去陪祖母。那块地，将是他的长眠之地，也将是我们的长眠之地。这世上，每个人都有一块长眠之地。有些，自己知道，有些，自己不知道罢了。

我没有问过祖父对生死的态度，或许他已经用自己的活法告诉了我答案，或许我活到祖父年岁的时候自然就知晓了。

祖父睡了。鸟群衔来粮食。鸟群又飞走了。

夜晚九点多的村庄，像极了每一位老人。此刻，在昏沉的梦里，祖父把一生又艰涩地走了一遍，把所有的悲喜都捡起来打磨了一遍，把梦里的灯盏又拨亮了一点，把梦里的前路又修补了一番。

梦中的祖母

我们和祖母一起说话，吃馓饭，听她给我们讲野狐君的古经。

祖母去世已好多年了。

祖母去世后的三年，每逢节日和她的忌日，我们都要穿上白孝衫，端着香蜡，去坟地看望她。三年期满，我们脱下孝衫。在腊月中旬的一个正午，点燃爆竹，贴上对联，招待亲朋。按风俗，一个人去世了，三年忌日，是喜事。

过了三年，除去清明、春节，我们就很少去看望祖母了。祖母静静地躺在村子不远处的一块地里。她身下黄土千丈，是摸不透的阴阳轮回。她身上黄土如雪漫漫覆盖，是唤不醒的阴阳两界。

那块地，祖母活着时在那里劳作，割麦、收油菜、挖洋芋、拔胡麻……样样农活她都得干，直到去世前一两年，她还跟祖父在那块地里干活。腰腿不好，就跪在泥土里，拔草、匀苗、施肥，裤子膝盖上总是磨破。当时，地里还栽着几棵苹果树、梨树，还有一两棵山楂树。七八月，果子熟了。苹果拳头大，半面绿，半面红。梨是麻皮梨，长着芝麻点。山楂通红。祖母干完活，总会摘几颗果子，舍不得吃，包在衣兜里，给我们揣来。

后来，果树枯的枯，老的老，砍的砍。祖母也去世了。地里光秃秃的，种着麦子。去世后的祖母埋在了那块地里。或许她还在割麦、锄地、摘果子，只是我们再也看不见了。

祖母去世后我经常梦见她。每一次梦里，都能看到她慈祥的身影和刻满皱纹的脸庞。我们坐一起说话，吃馓饭，听她给我们讲野狐君的古经，听着听着，祖母就慢慢模糊了，慢慢远了。像有一只手，使劲拉走了她。看着祖母一点点模糊不清了，我内心焦急却又无能为力，于是巨大的悲伤填满了我的心口，我难过极了，拼命哭着。

哭着哭着，就醒了。伸手一摸，眼角两边全是眼泪，枕头上，湿了一大片。

祖母受了一辈子苦，十六七岁嫁到王家，整整六十年，没有享过一天福。年轻时，由于祖父在公社、县委工作，很少回来，家里老小十余口人的生活全要她打理。她一个人照顾老人、拉扯孩子，还要作务二三十亩山地。多少年，那种含辛茹苦，是怎么过来的，我真的难以想象。后来，曾祖父、曾祖母相继去世，大爸、父亲先后分家立业。按习俗，祖母生活在了最小的儿子也就是三爸家。

祖母生了六个孩子。三个姑娘，三个儿子。大姑娘在十多岁时殁了。那是农业社时期，早得很了。

小时候，我常去祖母的屋子睡觉，她的炕热。祖父戴着老花镜看《新闻联播》。祖母坐炕头，头上包着蓝头巾，头巾用的年成多了，风吹日晒，掉了色，灰扑扑的。祖母拿过针线，说，你娃娃家眼尖，给我把线穿上，明早我把你爷的袜子补一下，我眼花，干脆穿不进去。我从被窝里钻出来，捏着针，一眨眼把线穿上了。赶紧钻到被窝里暖着，要不冻着了。祖母边说边接过针线，放在窗台，又从炕角拉过来一个枕头，垫在背上，开始给我讲大姑姑的事。她说，你大姑姑眼睛大大的，鼻子棱棱的，出落得心疼很（很漂亮），还懂事，要是活到现在，你肯定都认不得……还没说完，祖母就开始咳嗽了。一直咳得不停，整个瘦弱的身体都在抖动，像风吹着一件灰单衣。咳完了，她的眼窝里掬着两汪泪花儿。

我好几次梦见祖母。我想给她烧几张纸，磕几个头。我知道祖母想我了。但这城市，到处是人，到处拥挤，没有一块空闲的地方能容纳下我的一双膝盖。即便有，我烧了，这么远，祖母也收不到那些"钱"。祖母一辈子也没进几趟城，她最远由祖父带着去了趟陕西宝鸡，看了看我一个姑婆。去的时候，坐的火车，祖母一辈子就坐了那么一两次火车。我知道，在乡下忙活了一辈子的祖母，是进不了城的，进了城，车水马龙，也摸不着路的。

我给父亲打电话，说最近老梦见祖母，让他代我去坟头烧几张纸。父亲去了，烧了纸。祖母知道她的大孙子在外面一切如意，也不再惦念了。好久，我都没有梦见祖母。

祖母是腊月去世的。

那几天刚下过毛雪，冷得不行。腊月十五的一晚上，我睡得不踏实，心里急哄哄的。早上接到父亲电话，说祖母不行了，赶快回来。

回到家，已是中午。屋里拥满了人。祖父、二祖父、三祖父，还有村里的几个老人，坐在炕上。姑姑、大爸、三爸、我父亲，几个堂叔、堂姑站在地上。还有村里陆陆续续来探望的乡邻。祖母躺在炕的一侧，静静的，眼睛闭着。饱经风霜满是皱纹的脸庞，有些浮肿，有些蜡黄。我趴在祖母耳边，叫婆——婆——我是选选，你看一眼我——婆——祖母似乎没有听见，或许她听见了，但再也没有力气睁开眼看她的大孙子，给他答应一声了。我叫着——婆——婆——眼泪一点一滴从心里涌出来，掉在了炕上。三祖父说，别哭了，眼泪不能沾到你婆身上。

我站在炕头的地上，泪眼蒙眬，看着祖母静静躺着。她已经换上了老衣，是绸子的，那么崭新，那么体面。这是我印象中，祖母穿过的最新的一件衣裳吧。平日里，她总是裹着蓝头巾，穿一件对襟旧灰衣裳，颤巍巍地出出进进。这一次，她终于换上了一件新衣裳，可这衣裳，一上身，她就要离开儿孙了。这一穿，就是生死茫茫，再也难见音容了。

祖父说，昨天晚上还好好的，吃了半缸子洋芋，她一辈子就爱吃个煮洋芋，吃完睡下，还絮絮叨叨说了几句话。半夜里，连着咳嗽，咳嗽是个老毛病了，多半辈子。后半夜，人就不行了，可能疼，抓了几下席子，我上去叫二儿子，下来，再喊，她就不说话了。

祖父说，你婆来我们王家，受了一辈子罪，吃没吃上，穿没穿上，儿孙们也没靠上，把自己亏欠了一辈子，你婆啊，一辈子没一点坏心思，谁家的娃娃来都要给吃给喝，一村人没一个说不好的。

祖父说，腊月里雪多，还有十来天就过年了，你婆操心你们几个孙子呢，前两天还跟我坐炕上，唠叨着，今年过年娃娃都回来齐了，咱们一大家子坐一起，热热闹闹过个年，我给娃娃做好吃的。我还笑着说，你能做个啥啊。她说，就吃肉，几个娃娃都馋得很，煮一大锅肉，解解馋气。可她硬是没等到腊月三十啊，没有熬到孙子坐炕上吃肉的那一天啊。

祖父在炕上哭开了。满屋子的人哭开了。巨大的悲伤弥漫了屋子。

下午三时许，祖母走了。

三天后，按时辰，早晨五点，我们披麻戴孝送了祖母，把祖母埋到了那块曾长着苹果、梨和山楂的地里。那时候，山川静谧，村庄隐退，月亮通明，照着皑皑白雪，我们拖着巨大的悲伤缓慢地行走在雪地里，我们是全世界最悲伤的队伍，在撕心裂肺的哭声里，送走了祖母。

祖母去世后，家里似乎一下显得空空荡荡了，像从心窝子掏走了一块肉一样。

钻进上房，没有祖母暖炕的身影。钻进厨房，没有祖母做饭的身影。钻进驴圈，没有祖母添草的身影。我又跑到我们家，也没有祖母来送果子、送洋芋、送馍馍的身影。就几天时间，祖母去了哪儿？

过年了，鞭炮噼里啪啦响个不停，家家户户挂着红灯笼，厨房里飘出来的肉香弥漫了整个村庄。年三十，我该去给祖母拜年了，可祖母人不在了。她硬是没有熬过那个冬天，硬是没有等到儿孙满堂围坐一炕，吃她煮的肉，给她磕头，硬是没有看到大孙子结婚生子，硬是急匆匆走完了这一辈子。

年三十，我们请来了那些故去的祖先，也请来了新逝的祖母。他们盘腿坐在桌上。父亲上香点蜡，母亲献茶，我奠酒。我们一起祭祀我们的列祖列宗，一起同他们辞旧迎新。那一刻，我知道，祖母回来了，就在我们身边。她坐在炕上，裹着蓝头巾，穿着灰衣衫，跟我一起说话、啃骨头、看晚会，偶尔还会咳嗽几声。

大年初三，送先人。跟子孙们欢聚了三天的先祖们该回去了。我们去村口，烧香、点蜡，烧好多好多"钱"，够他们一年用的，送他们"回家"了。

祖母是由三爸去送的。我想同他一起去，但耽误了。我心里不甘，又拿着香蜡纸票，一个人去祖母的坟地，去送她。那块地里的雪还没有化，我跪在雪里，点燃了香蜡，哭了一场，我真的想祖母了。

今年过年，初三送先人，祖母是我跟两个兄弟去送的。我特意拿了厚厚的纸钱，给祖母烧了。祖母过惯了苦日子，不知道在那边过得怎么样，一个人，也没个说话的不知道心急不，给她寄了些钱，也不知够用不，其实祖母活着时，一辈子节约，也没花多少钱。

我们三个孙子跪在她坟前，认认真真焚化了那些纸钱，直到一张不剩。祖父说，烧不化的"钱"，在那边用不成，一定要给你婆烧得化化的。这些年，祖母走了，留下了孤零零的祖父，八十多岁的祖父，身体还算硬朗，可自从祖母走后，他比苍老还老了。他一个人盘腿坐在炕上，长久地发着呆，炕上的另一边空空的。被子还在，枕头也还在，似乎那一堆咳嗽声也还在，可祖母却不在了。

后来祖父说，你婆年轻的时候就咳嗽，那时候你爸还没养下，有一段时间咳嗽得实在不行，我就带着她坐了几天几夜的班车，到兰州去给她检查，当时县医院说病严重，治不了。我心急得很，不过没给你婆说，到兰州，托了熟人，到医院检查，是喉咙那地方有肿瘤，也就是现在说的癌，在兰州做了一段时间的电烤，结果慢慢好了。我当时就高兴，领着她转了转白塔山公园，看了看黄河，就回来了。就那一次，看了，病再没有犯，后来咳嗽，也还是喉咙里那毛病。不过还算好，一般人的癌，扛起来也就两三年，你婆，一扛，就是一辈子。

看着纸钱一一着尽，我们磕了头，拔了坟堆上的几株枯蒿。

一年又一年，时光的河流在大地上流逝着，从来没有停歇。一些人活着，一些人走了。走了的还活着，活着的也会走了。祖母虽然走了，但她依旧活在儿孙们心里。她一定看到了三个孙子齐刷刷长高了，跟白杨树一样，心里是欣慰的。

前几天，我又梦见了祖母。她依旧那么慈祥。她给我们压岁钱，给其他几个弟妹一人一百，给我一百五，我说我不要，你拿着用。最后，祖母又变得模糊了，我又哭醒了。

我知道，祖母在那边还是那么节俭，舍不得花钱，有点东西，也一直惦记着孙子。

我知道，祖母肯定想我了，她一想我，就会托梦给我。

黑眼睛，红眼睛

那是多么幸福的夜晚。但时间流水一般，淌走了。

二十年了吧。我依然记得那个夏日午后。大雨在正午撤去，草木潮湿，河水翻腾。白色的雾霭，在森林深处蘑菇云一般升起，挟裹而来，罩住了麦村。

麦垛摞在地里，金黄的麦秆，挑着水珠。长着椭圆嘴巴的麦茬，喉咙里灌满了雨水。牛拴在圈里，添了干草，撒了厚厚的麦麸，即便如此，也无精打采地吃着。没有比沾满露水的青草更能满足它庞大的胃口了。牛犊窝在墙角，歪着头，舔脊背，湿漉漉的毛，毛色红亮，柔滑而充满光泽。它真是一头漂亮的雌牛。

母亲在厨房，剁得案板当当响，她在做什么饭呢？妹妹又去了哪里？

我坐在炕上，把脸贴在玻璃上。父亲蹲在墙角，用三块红砖立成凹形，上面架着砂锅。锅里装着草药，盛满凉水后，一些药漂浮起来，一层水溢出来。父亲把麻秆点着，塞进砂锅底下，当引火，但麻秆受潮，难以起火，只是冒着浓稠的白烟，呛得父亲咳嗽不止。他连着点了好几次，都没有着，头顶裹着的白烟越来越浓，他模糊了起来。

最后，父亲从厨房拿出半截着火的木柴，才把麻秆点着，借着麻秆的火势，再塞几根树枝，火才慢慢起来。柴火噼噼啪啪叫着，火焰从砖缝里冒出来，橘色的火焰，伸着橘色的胳膊，抱着黑透了的砂锅。父亲从柴堆里挑出几根干柴，用斧头一点点剁碎，码在砂锅一边，准备熬药用。

春天的时候，放学回家路上，和同学玩，有人朝我扬了一把土，钻进了眼睛。第二天，眼睛红肿，布满血丝。父亲看到很担心，问明情况。隔了一天，镇子逢集，便带我到卫生院去看。

在集上，父亲桌了几袋粮食，才有了给我看病的钱。他揣着钱，拉着我的手，进了卫生院大门。好深的大门，好白的墙，好多的人。那时，父亲三十出头，和现在的我一个年龄。他那么年轻，那么高大，领着自己胆怯的儿子，在一个大夫跟前看了病，抓了几服中药。那是我第一次去医院，除了晃眼的白色，似乎就剩下了黏稠的中药味，笼罩在记忆中，挥之不去。

大夫说有炎症，不碍事，吃了药，就好了。

我背着药，父亲拉着我，离开了卫生院。回去的路上，父亲给我买了一碗面皮，辣子很红，醋很酸。满满一碗，能把人吃个半饱。父亲没舍得吃，蹲在一边看着。吃完面皮，我心满意足，用手背揩掉嘴角的辣椒油，跟着父亲上路了。

二十年以后，当我回首往事，一些细节依然清晰、刻骨，但我终究无法理解一个父亲的心情。我们之间隔着一条宽阔的奔流不息的河流。我们隔河相望，并独自在行程中远去。

回来后，父亲就开始为我熬药了。他顶着一头烟火，把一服

故乡那么辽阔，为何还要远行

药熬成了汁，熬成了一碗疼爱。药熬好，他清出来，待温，端给我喝。太苦，他总是说，眼睛闭上，不要看，一口气咽了。我闭着眼，把一碗黑乎乎的药灌进了肚子，真苦啊！

父亲小时候得了沙眼，也不知是当时家里穷，还是祖父母疏忽，没有及时治疗，到最后，就一直没有看好过。他的眼睛一直是红色的，眼珠上布满了细密的红血丝。从我记事起，父亲的眼睛就是红的，他一直点眼药水。我家炕柜上，放着他的两三种眼药水，都是消炎药。每晚睡觉前，他自己撑开眼皮，滴几滴。除了眼药水，还有一些黄色、白色的颗粒药，要经常吃。父亲用过的空药瓶，我和妹妹拿出来，吸上水，互相滋着玩。我们依然能从溅到脸上的水里闻到药的苦涩。但我们不知道，我们的父亲怎么了。

我至今不知道父亲的眼病医学上叫什么。我也忘了父亲的眼药水是什么名字。

好多年，好多年，父亲的眼睛并没有用眼药水滴好。他的胃，反而因长年累月吃药，搞坏了，经常泛酸，甚至得了胃炎。

我从来没有认真看过父亲的眼睛。我害怕那种红，红得犹如两汪泉水。我害怕我会难过，会流眼泪，会被那红淹没了。我的父亲，不像别人的父亲拥有一双清澈的黑白分明的眼睛。

有一年，父亲要去城里看眼睛了。对于我们家，这是大事。那些年，家里穷，每年春天买化肥农药都要贷款。我们曾希望父亲到城里去看看，但要去城里，需要好几千元，我们那么穷，哪有那么多钱呢？父亲的病，就一直拖着。我们几乎都忘了父亲有眼病。

后来，父亲带着家里廉薄的积蓄和祖父的添补，去了城里。

城里有个眼科医院，专治眼病。到城里，他住一个远房亲戚家，这样可以省一笔支出。父亲走后，有好长时间，或许也没有多长时间，只是我们的心理作用罢了。我们尚且年幼，不知道城里在哪里，不知道父亲是怎么看病的，不知道手术是怎么做的，也不知道手术后的那些日子他在亲戚家是怎么生活的。在父亲的那段光阴里，我们终究是缺席的。我们没有钱让母亲去陪护。

父亲带着一堆药回来了。我们有种久别重逢的感觉。我们也相信父亲的眼睛会很快好起来。

好多年过去了，父亲的眼病还是那样，红色依然布满眼珠，炎症依然没有消除。在父亲眼里，他看到的世界是什么颜色呢？是不是也是红色？我没问过。

父亲回来后的那一段时光，或许是秋天，农忙告一段落。每个晚上，我们一家四口在炕上，父亲躺着。停电了。停电似乎是隔三岔五的事，跟吃饭一样。我们没有点煤油灯。月光从窗口洒进来，屋里影影绰绰，物件只有轮廓。院里，梨树撑着红色叶片，玉米蹲在墙角等待剥皮，架上的鸡互相挤在一起，不时咕咕几声。大地朴素且安详，星光叮当。父亲给我们说着他在城里的见闻，在医院看病和手术的经过，在亲戚家住楼房的感觉。他甚至都不会用人家的抽水马桶，记不住门牌号，顿顿米饭吃得心慌。我们没有去过城里，感觉很新鲜，但我们的想象终究无法抵达那个陌生而遥远的地方。父亲最后总结道，怎么说呢，城里好，也不好。当父亲讲完城里的事以后，就开始为我们谋划新的生活了。他说，等我们有钱了，就给家里买一副沙发，有厚厚的垫子，坐上去，能把人陷进去。等我们有钱了，买几条鱼，蒸了吃，油炸也不错，你们还没吃过那么肥的鱼呢。等我们有钱了，给你妈买一串项链，黄金的，有个玉坠子最好。母亲在一边笑了，说，你就吹牛吧，鬼才信呢。那给我买啥？妹妹迫不及待地问。你呀，要是能考个第一名，就买个新书包。不行，我要花裙子。那得看你的学习有没进步。那给选选呢？给你哥哥买一双胶鞋，放牛的时候穿，结实，哈哈。我不愿意了，我害怕放牛。但一想，有胶鞋穿，放牛的话，勉强可以。父亲还说，等我们有钱了，一家人去镇子上，拍一张全家福，我们四个人都在，我跟你妈坐着，你们俩站在后面。等我们有钱了，咱们一家去旅游一趟，把你婆你爷带上，到兰州去，看一下黄河。黄河有啥看的，不想看，不就是一条稠泥河。母亲不同意。你不懂，黄河是母亲河，生养我们的河，能不看吗？去一下西安，看一下大雁塔，也好，《西游记》里就有大雁塔的。那去北京吗？我想起了课本上说的首都。北京也去，看天安门，顺便去看一下长城，看一下毛主席他老人家……那大兴安岭呢？海南呢？桂林呢？长江呢……我把课本上学到的地方统统问了一遍，父亲都说去。

我们听着父亲为我们谋划着美好的未来，心里温腾腾的，甚至嘴里也是甜丝丝的。我们跟着父亲的述说，想象着我们有钱以后的日子。院子里，寂静、冷清，只有月光如水，荡来荡去。偶然传来牛吃草的声音，和大门外的脚步声。

那是多么幸福的夜晚。但时间流水一般，淌走了。

我们并没有过上有钱的日子。那些曾经的憧憬，有些实现了，有些遗忘了，有些，再也无法实现了。

因着父亲一直眼睛不好，所以我的眼睛发炎以后，他很焦心，生怕和他的一样那可怎么办。

那几服药吃下去，我眼睛里的炎症消了，好了。我记得当时还吃一种鱼肝油的药。金黄的，半透明的，圆的，软软的。我总是放在手里，捏玩半天，才吃。有时，不小心，捏破了，冒出一股油，很滑腻。父亲看到，会批评几句。

半年以后，夏天，天热，蚊蝇牛虻很多，一疙瘩一疙瘩往牛背上、肚皮下钻，都想咂一口血。我凑上去，一巴掌拍死一个，一巴掌拍死一个，很解气，谁让你们这些该死的喝我家牛的血。有些咂血太多，肚子滚圆，拍死后，血沾满了手掌。大多时候，还是要牛自己不停地甩打着尾巴驱赶。

我去放牛，跟在牛屁股后面，牛的尾巴甩起来，赶苍蝇。那一甩，很用力。尾巴梢子掠在了我眼睛上。眼睛一花，很酸，接着开始扑簌簌冒眼泪了。过了许久，依然发酸。当时顾着玩，没太在意。晚上回家，父亲看到眼睛很红，问怎么回事，又很紧张，很焦虑。

第二天，本该要下地割麦。麦子黄了，要抢收。夏天的暴雨，有时伴着冰雹，说来就来，黄了的麦子，经不住风吹雨打，得起早贪黑收割，跟打仗一般。但父亲还是放下了镰刀，带我又一次去了集上的卫生院去看眼睛。

还是那个卫生院。还是白白的墙，浓浓的药味。还是小个儿大夫，面目慈善，排着好多看病的人，多是各种疑难杂症。或许还是那些已经喝过一遍的药。只是院子周围的白杨，撑开了墨绿的叶子，蝉，无所谓地打着口哨。

看完病，父亲给我买了一顶凉帽。前面是薄薄的海绵垫，上面有卡通娃娃，后面是网面，有可放大小的扣子。我戴着新帽子，背着药。父亲称了几斤黄瓜，买了一块磨刀石。我们回了。

到家后，因要吃药，不能见风，我被关在了家里。父母去割

　　　　　　故乡那么辽阔，为何还要远行

麦，妹妹去放牛。我守着院子，看梨树青青，果子鸡蛋大了；看屋檐下的燕子，又生了一窝孩子；看墙头的野草，互相搀扶着，眺望南山；看巨大的蓝天，没有云，没有风，一些鸽子，飞了一圈，画出一道弧线后，远去了……我还看些什么呢？其实父亲叮咛，不让乱看，也不让出屋子。所有人都去了田野忙，只有我一个人守着空荡荡的村庄。

晚上，割麦回来，父亲拖着疲惫不堪的身子，蹲在厨房门口，给我熬药。药熬好，已经九十点了。许是太疲乏，许是烟熏火燎，父亲的眼睛愈红了，还蒙着一层水雾。父亲把药端给我喝。母亲在一旁说，你看你爸，这么辛苦，长大了你一定要对你爸孝孝顺顺的。我端着药，太苦了，没在意母亲的话。

我在家里待了有半个月时间，眼睛好了，才出的门。遇见村里赶着牲口驮麦的人，大家都很惊讶，打趣道：哇，选选，缓白了啊，像个姑娘了。我脸红到了脖子根。

后来，上学时，曾想着等以后毕业了，能挣钱了，一定给父亲再看看眼睛，万一老了，严重了，怎么是好。我的高祖父，在我很小的时候，他还活着，有白内障，什么都看不见，全靠耳朵听、手摸，他都不知道自己的玄孙们长什么样，就离开了人世。

毕业以后，忙着混日子，给父亲看病的愿望也忘掉了，甚至对父亲的红眼睛也习以为常了。只是偶尔看到，才会心里酸楚，想着以后有正式工作了，手头宽裕了，一定给父亲看看眼睛。但紧接着，又是房子，又是婚姻，又是毫不消停的应酬和人情，日子依然过得紧紧巴巴，给父亲看眼睛的事，也就若有若无了。

这些年，父亲为了我，还常年在工地打工，五十岁的人靠力气挣钱，给我添补房款。有时打水泥顶，要在机器的轰鸣里彻夜干，不得休息一眼。一干就是几个通宵，极为辛苦，也不安全。但为了儿子，他还是一天天熬着，用血汗换取绵薄的报酬，交给我，转个手，填了房款窟窿。几年下来，父亲胃不好，瘦成了麦秆，但还是用一股子韧劲，在工地上没黑没明地熬着。

父亲的眼睛，还是老样子，二十多年了。他再未提过给自己看眼睛的事，我们也忘了给他看眼睛的事。倒是我看书看手机久了，他会说一句，休息一阵，老看，对眼睛不好。

我不是个孝顺的人。父亲爱喝酒，这两年，有点嗜酒。他喝酒，酒风不好，喝大，母亲受罪。也会拨来电话，把我狠狠骂一顿，骂我有点文化就骄傲，骂我不知道他的苦心，骂我不给他生孙子抱，还骂其他的，拉拉杂杂骂两个钟头。我一声不吭。后来，他打电话，我压了。他喝大以后，再不打了，但我想他还是憋着一股子气。

我至今不知道父亲的眼睛是什么病，至今没有带着他像当年他带着我一样，去医院看看。有些火已在墙脚熄灭，而生活的苦药依然咕嘟嘟冒着热气。

东去与归来

母亲说，我挣点，给你的新房里填补一点家具，也是我的一点心意，等以后看见，是个念想，我再没啥本事。

母亲去花鸟市场等活。

花鸟市场，有花鸟，也有个露天的人力市场。说是市场，也没设施，一些乡下来的人，因为交通便捷，人流量大，自发聚在一起，等有人来叫去干活。算是打零工。

母亲第一天去，到中午时，回来了，提着花鸟市场买的几颗西红柿、二斤豆腐，顺路，买的也便宜。她很失落，叹着气，说没人叫，即便有一个，一堆人轰一下围过去，挤不到跟前，人比活多，有些人等了三天，也没等到一个，有力气也挣不来钱，白白等了一上午。

母亲做饭，揪面片，洋芋、西红柿、豆腐，烩了一锅。

第二天，母亲依旧早早出了门。她觉得闲着也是闲着，不如打个零工，多少挣两个添补家用。中午母亲没有回来，想必是搭出去了。我们把等零活叫搭场子，有人叫走，算是搭出去了。场子上站着几十号人，男人居多，穿着破旧迷彩，提着包，包里装着瓦刀、钎子等工具。女人也有，素面朝天，有好多穿着孩子脱掉的旧校服。晚上，我做饭，烧大拌汤，没浆水，醋的。切了一堆洋芋疙瘩，这样能填饱肚皮。母亲回来时已快九点了，拖着一身疲惫，进屋，舀了一马勺凉水，灌下去，一屁股坐在板凳上，说，挣散花了。

母亲到场子上时，正好有人骑摩托来叫人，她凑过去，人家叫了她，她喊上另外一个女人一起去。算是搭出去了。男人家加盖三层，需要砌墙和和水泥的人。母亲不会砌墙，只能和水泥。没有搅拌机，和水泥很费力，沙子从门口用手推车送到院子，倒上成袋的水泥，提着铁锨翻搅，搅拌匀，倒水，再不停翻搅，直到稀稠合适。一堆沙和完，出几身汗，胳膊酸软，手心冒火。即便不消停地干着，男人还是斜瞪着眼，催促着，让手底下快点。

干完活已是晚上八点。汗水把母亲的头发浆湿，脸上沾满灰尘，两条胳膊吊下去就伸不起了，腿站着也打摆子。裤腿被钢筋撕破了一大块，像一片皮肉，挂在小腿上。一分钱，真难挣。临走前给工钱，说好的一百，男人给了八十，说把一把铁锨铲坏了，扣二十，作为赔偿。母亲讲了几句理，一把铁锨才多少钱，何况是给你们干活弄坏的。男人一副杀牛贼的样子，胡搅蛮缠，硬是不给。最后母亲揣上八十元，回来了。心里很委屈。临走时，男人一人发一瓶绿茶，她心里难过，胀气，没要。

喝汤时，母亲还念叨着自己的裤子，翻看了半天，实在没法落针缝补了，才打算扔掉。一天能把人挣死，才落了个八十元，还搭贴进去一条裤，这裤，三十元买的，算下来，一天才挣了五十元。

第四天，母亲还是一大早出门，去搭场子。到中午，一直没有搭出去，只好用自己挣来的八十元买了些菜，无奈地回来了。

这十年，母亲一直被失眠和头疼困扰。看遍了城里大大小小所有医院，也住过院，吃的药能把一间屋子塞满，各种道听途说的偏方也试过了，还是于事无补。去外地的大医院看，母亲又怕费钱，干脆不去。每天晚上，她十点多睡觉，睡不着，一直醒着，醒到凌晨，迷迷糊糊睡一阵，又是不消停的梦。睡眠也很浅，随便有个风吹草动，就醒了，一醒又失眠，早上五六点就起来了。起来后，整个人昏昏沉沉，无精打采，脑袋里像装了一台发动机，不停转着，搅和得脑仁疼。母亲挤着布满血丝的干涩眼睛，抱着脑袋，痛苦地说，昨晚又没睡好，头疼。我们束手无策，只好安慰她，不要胡思乱想，多锻炼。母亲挠着头发，说，要是能有一把安眠药，给我吃了，睡个三四天，我这头就好了，我真是缺觉缺的病。我们心惊，忙说，安眠药不是乱吃的。她闭上酸涩的眼睛，嘟囔一句，活人真是麻烦。

母亲的病，一直这样忍着，忍了十年。最后，她觉得花了不少钱，都是浪费，实在不想看了。

前年，母亲老觉得肚子疼，去检查胃，没啥，取了一堆药，吃了，还是老样子。她自己又买了好些治胃病的药，还是不顶事。又去医院一查，是胆结石。做手术。说是微创，也要在肚皮上割开一个拇指大的洞，把胆切掉。从胆里掏出了五六颗结石，最大的一颗，跟蚕豆一般。手术做毕，有三天时间，母亲极度虚弱，还疼得厉害。后面，慢慢可以下床了。前前后后十来天。出院，母亲回了麦村。临走，她还一直惦记着报销的事，说我现在要交房钱，又借了债，手头没钱，她做手术又花了一疙瘩，哎，真是……说着说着，眼窝里子就漂起了泪花儿。

在麦村几个月，说是休息，母亲也歇不住，做饭，缝洗，背柴，扫填炕叶子。按理说，胆结石手术后两三个月，就恢复得差不多了。但母亲做过手术的地方老是有啥牵扯一般，疼个不停。她来城里，我带她去复查，大夫说伤口好着呢，有可能里面有炎症，随手开了几盒消炎药，让去吃。药吃完，还是疼，再去复查，医生说伤口长好了，没啥，回去吧。但那地方疼啊，最后换一家医院，说是胃，做胃镜，还真是胃，有胃炎。取了胃药，中午在我住处吃饭，她又不安了起来，说，我真是个病罐罐，给你一分挣不来也就罢了，倒是有个好身体，但结果你看，不是胆，就是胃，一年让你不得消停。她怪怨了一阵自己，唉声叹气着，回了麦村。

今年春天，我装修房子。首付交完已有六年的房子，还是办不了按揭。我在城里生活了十年，租房十年，四处漂泊，跟打游击一般。妻子跟着我，也在城里携着铺盖和一堆闲书四处漂泊。租房十年，租怕了，租得心身惧怕。最后，牙关一咬，交了全款四十多万，才拿到钥匙。

天一暖和，父母从麦村下来，帮我收拾。房子里很多基础性的活，比如铲墙皮、砸墙、倒垃圾、搬材料，都是他们出的力。最辛苦的是上水泥和沙子。一百平方米的房，最少用沙子四五方，都是母亲帮着父亲一袋一袋运到楼上的。几天下来，因为抓袋子，父亲的指甲根积了黑色淤血，一双手不成样子。母亲累到走路迈不开步子，一忙完，坐地上，就起不来了。我担心她做过手术的伤口，她倒满不在乎。

两个月后，房子基础工程基本完毕，剩余的就是添置东西了。母亲闲了几天，觉得一天天无所事事，决定去花鸟市场，看能不能搭个场子，挣两个零用钱。去了几天，只搭出去一天，这让她很失望。五十过点的母亲，辛苦半辈子，操劳半辈子，她不怕吃苦，不怕受罪，她为了子女，为了生活，什么都可以干，但她怕闲着，怕没有钱花，怕不能给这个家庭添补点什么。

母亲侧面给父亲说要去天津打工，给我一开始没说，怕不同意。后来还是说了。那是正午，轰轰烈烈的阳光白花花落在地上，水银一般。母亲做好饭，等我下班。

我们吃过饭，母亲说了些村里的事，又说谁的妈出去打工了，又说她一天没事干闲得慌，试探性地问我能不能去天津。我断然否定了。我说，你五十出头的人，身体又不好，出去打工，都是低三下四伺候人的活，我心里过意不去。再说，咱们家也还没到过不去的程度，我一月好歹还有工资，加上稿费，日子勉强能过，况且，你这身体本来就焦虑，睡不着，头又常年疼，出去打工，压抑，受罪，看脸色，病又严重了，你挣的两个还不是给医院了。母亲坐在床沿上，说，你的那点收入能干啥，买床、家电、沙发、橱柜，这些，还得四五万，你哪里有？我出门，能挣一点，算一点。

你要打工，也可以，就在这城里，随便找个活，一月挣一两千元，有个事干，我也不反对，但远处就别去了，你受罪，我心里也不好受。

这里工资那么低，白熬时间，我去外面，能多挣一点，你也就轻松一点，你现在手头的一点钱，估计也花光了。

我有点生气，说了半天，不起作用，便气哄哄地嚷道，钱钱钱，你一天光知道钱。

母亲不再言语，把脸侧向墙，哭了起来。这些年，我们说话语气稍微一重，母亲就哭了。有些事，想不开，也就哭了。遇到难场的事，也就哭了。同样五十多岁，人家城里有钱的女人，穿得花花绿绿，涂脂抹粉，成天出入于商场、歌厅，或者在马路边跳广场舞。我的母亲呢，被生活冲刷得面目全非、苍老不堪，朴素到了清汤寡面的程度，却还在为子女努力榨干自己最后一分力气。

母亲哭了。我心里难过，抹着眼泪，把母亲安慰了一阵，说了一些掏心窝子的话。

母亲还是决定去天津打工了。

这两年，母亲没出过门。前些年，每年打罢春，她就和村里的女人们结伴去天津。母亲没有啥手艺，去了，偶尔在饭馆端盘子洗碗，但大多还是伺候不能动弹的老人。这些年，她头疼、失眠、眼睛涩得厉害。其实我心里清楚，母亲是操心。母亲是一个心好的人，也是一个心小的人，有些事，记在心里就放不下了，最后，所有的惦记都成了揣在心窝里的病症。

记得有一年，母亲去天津打工，早晨四点多的火车，我送她。空荡荡的路上涂抹着昏黄的灯光和潜伏的春寒。行人稀少，只有摆早点的人在黑暗处生火。

候车室坐着稀稀拉拉的人，一列火车来，载走了一些。我跟母亲坐在冰凉的蓝椅子上，很少说话。我替母亲捏着火车票。母亲嫌给她带的东西多了。其实也没什么，不过就是两瓶水、两桶方便面、一盒饼干、一点面包而已。其实不是多，是觉得我们花钱了，有些饥寒，她会为了儿女忍着的。

火车来了。母亲提着行李挤进了人群。我说，到天津了用公用电话打个电话，没有的话借别人的一打。母亲嗯了声，匆匆忙忙消失在了人群里。

母亲出门，我很少送，多是因为工作脱不开身，有时妹妹送，也有时母亲干脆不让送，嫌来来回回花车费。没有送，也就从未跟母亲有过告别，去送，也没有说再见。从小到大，我们从未给母亲说过"再见"二字，拥抱就更不用提了。

我们都是土里生长的人，不善表达，有些话窝在心里，从未说出来，有些话，说到一半，卡在嘴皮上，也就罢了。

母亲一走，按理说，第二天中午就能到天津。到中午，她没来电话，下午依旧没来，晚上还是没来。父亲打电话问我，你妈来电话了没？没。咋这么长时间了都没个电话。挂了后，我又给妹妹打，还是没消息。刚好那段时间有车站出过事，人心惶惶。随后又是 MH370 失踪，两百多个人不知所终。联想到这些，就开始焦心。

母亲依旧没有消息。我们也无法跟她取得联系。她带着手机，但没有卡，准备去了在天津办。想起母亲淹没在人群中的背影，我内心烦乱，胡乱猜测，甚至对来电过敏。母亲到底怎么样了？她在哪里？为什么不打个电话？……母亲虽出过几次门，但一直不适应城市的车水马龙和高楼成林……第三天，一直到第三天。一个电话打来，陌生号，急忙接上，是母亲的声音，心里的一块石头总算落了下来。

怎么几天了才打电话？我带着怪怨的口气问。

这不工作刚找下，才办了卡。

真让人操死心了。

我一个这么大的人，有啥要操心的。母亲倒说得风轻云淡。

大约从我上初中时起，母亲就开始去天津打工了，差不多十来年了，中途有三两年没去。大多时候是年后正月去，有时是清明过了种完地去，也有时家里忙，四五月才去。到了腊月，就回来了。有几年为了多挣点钱添补家用，过年没有回来。母亲不在，家里就我跟父亲、妹妹三人，没人煎油饼，没人做甜醅，没人压粉条，也没人拾掇屋子，堂屋里空荡荡的，厨房里空荡荡的，我们三个人心里也空荡荡的。过年，一点不欢喜。

这么多年，在天津，母亲零零散散伺候过的人，有五六十个了吧。有些干的时间长点，一年半载。有些很短，也就几天。有些人家把人当人看，但大多还是给尽了脸色，把人指拨使唤得奴才一般。

在天津，她们在一个叫拾金路的地方等活。拾金路，全是打工的人，干保姆的大都是我们这片的人。每年去，人太多，活不好找，就得等。舍不得花钱，啃着自己带去的干馒头，晚上睡十元一张床的大通铺。等了几天，有人来叫，商量工资。之前两千，现在一月三千。大多是生活不能自理的老人，要端吃端喝，要端屎端尿，要不停帮着翻身，要按时按点喂药，要每天洗衣做饭……用不消停的劳作，换一月的工钱。有些人家好些，不给脸色，能吃饱，可以长期干下去；有些很势利，满是刻薄至极的市侩气，实在没法干，也就只好讨要了几天的工钱，再一次来到拾金路。

一个人在别人家生活三五天，都觉得别扭。我想不来，母亲带着多大的韧劲，能在别人家生活一年。母亲所经历的、所承受的，她很少提及，即便说起，也是潦潦草草几句，是习以为常，还是不堪回忆，我不得而知。有时我问起，母亲也只会说谁家的人好，谁家的人不好。谁家的饭能吃饱，电视可以看，谁家的人顿顿米饭吃得她害怕，谁家有无线网不让她用。我知道，这些年，母亲一定承受了我们这一生或许都难以承受的东西。

这一次，母亲到天津后，还是好几天没等到活。她也没有来电话，打过去不接。我们一家心急如焚，不知情况。几天后，她打来电话，说找到活了，伺候一个老太太。父亲安慰道，找到了，就好好干，别乱上心。又过了几天，我打电话，听那边人声嘈杂，问情况，才知，那老太太没几天过世了，她出来了，得再找。后来又找了一家，干了没几天，父亲喝醉酒，晚上打电话，唠叨我们的家务事，人家嫌吵了他们，第二天给母亲开了工钱，辞退了。母亲又来到拾金路，等了好多天，又找了一家，伺候一个老头，不会说话，能动，也不算太吃力，家里人还凑合，就去了。

过了一段时间，母亲说又睡不着，第二天头疼，昏昏沉沉。我托朋友在医院买了一种类似安眠的药，快递过去，她两天吃半片，勉强能睡。我说，你在那边事不多，人不疲乏，晚上自然很难睡着。再说，一天没人说话，闲了时就胡思乱想，一想，就睡不着。加上在别人家不舒心，时间一久，多少有些抑郁，况且你也有病根子。然后安慰她，别乱想了，有啥事了打电话。母亲在电话那头说，也没想啥，就是失眠。我给她买了流量，让她有时间了翻翻微信，消磨时间。她总是嫌费钱，嫌手机不会用，嫌动不动就欠费，让我下个月别买了。

母亲打电话，说去银行把这三个月挣的钱存了，密码不知对不对，攒了有一万块。她一分都没舍得花，甚至一片消炎药也舍不得买。

母亲说，我挣点，给你的新房里填补一点家具，也是我的一点心意，等以后看见，是个念想，我再没啥本事。听到这，我的眼窝子湿透了。

我常想，我失眠多年的头疼难以治愈的勤劳老实的母亲，在用命给我换钱。我的母亲，有他们那一代人巨大的苦难和坚韧。她像一只灯盏，为了儿子的光亮，彻夜不休地熬着自己，迟早有一天会为我熬干熬尽，然后灭了⋯⋯

妹　妹

我们奔波在各自的路上，为了把日子过好一点，忍受着人间的苦涩。

我们兄妹两人。妹妹属蛇，比我小两岁。

有亲戚送我一袋洋芋，我做饭少，吃不完，发微信，问妹妹，洋芋要不？她说她买了些，都没吃完。她说有鸡肉，明天给你提一点。我说，你吃吧，不提了。

我们兄妹关系很传统，这些年，都是不咸不淡的，没有经常联系，也不曾冷漠。对于感情，尤其是亲情，我们秉承着西部农民的节制、隐藏，甚至木讷、迟笨。不善也不会表达，我们把一切都装在心里，即便像烈酒一样，也会忍住，不会轻易表露。我们就像一颗颗石头，是硬的，互相碰一下，只会疼痛。

小时候，我好像很没有当兄长的胸怀，总是跟她打架。是不是大多数孩子小时候都经常打架呢？

有时，去涝坝抬水，一根棍子，一人一头，水桶在中间。我后她前。水桶往后一溜，我抬多了，就不行。两人开始争吵，她能骂，我能打。最后一顿拳脚，妹妹抹着鼻涕眼泪，跟我把水抬回去，告了状。父亲将我收拾一顿。我窝一肚子气，站在院子，用眼睛剜着妹妹，她端着碗坐在廊檐下吃饭，幸灾乐祸的样子。有时，有亲戚拿来礼当，我们分着吃。一盒饼干，四十个，一人二十，不偏不倚。分好了，临吃时，我一把抢了她几个，跑了。她哇哇哇又哭开了，跑去告状，父亲把我吼进屋，骂一顿，让我抱上吃饭的梨木桌，门背后站着反思去。有时，也会为琐碎的小事，一个惹一个，最后都被发配到墙根下，面壁思过。我们并排站着，腿很酸，很没趣，开始用拳头一个捣一个，互相逗弄，惹得想笑，憋不住，笑出声，被父亲听见，又骂一顿，打发妹妹去厨房烧锅，打发我去担水。

有一年冬天，我们一睁开眼，就互相打闹，被父亲赶到院子，光着脚片，围着院中间的一堆雪，跑圈。我们一前一后，衔着鼻涕，一圈圈跑着，差点没冻掉脚片子。

当然，架虽常常打，但很快也就没啥了，既是冤家对头，也是兄妹朋友。有时，两个人凑一起，捣乱，干坏事，也是个伴，建立了攻守同盟。炕柜里藏着一瓶雪梨罐头，我们觊觎好久，馋的啊，一想起，下巴子都掉在了脚背上。我们密谋着偷吃了。我从炕柜里摸出罐头，抱在怀里，给她使个眼色。她喊，妈，选选把罐头吃了。母亲在隔壁厨房做饭，听见妹妹喊，骂道，要死啊，不能吃，我还要拿着罐头看红婆婆去呢，人家把腿摔了。我喊，我没吃啊，是米娃子（米娃子是女娃的意思，妹妹小名，西秦岭好多女孩的小名都叫米娃子）偷出来吃的。母亲没言语。妹妹接着喊，妈，不是我，是选选，他已经打开吃了。母亲嚷道，不吃能馋死啊，我要用的。妹妹再喊，已经吃着哩。母亲无奈地说，吃就吃，我有啥办法。在试探中，听母亲这么一说，意思默

　　故乡那么辽阔，为何还要远行

许我们能吃了。我窃喜着，跳下炕，找出改锥，撬掉盖子。我们一人一口水，真甜，真凉，一人一口梨，真脆，真香。

有时看电视，我们轮番在大门外守着。父亲不让我们看电视，管得很严。我们一个在屋里看，一个在外面盯梢。每隔十五分钟，轮换一下。父亲来了，外面的大声唱歌，是暗号，屋里的心慌神乱，关掉电视，趴在桌子上，假装写作业。

妹妹上到初三毕业，没考上，进城打工去了。

妹妹在城里干的第一份工作是在城边一个小菜馆当服务员，还是托城里亲戚找的。那时，麦村很多女孩子上完初中就出门打工去了，几乎没有一个上高中的。打工，无非两条路，一条，去南方的厂子，另一条，在城里当服务员。那时，我正上师范。有一天周末，我去看妹妹。妹妹和她的同事坐在店里，围着一张餐桌剥蒜。那是一个冬日午后，阳光照着干硬的大地，万物泛着青白的颜色。风把枯叶卷得满地都是。很冷，冻鼻子冻手。那家饭馆生着炉子，阳光从玻璃门泼进来，屋里温腾腾的。没有客人，几张长条餐桌和圆形餐桌拾掇过了，碟碗摆放整齐，桌面闪着油光。妹妹剥着蒜，手背通红，手指有些浮肿，明显是冬天在冷水里洗碗冻的。妹妹瘦了，瓜子脸又出来了。读初三那年，不知啥原因，胖了很多，整个人圆滚滚的。妹妹还是话多，拉拉杂杂说了一些杂事，但她对城市依然陌生，依然带有怯意，红二团依然挂在腮帮上，那些粗布衣裳依然证明着她的乡村身份。她说，中午和晚上客人多，早上没人，十点多上班，扫卫生，活轻松，就是站得腿疼，几天下来，就肿了。

后来，妹妹还在一家大酒店当过服务员，在一家宾馆当过收银员。那时，我师范还没毕业。有时去看妹妹，她会给我二百元，我便理所当然地装上了。现在想来，心有惭愧。妹妹辛辛苦苦挣的一点微薄工资（差不多每月也就八百元），被我从中拿去一部分，然后花掉。哪有这样的哥哥呢？

这期间，妹妹曾多次抱怨父母，说偏心于我，让我读书，让她打工。父亲说，你是念不进去书，才去打工的。但妹妹还是不依，她可能是端盘端碗、伺候客人的活干怕了，她可能知道了人间的不易和读书对于穷苦家庭、对于自己的意义。

那年秋天，我记不起了，父亲给妹妹报了一所职业学校。妹妹又去上学了。父亲说，去了好好念，念不成，可别说我们偏心。

妹妹上学时，我已经工作，开始挣钱。但我没有再去看过一次妹妹，也没有给过她钱，让她去添补生活费。我似乎很自私。有一次，妹妹把身份证弄丢了，托我挂失，她知道挂失一个证件，对我来说是举手之事，但我却一直没有去给她挂失，是因为太忙，还是懒惰，抑或是当时隐约听说身份证丢失不再需要挂失。反正没去。妹妹问过好几次，我都糊弄而过，最后，我也不知道她怎么处理的。为此，她对我一直有微词，说一个当哥的，连个身份证都挂失不了，三番五次地说，都不了了之。

妹妹上了两年学，毕业后，去上海的工厂打工。每天得站着，且上班时间很长，腿受不住，就离开了。随后她还去北京等地都打过工。

后来，妹妹回来，找了一份卖手机的工作。一开始，店里还有好几个店员，但生意不好做，大都被老板辞退了，只留下妹妹和另外一人。妹妹人老实、勤快，对工作很上心，没什么心眼，也不会玩心眼，老想着对别人好。妹妹卖手机，我们家，还有一些亲戚的手机，都是她帮我们买的。她给大家帮不了什么忙，只有在买手机时走个最低价，免费贴个膜，换个壳，也是她的心意。

去年，妹妹结婚了。她有了属于自己的家庭。至此，我们兄妹从一家人变成了两家人。

从小到大，妹妹都喊我名字"选选"，从不叫哥。我也喊她小名"米娃子"。小时候，老打架。长大后，自然不可能打架了。我们也奔波在各自的路上，为了把日子过好一点，忍受着人间的苦涩。我有时也想，人家的哥哥同样是有正式工作的，给弟弟妹妹弄了个轻松点的好工作，而我呢？这么些年，啥事都没办，啥忙都没帮，白当着这个哥哥。我心生惭愧。有时还想，妹妹进城这么些年，一直都在打工的路上，她和成千上万普通的农村姑娘一样，用汗水为自己铺着一条充满艰辛的路，都那么不容易，都那样隐忍着。我也心生惭愧。

我写的东西，妹妹有时会转发到她朋友圈，这可能是我唯一为她争来的荣光。可这点光，比起汹涌澎湃的日子，比起模棱两可的未来，又算得了什么呢？

我们兄妹平时联络少，有时打电话，说个事，我态度不好，跟吃了枪药一般，有时，她说话故意气我。我们就胀气对方，但很快也就过了，不当回事。父母常说，你们兄妹，就两个，平时要多联络，互相多关心。但我作为兄长，做得一点都不够。

前段时间，妹妹怀孕，我有一两个月没有联系她，电话没打，微信没发。有时掏出电话，想问一声，但不知该说什么，便打消了念头。有一天，感觉时间很久了，发微信问她身体好着没，她回复我：你是不是发错了。我一愣，回复了几句，半天没消息，打电话，她压掉了，发来微信说，这就是你当哥的，妹妹怀孕，一两个月不闻不问，还不如一个外人。我知道妹妹生气了，在怪怨我。我一想也是，一个亲哥做到这个程度，也真是过分了。我发微信给她道歉，她回复以后不要再联系她，她路上碰见我，也当不认识。我脊背凉森森的，意识到真是伤了妹妹的心了，又给她发了好几条道歉的微信，转了一个红包。她没有回复，也没有接收。我端着半碗饭，梗在脖子，难以下咽。心想，兄妹二人闹成这样，让人心寒，而这一切都是我造成的。我一个当哥的，当得不如外人，兄妹之情何在？

当我满心不安时，妹妹收了红包，我心一热，她发来微信，说我给爸爸打电话了，他说你的红包不收白不收，谁让你当哥当得不好。看到这句话，我才释然了，气消了就好，亲兄妹毕竟是亲兄妹，又给她发了微信道歉。她也回了微信。

她说，这一次我就原谅了，你平时吃饱，穿暖，别感冒了。

中秋记

天子春朝日，秋夕月。

——《礼记》

十杯酒

一杯酒，一点红，桂花担水乱点心，两眼笑盈盈。

二杯酒，二朵梅，祝福亲人中高魁，身穿蓝衫衣。

三杯酒，三盏灯，上京赴考得高中，功名必定成。

四杯酒，四月八，不中状元点探花，金花头上插。

五杯酒，五端阳，雄黄烧酒折二郎，你香奴不香。

六杯酒，六开莲，向前走来往后看，昔日好宗男。

七杯酒，七月七，天上牛郎配织女，织女本是妻。

八杯酒，醉八仙，桃园结义在深山，三人好团圆。

九杯酒，九重阳，相会南柯一梦乡，两眼泪汪汪。

十杯酒，十月一，四季相连两别离，抱在奴怀里。

——秧歌

中秋月，人间事

我们围坐在炕上，被窝里放着簸箩，簸箩里装着果子。一边嗑葵花籽，一边说些村里的事。

二〇一七年，中秋，雨水绵密，紧锁山河，掩映归程。

我背着一袭烟雨，再一次回到了麦村。麦村依旧。山，还是莽莽苍山。路，还是九曲回肠。丢弃在半路的鞋子，依旧张着嘴巴，衔着几片落叶，横卧在荒草间。田野还是荒芜着，只有极少的地块种了麦子，一寸长，因是秋雨洗着，泛出鹅黄色，显得楚楚可怜。不知谁家的玉米秆，忘了收割，齐刷刷站着，浑身潮湿，落魄不堪。村子还是那个村子，藏于万千沟壑之间，淹于荒烟蔓草深处，几百年了，她依旧守着这一方故土，不曾挪动。

因是中秋团圆之日，故乡再远，也是要回的。母亲常说，狗不嫌家穷，儿不嫌娘丑。这一点，我是记着的。逢年过节，总是惦记着回家。在外如何风光，也依旧是飘萍。只有回到出生的地方，才是心安之所。这些年，慢慢发现，我骨子里是极传统的一个人。总是守着旧时光，不肯舍去。

麦村的中秋，该是怎么过的？

这些年流落在外，似乎没有一个完整的记忆。关于麦村的人和事，多停留在十五岁离开之前。这一晃眼，便又是十五年过去了。物是人非，走的走，死的死。新生的，多在城里，也不认识。麦村在脑海里，坍塌出了一面长达十五年的断崖。

麦村是清贫之地，中秋不会过得多么隆重。听说很多地方有中秋祭月的风俗，而且必须是女性。男不祭月，女不祭灶。麦村是不祭月的，不论男女。

进入农历八月，麦子已种，正在发芽，麦地光秃秃一片。玉米掰了回来，堆在廊檐下，等着剥皮上架。刨洋芋，尚有些时日，洋芋睡在土里正做着瓷实而深沉的梦。一窝七八颗，一窝七八颗，像极了乡土中国的每一个家庭。

趁着这档子空闲，大人开始张罗中秋的事了。这里的人们不说中秋，叫过八月十五。镇子逢3、6、9日有集。人们背上孩子用旧的书包，或胳膊窝里夹一根化肥袋，就去赶集了。赶集，也买不了什么，多是打五斤豆腐，称二斤菜，灌一瓶醋，割半吊肉。盐没有了，借了邻居半罐子，得多买几袋，腌萝卜干还得用。孩子头上还戴着一顶六月天的凉帽，也该摘下来，换顶厚帽了，要不人家笑话。再买啥？买几双袜子，大人娃娃各一双，凑合着穿到年根底。袜子破了洞，大拇指在外面晾了半个月，串门子都不好意思脱鞋上炕。这几样买齐，集也就赶毕了。

小时候，大人去赶集，我们等不到他们回来，便去村口接。一边玩耍，一边眼巴巴瞅着山坡下埋头弓腰上来的人。若不是，便有些许失望。若来了，抢前去，接过装东西的书包背上，一路小跑回了家。回家，迫不及待打开包，翻寻着给自己买的东西。大人赶集，总是要给小孩买点的，几颗苹果、一根麻糖、一碗面皮，抑或一件穿戴的衣物。我们吃了东西，或者穿戴上衣物，兴奋得像只雀儿，满院子飞。

小时候真好，日子穷苦，但无忧无虑。

赶回来的集。舍不得吃，得放着。到八月十五晚上，包一顿韭菜大肉扁食，便是过节了。在麦村，只有过节时才吃扁食，麦村人不包饺子。饺子和扁食不一样。包扁食，费事费时，乡里人家，忙里忙外，没有多少空闲和精力花在一顿吃食上。包扁食，韭菜切碎，肉剁成末。面要擀开，再折叠，切成比手掌略小的梯形。切好的面皮，放在左手心，右手加馅，双手像挽兰花指一样，一捏，一挽，一撮，便成了一颗，金元宝一般，肚腹鼓鼓，耳朵翘翘，大小统一的扁食，脸蛋上搽着白面粉，整整齐齐坐在簸箕里。

吃扁食，有带汤的，也有蘸着吃的。母亲说蘸着吃不饱，肚子空荡荡的，不瓷实。便会兑汤，我们叫臊子。洋芋丁、白菜、豆腐、鸡蛋，撒一把菠菜。扁食煮熟，捞进碗，浇汤，调醋、盐，再剜一勺辣椒。红、白、黄、绿，胖乎乎的扁食，在碗里你挤我，我推你，热气腾腾。蘸着吃，吃法和饺子一样。我和妹妹第一碗蘸着吃，第二碗浇汤吃。

吃了扁食，大人会从炕柜里翻出一些瓜果。平日柜子是锁着的，我们知道里面有吃食，但打不开，干着急。开了柜子，瓜果盛了半簸箩，苹果、梨、葵花籽、核桃。苹果是集上买的，一直舍不得吃。梨是亲戚邻居送的。核桃是我们夏天摘的。葵花是自己家种的，枭过后，留了一袋。

我们家院子以前有两棵梨树，一大一小。三月开白花，像一团云，飘在院子上空。七八月，梨子就熟了，我们忍不住，早已把能够到的摘掉吃了，够不到的用推耙捣下来，也吃了。树尖上的几颗，实在没办法，就一直挂着，挂着……叶子落了满地，还挂着，像一颗颗铜铃铛。白露一过，天寒了，梨子一侧的腮帮也涂上了一层殷红。过些日子，父亲上树摘下来，锁进柜子，等八月十五吃。后来，一棵梨树死了，另一棵，因为要硬化院子，砍掉了。我们家再也没有梨树了。

一家人围坐在炕上，被窝里放着簸箩，簸箩里装着果子。一边嗑葵花籽，一边说些村里的事。麦村人没有赏月的习惯。这月，平日里，一出屋，一抬头，就能见到，见惯了，也没觉得有什么特别，要说有，也就圆一点，亮一点。再说，庄农人苦木了，性子里的那份浪漫早被黄土和光阴打磨光了。

在麦村，以前是很少有月饼可吃的。有些地方自己做月饼，麦村人不会。买，又舍不得花钱。

说着说着，夜已渐深，我们抬不起眼皮了。葵花皮落了满炕，果核堆满了窗台，闲话铺了一被面。月亮挑在屋檐上，该睡了，第二天还有一堆活等着干。

这大抵是麦村好多年前的中秋。现在，孩子们已经长大，甚至过了而立之年，奔波在外。有一年中秋，会回来一趟；有一年，班车上捎点水果月饼之类的，就不回来了。大人们已经苍老，生活让他们木讷、迟钝，把三百六十五天过成了一天，不分节令，千篇一律。

我回到家时，母亲在炕上，父亲去村里干活了。这大概是十年来过中秋唯一一次父母都在家。已是下午五点。秋雨渐息，山川阴湿。落叶堆了满地。风起，一片萧瑟。

母亲做了饭，又煮了玉米。扁食是包不成的，又是切，又是剁，要出力，怕伤口严重了。饭后，和母亲在炕上说一些村里的人和事，说亲戚家的事，说她的病，说好中秋收假了带她去复查。

日暮秋烟，萧萧枫林。不到七点，天已黑了。青云悬在屋顶，昏昏沉沉，不见月色。

九点多，父亲回来了。临睡前，我们一家三口吃了我带回来的月饼，躺在热炕上睡了。

八月十五过得极为简单。节日的意义，我想到了我这般年龄，已不是吃喝，而是回到故乡陪着父母，便已知足。

寒雾虚白，席卷而来，夜里又淅淅沥沥落起了小雨，敲打着褐色的瓦片，敲打着墙角的竹叶，敲打着空悬的门环，敲打着旧故里的草木，敲打着一个归乡人残梦的边沿。

荞花儿落了

暮色像一张网，罩了下来。晚归的铃铛，摇碎在了乡间小路上。

大爸家住麦村最上头，单立一户，被一个小山坡围着。

我在村子里闲转。我是一个无事人。转到大爸家屋后的小山坡处，远远看见暗红的大铁门紧锁着。骑在墙头的那株蔷薇，叶子枯了一半，落了一半。

大爸家，进城了。

大爸是父亲的哥哥，西秦岭一带称呼父亲的兄弟，按辈分，叫大爸、二爸、三爸……最小的一个叫碎爸。碎，在西秦岭，有小的意思。大爸一工作，就在那个偏远小镇，至今五十好几，快退休的人，还在那个小镇。和他一起工作过的，有的换了几茬地方，往城边靠拢，有的进城当了小官，混得人模人样。唯独他没有背景，没人撑腰，加之人又憨厚老实，把几十年的时光全押在了那个群山围裹的地方。

大爸生了两个儿子。大儿子和我同岁，属兔，我是农历七月十二生，他是农历八月十三生，是我堂弟。小儿子和我妹妹同

故乡那么辽阔，为何还要远行

岁，属蛇。小时候，我们兄弟三个常在一起玩耍、放牛。麦村高寒，四月过去，草长莺飞，才开始放牲口。我们赶着各自的牛，去山野放牧。牛在坡上啃草，我们找了葵花秆，当作长矛打仗。那时正播《三国演义》，我们自称赵子龙、关云长、张翼德，在沟里打打杀杀，不知疲倦。没有人愿意当曹操、司马懿。有时，用杏核摆兵布阵，我们叫弹炮楼。双方各用四颗杏核垒一城楼，四周以杏核为兵拱卫。兵的数量双方一样，中间留一空地，进行对攻。弹时，用大拇指扣动食指，瞄准弹出自己的兵，碰到对方的兵，那兵就死了，拿掉，继续弹。若没碰上，换对方弹。直到一方全军覆灭，就算赢了。我们趴在泥土里，弹来弹去，乐此不疲，最后忘了看牛，结果牛丢了，急得眼泪汪汪，满坡找牛。而暮色像一张网，罩了下来，晚归的铃铛，摇碎在了乡间小路上。我们的牛呢？

有时，也一起烧洋芋、打枪仗、掏雀儿、掰葵花、编蚂蚱笼、摔纸炮等，乡村孩子的游戏，我们样样不落玩遍了。

后来，有一年秋天，我已想不起具体哪一年了。葵花收了，玉米还在地里，穿着青袍子。荞花儿早落了，结着漆黑的籽。地里的梨，也能吃了。天阴沉着，黑云摊在头顶，要落雨的样子。一早起来，我在家里等堂弟赶着牛来叫我一起去放。父母急匆匆去了大爸家。过了一阵，母亲回来了，哭肿着眼说，晶晶（堂弟的名字）不行了，口吐白沫子，浑身抽，具体啥病，也搞不清楚。父亲去请村里的大夫，大夫在坡里耕麦茬地。请来后，吊水，打针，都不起作用。就这样，我的堂弟，我的伙伴，殁了。

至今我们一家人都没有搞清他得的啥病。有人说，可能是吃了谁家刚打过药的梨。也有人说，可能是突发性脑膜炎。如果换到今天，交通方便，发病时送到城里的医院，或许还能救活。

从堂弟发病，到最后埋葬，我再没见过。父母不让去。丧事是草草办理的，埋在了一个我们常去放牛要经过的地头。那一天，我一个人躲在山坡后面，放着牛，秋雨迷蒙，异常清冷。我独自坐着，看杏树叶子黄了，红了，黑了，沾满了雨滴，悬着，悬着，风一吹，落进了草丛，不见了。那时年幼，不懂生死的意义，只是一想到以后，我再也见不到他了，再也没有一起放牛的伴了，眼泪便扑簌簌落满了腮帮子。站在蒿草深处，我感到自己是那么孤独，那么难过。堂弟就那样匆匆走了，丢下了他的黄牛、童年和伙伴。

堂弟殁了后，我再没有去过那条有他坟墓的路，再也没有去那里放过牛，每次都是远远看一眼。我的童年，也被剪开了一个豁口。

今年回家，我曾专门经过那条路，站在路口，就能看见他小小的坟茔长满了青草，一簇簇金黄的野菊花盛开在坟头。他知道我来看他了吗？他是不是也在另外一个世界，和我一样活着？他在那里肯定和我已故的祖母、曾祖父、曾祖母，以及更古老的祖先，生活在一起吧。

大儿子殁了后，大爸大妈很受打击。大爸一下子老了很多，大妈总是哭个不停。家人再也没有提过堂弟的名字，怕引起大爸大妈伤心。我们试图通过遗忘来填平伤口，但即便时间久了，这伤依然像一颗永不脱落的疤，一直长着，你撕，它还会流血。

每逢春节，大爸会服一包纸，署上堂弟的名字，和祖先的纸一道焚化，给他送去使用的钱，表示哀思，希望他在那个世界，吃饱穿暖，把日子过好。清明时节，我们去坟园祭祀，忙完后，磕了头，大爸又会去堂弟的坟上添土、烧纸。二十年过去了，我们并没有忘记他，毕竟是骨血之情，毕竟是惦念之人。

大爸的二儿子，小时候调皮，也许是宠着的原因。长大后，懂事了，乖巧了。后来在外面打工，找了个外省姑娘，回麦村，结了婚。后来，生了孩子。两口子都去了江苏打工，厂子离得近，互相照应也方便。春节时，他们回来一趟，住七八天，过个年，便又走了。孩子留在家里，由大妈带着。

大爸常年在小镇上班，周末骑摩托回来一趟。以前，乡镇管理松，没事可以走掉。现在不行了，得守着。周末回来，大爸还种着地，油菜、小麦、玉米，样样种着一两亩。平时大爸不在，家里的农活就由大妈操持着，孩子也由她照看着，家里家外，忙忙碌碌。

这两年，大爸靠自己多年的积蓄，在城郊买了楼房。坐公交，二十来分钟，也不算很远。房子是一百平方米，二十五万左右。因在郊区，所以便宜。买房子，一个原因是麦村人大都在外买了房，有商品房，有经适房，有廉租房，也有在城边上买一坨地皮，自己盖的。有的买到了市上，有的买到了县上，有的买到了郊区。母亲曾掰着指头，从东数到西，一村八九十户人，没买房的不到二十户了。这几年，麦村家家户户挖空心思在城里买房，进城像一股洪流，挟裹着所有人，汹涌而去，身不由己。买了房的，拼命还着房贷。没有买的，成天心急火燎。实在没有能力买的，充满了无望。麦村早已被一股巨大的逃离感和遗弃感所笼罩。这是一个麦村的现状，也是成千上万个麦村的现状。第二个原因是孩子上学方便，麦村的小学倒闭很多年了，邻村的附中也只留下了小学，学生寥寥可数。人们想尽办法，托人花钱，把孩子转到了城里的学校。转学进城，和买房一样，在麦村也是一股潮流，挟裹着所有人，汹涌而去，身不由己。

一转眼，孩子三岁了，该上幼儿园了。去年，大爸装修好房子，今年秋天，大妈带着孙女，离开了麦村。孩子在楼房不远处的幼儿园上，有车接送。孩子一走，闲着无事，大妈就绣十字绣、看电视，有时上山挖野菜到城里卖，以此打发单调的日子。到了周末，大爸也不回麦村了，毕竟家挪到城里了。

孩子放寒暑假，大妈还会带着孩子回到麦村。一开学，又进了城，候鸟一般。

随着孩子的入学，大爸大妈的生活彻底发生了改变。他们和万千离开村庄进入城市的人一样，虽然偶尔回来，但已不再完整地属于村庄。他们彻底成了村庄的客人。三年，五年，十年，十五年，只要孩子上学，这样的现状就不会改变。而十五年后，大爸大妈已进入古稀之年。那么久远，有些事会怎样，谁又能想得来呢？

无人收割的玉米

在大地上，还有多少五谷被种植又被遗弃掉呢？

母亲端来几棒煮熟的玉米。金黄的玉米，龇着金黄的门牙。刚出锅，热腾腾的，烫手。玉米的清香弥漫在屋里，像每个八月夕阳蔓延开来的黄昏，让人温暖。

家里已好多年不种地了。母亲突然端来玉米，让人吃惊，心想或许是村里人送的。麦村人大都有一副好心肠，一把韭菜、几颗西红柿、一只菜瓜、半篮子辣椒，或者子女从城里捎来的西瓜、桃子、鸡蛋糕，都要给村里关系好的送去一些，让大家尝尝。这是乡土中国最温情的部分，有些地方早已荡然无存，好在麦村还残留一些。

玉米要趁热吃，绵软清香，一凉就不好吃了，会发硬。啃了一根，饱了。听母亲说，这玉米不是送的，是她掰的。

没人要，长了一湾子。母亲啃着半截玉米棒说。

还有没人要的玉米，不可能吧？我倒是吃惊。

哄你干啥，就在去窑村的路边，今年春天种上，现在没有人管了，家家户户都去掰了回来，有的背着背篓，有的拉架子车，还有开三轮车直接装了一车斗拉回去的。你爸忙着干活，没时间去，我出不了力，掰了几根煮着吃的。

来屋里串门的大钢爸一边吧嗒吧嗒吸烟，一边印证了母亲的说法。

我问母亲啥人种的，母亲前半年不在家，说得迷迷糊糊。

第二天，去舅婆家，看望两位老人，要经过窑村，走那条熟悉不过的老路。前两年路拓宽了，后来有一段，铺了砂，平整宽展了很多。过一个山咀，上一个坡，再过个湾，就是麦村和窑村交界的地方。窑村属于另一个乡管辖。小时候放牛，走到这就停了，怕窑村娃娃欺负。在窑村的一方，确实有百十亩玉米，全部掰掉了，玉米秆已发黄干枯。再行，过一个小山咀，有一个很大的湾子，也种着玉米。从路下面开始，一直到沟底，少说也有三五百亩。因在阴坡，光照少，玉米秆都呈墨绿色，大多玉米还嫩着，垂着皱巴巴的红胡须。因为还没熟透，零零散散被掰掉了一些。成片的玉米站在雾霭里，没有风，它们垂手而立，一动不动，像一群等待训话的人。

这些地，是窑村的，按理说玉米也应该是他们村的。窑村是一个自然村，很小，十来户人，淹没在树林里，不是偶尔漏出的一两声鸡鸣狗叫，没有人会知道有村庄竟然藏在密林深处。

窑村人地里的玉米，窑村人怎么不收呢？让人迷惑。

后来，大钢爸又来我家串门。他是个闲人，六十多岁。前些年，得了病，身体不好，不再种地。有段时间，他到处说自己得了不好的病，活不久了，但好几年过去了，他依然完好无事。他是个怕死的人，还眷恋着这人世。一日三餐之后，他一天的时间全部消磨在了串门、谝传上。在日复一日的串门、闲谝里，他对麦村和周围十里八乡的事情无所不知。他是一个优秀的刺探者和传播者，像风，一会刮到村东头，一会刮到村西头，把一些消息，刮进了一只只耳朵。几乎没有他不知道的事，他不知道，就说明，这不是事。我发烟给他，他说，现在单位还发东西不了？我说，哪敢发，管得严得很。他说，这就对了，就要有人管，你们上班的人紧了，我们老百姓的日子才能轻松。我觉得他说得有道理。他又说：不要像那片玉米一样，没人管，没人管，可就出问题了。

他很自然地说到了玉米的事。

说那玉米是年初乡政府组织干部种的，种了好一段时间，人手不够，还雇了村里人。那么大一片，全种上不容易，很费事。玉米籽、地膜、人工，都是政府掏的钱。种上后，就没人管了。

咋不管了？种在谁家地里不就是谁家的吗？

你真是瓜（傻）的，那些地早被老板流转了，人家一承包，就不属于你了。

那老板呢？人家都偷着掰，也不来看？

有啥看的，人家套的是项目，项目套上，把钱一领，揣进自己口袋就行了，谁还跑来收玉米，就算来收，得花费人工、油钱，划不来，再说，掰回去干啥，老板一个人又吃不了一山玉米。

那老板流转的地，老板自己种就行了，干部种啥？

完成任务啊，老板要么不种，要么种不过来，再说，可能人家上面还检查，这就把乡政府夹到中间了，他们不种，能行吗？

听大钢爸这么一说，就清楚了。那些地，虽然是窑村人的，但流转了出去，地上附着物不再是他们的，所以他们也没有权利管护和收获。而老板，赚取了项目款后，也就划不来再管那些玉米了。于是，那成片的、青纱帐一般的玉米，就成了没人管的。人们嘴上说是偷着掰，实际上明目张胆、理所当然。大车、小车，白天、晚上，不光麦村，附近好多村的人，都来掰玉米了。有些甚至走七八里路，不嫌远，也要分到一杯羹。

掰回去，有的煮了吃，有的剥了皮串起来，有的送了亲戚，有的捎进了城。

没人管的玉米，到底该不该掰呢？掰，毕竟不属于自己，算是偷。不掰，放在地里，野猪拱，野鸡吃，剩余的腐朽在地里，浪费了。

记得上小学时，有一个同学平时爱偷人家的果子。有次，老师让他去偷梨，他偷来了，老师啃着梨，梨汁混着唾沫星子乱溅，用一种怪异的口气说，这梨，甜是甜，就是贼腥味的。在麦村，偷来的东西，人们都说有贼腥味。当我和其他人啃着这确实被遗弃了的玉米时，我究竟有没有尝到贼腥味呢？这真是一个复杂的问题。

玉米成熟了，那个老板想起过吗？或许他的脑海里只有一个词：项目。在大地上，还有多少五谷顶着项目的名义，被种植，然后遗弃掉呢？麦村和周边村子的人，是不是该感谢那个老板呢？

故乡那么辽阔，为何还要远行

回家盖房的人

我知道故乡的好处，但不知道以后有没本事盖房，也不知道能否回来。

麦村已多年未大兴土木了。

来喜是个例外。秋天，他回村里盖房了。

来喜家住村子中间。他母亲已过世多年，我印象模糊。父亲被他接进城，和他一起住，我也多年未见了。麦村家里无人，院门四季紧锁。前两年，来喜父亲病故，房也摇摇欲坠，坍塌也是顷刻间的事。人是房的魂，没有人，不清理，不晾晒，不收拾，房子就没有魂了，尤其土坯房，过不了几年就塌了。听说来喜家的一院房是民国中期盖的，当时很体面。记得小时候，祖父常去找来喜父亲聊天，饭熟了，祖母打发我去叫祖父吃饭。在来喜家，我记着他家廊檐下有好几根很粗的柱子，木门木窗，带着雕花，屋内摆着老式八仙桌椅。

来喜五十来岁，在城里当老板，承揽一些大小工程，带一班子人干。几年下来，挣了些钱。麦村的老人晒太阳谝闲传时，都夸来喜有本事，是麦村最大的老板，在城里很早买了楼房，去年倒了旧的，换了新的，面积大得很，他手头，少说也有个百十万。人们这么闲聊着，嘴皮上挂满羡慕的唾沫星子。

来喜除了过年，很少回村。正月里，开着车来村里，走走亲戚，见见旧友，问个好，拜个年。自从他家房塌以后，他回来没地方去，只好东家住一晚，西家借一宿。平常，他是很有礼心的一个人，村里谁家有婚丧嫁娶，干事在城里的，他能帮就帮，在村里的，只要听说，都会随个份子钱。

或是觉得回家无处落脚，或是觉得人过中年，有了落叶归根之感，得为暮年考虑退路，抑或是手头有了钱，要衣锦还乡，光宗耀祖。反正，他在老院旧址上盖起了新房。

我回家时，他已购置来了大量木料，堆放在邻家院子。椽、檩、大梁，都是红松的。木匠提着推刨推来推去，长长的雪白的刨花，在推刨嘴里如吐丝一般，嗞一声，吐出一长段，最后断了，落在地上，虚哄哄，白花花。刮了皮的椽，码在院角，一根根光溜溜的，散发着浓郁的松木清香。天下着毛毛雨，怕木料淋湿，院子上方挂了一块大塑料布。雨落在上面，沙沙有声。

十年前，农村流行平顶砖房，觉得洋气，这几年又流行木料了。木料比砖成本高，但盖的房气派。来喜光木料就花了一两万元，算上匠人工钱、运输费，下来要三四万。这么费钱，一般人家是不敢奢望的，只有作为老板的来喜，有这个实力。

在准备木料的同时，来喜已叫了人开始打地基、砌墙。临近中秋，寒雨不歇，来喜担心过段时间天冷，冻住就盖不起了，也担心被房子拖住，耽误挣钱。砌墙，来喜从城里叫来砌墙队，专业砌墙，听说两三天便砌好了。打地基，还有刮椽上树皮等零活，来喜叫的是村里人和亲戚。村里还留着个别中年人，他说这工钱与其让别人挣了，还不如让村里人和亲戚们挣了，也算给大家办了点好事。我父亲就去打地基了，反正也是闲着，不如去挣点零用钱。来喜还叫了他姨夫，一个六十多岁的人，给木匠打下手，说是帮忙，其实是监工，因为工钱都是按天计算的。这个姨夫，仗着年老，加之又是亲戚，一天说闲话、吹牛皮有一套，正事不干，刨花和木屑堆了一地，挡住了匠人干活，他提着铁锨，浮皮潦草拨拉了一阵，凑合了事，气得匠人干瞪眼。后来，他家正好有事就走了。来喜知道这个姨夫顶不住事，也没有挽留。还有一个远亲戚，白天干活不出力，躲躲闪闪，没几天也被来喜不要了。来喜愤愤道，我的钱，你挣能行，一分不少，但偷奸耍滑就别来了。

村里有人盖房，家家户户都会去帮忙，我们叫"相帮"，麦村向来保持着这个传统。因为在农村，一辈人至少要盖一回房，而凭一己之力是盖不起的，只有依靠村里人帮手，才能把房修起。今年，你家盖房，我们去帮你。指不定哪年我家盖房，你来帮我。不要工钱，只管个饭。即便家里没有壮劳力的，也会去干点零活，或者洗菜做饭，出个主意，打打下手，也是帮忙。出力多少不计较，讲的是人情世故。虽然大家盖房的年份难以确定，有些当年盖，有些要等十年八年，但相帮终究是不能忘记的。在麦村，别人盖房不去相帮，是会被人谴责的，若自己有事别人也不会搭手相助。大家会说：活人（做人）不行。活人不行，这四个字在麦村是最严厉的道德批判。

来喜盖房，村里仅剩的人里有点力气的，都来相帮了，帮着干三两天活。相帮是相帮，不要一分钱，因为他们盖房的时候，来喜父亲或者来喜给他们也帮过，这是情意，不能忘，人得记情。帮完，再给来喜打工，挣他的钱，这是两码事，不能含糊。

以前靠着一村人帮助，房就盖起了。现在不行，除了工程量大之外，村里没几个青壮年，而盖房偏偏是力气活。随着麦村老一辈人的去世和年轻人的进城，五六十岁的这一拨人年老体衰，相帮盖房这种祖辈沿袭下来的美德，或许就消亡了。

搅拌机、电锯、三轮车的声音，混合着，在萧瑟冷清的麦村上空制造着干涩的声响。来喜的房子地基打好了，墙也砌得差不多了，几天后，就该上梁了。上梁是大事，要选开天卯时，焚香祭奠，拜梁，求得吉祥。梁上会贴有写着"周公卜定三吉地，鲁班造就五福门"的红对联。再过些日子，便可入烟攘新房了。

当麦村人没日没夜挣钱，挤破头进城住楼房时，有钱人来喜折身回到麦村，盖起了房。这预示着什么？我不知道还有多少人在城里挣了钱后，会逆着人流返乡，但我知道对于绝大多数麦村人而言，在城里买一套楼房就已把一生血本押了进去，再回来盖房，已没有能力。

三祖父来我家游转，跟我说，你要学来喜，以后有本事了回来在这老院盖一面好好的房。我说，大家都往外走呢。三祖父说，你要把这坨地方守住，这地方好。我不知道该说什么，我知道故乡的好处，但不知道以后有没本事，也不知道能否回来。太遥远的事情，我想不清，再说，来喜有来喜的活法，我有我的活法，生活不会让两个人走上一条路。

每个麦村长大的人，对这片故土一直怀有极为矛盾和复杂的心理，极力逃离，又在反复归来。谁会是那个暮年回乡守住家园的人？

有田老汉的驴

他终于再也没有机会种地喂牲口了。

有田老汉有心脏病，去年到兰州做检查，大夫说要放心脏支架，还得放两个。国产的，一个两万元，进口的，一个四万元。大夫让考虑。

有田老汉拉着儿子到楼道里，掰着指头算了一账。就算便宜的国产货，一个两万，两个四万，手术费，住院费，乱七八糟的花销，下来少说得十万元。十万元，我的天，可不是个小数目，你就是把我这把老骨头熬成油，也换不来十万元。他从心里先打起了退堂鼓，从口袋里摸出一个沾满油垢的塑料袋，打开，抽出一张报纸条，又从小药瓶里捏出一撮旱烟丝，放在纸上，均匀抹平，卷起来，伸着舌尖把纸边舔了一溜，用唾沫沾上。刚搭进嘴，点火抽了一口，过来个女护士，瞪了她一眼，厉声道，掐了。他吓得一哆嗦，赶紧在鞋底研灭了。他心想，现在城里的姑娘娃，不让抽好好说，吼啥哩，真是，光把脸上的雪花膏抹得厚。

他问儿子意见，儿子支支吾吾，也没表态。他当然不会表态，去年刚从兰州买了房，七八十万，一年光房贷就还倒气了，哪有能力再拿出十万元。有田老汉的儿子在兰州开着拉面馆，生意不死不活。不开吧，再没有啥手艺。开吧，一天两口子挣的钱，就是工地上小工的收入。没办法，这么将就着过了。日子过得再拧巴，可毕竟是兰州人，回到麦村，揣一包"黑兰州"，见人散一根，装个样子，腰杆子还是撑得硬得很。

有田老汉上兰州看病的事就这么罢了。他提着儿子买的二斤百合，上了火车。那百合，他不想要，儿子硬塞的，说是兰州特产，营养好得很。他心想，一辈子吃的浆水杂面片片，没营养，也活到七十岁了，再说，你那东西，跟晒干了的洋芋皮一样，是煮着吃，还是泡着吃，还是油炸了吃，不知道咋往口里送。

有田老汉其实是不想上兰州去看病的。他知道自己的心脏病有年成了，除了心慌、气短，有时候头晕，再没啥，庄农人身板皮实着呢，就是最近感觉头晕得厉害，不过一时之间想必也死不了。但儿子三番五次打电话叫他上兰州检查一下，说是兰州医疗条件好，把病往清楚查一下。他嘀咕着，我这病十来年了，我还不清楚。挂了电话，他又赶着自己的两头毛驴、两头骡驹，放牧去了。

除了老田，有田老汉也算目前村里种地最多、养牲口最多的人了。

以前，麦村人大多半工半农。闲时，进城打零工，挣个油盐钱。农忙，回来种麦、锄地、打药、割麦、打碾、拔胡麻、种油菜、掰玉米、刨洋芋、翻二茬地。城里乡里两头跑，都能兼顾。当然，也有男人出远门打工的，一年回来不多几次，农活留给女人操持。毕竟是女人，地多了种不过来，就撂下一些，挑近门的种。后来，女人出门打工逐渐流行，多是到北京端盘子洗碗，到天津当保姆，也有去南方洗脚店干的，甚至有挣了钱自己开按摩店的。男人呢，则留在家，看家护院，潦潦草草种一点地，也不指望收成，权当找个事干，家里的花销基本全靠女人寄来的。留守男人一堆，穿着垢甲都能刮下一层的衣裳，喝酒，抬杠，作务几亩薄田，还要爬锅爬灶填肚子，日子邋遢不堪。

这几年，情况又变。有点劳力的男人女人都不种地了，不管远近，全部撂荒，统统进城打工去了。村里现在能看到耕种的一些地，都是留守下来的一茬七十岁的老人在务着。有田老汉就是其中之一。以前，撂荒地村里还有人租着去种，年底给主家一些粮食就行。现在，白送都没人要。只有有田老汉是个例外，在麦村人都撂地的时候，他却在拾掇这些撂掉的地。他把自己偏远的、不长的放下，把别人肯长的或者方便的种上。

他家四口人，包产到户时，远近好坏分到了十六亩山地。这几年，倒来弄去，不但亩数没减，还变成了二十亩。他的老伴端着一碗馓饭，听着有田老汉谋算着明年地里咋种，心窝子直冒烟。她掠了一口馓饭，放进嘴里，含含糊糊骂道，你就是个懒收拾……话没说完，一团饭进肚，像吞了一口火炭，架在心尖上，烧得她用拳头直砸腔子。等烧意渐退，她伸长脖子连着出了一口长气，继续唠叨：人家不种，当废物一样扔了，你赶忙拾掇起来种上，你还不如个城里捡破烂的，人家越捡越有，你是越捡越穷，除了老田，你看看，麦村哪一个像你，至今还种着二十亩地，养着四头牲口，我说你呀，老了不要装少年，穷了不要装富汉。有田老汉听得不耐烦，撮着卷烟给驴添草去了。老伴隔着窗户抛出一句话，我看你迟早就挣死在犁沟里了，别到时候连累了我。又来了句，老田人家夏天就开始吃麦面了，你呢？

老伴和儿子都是极力反对有田老汉种地的。老伴常年腿疼，但既然种上了，好歹要跟着进地，她吃不消，尽是受罪。她说咱们老两口就两张嘴，吃不了多少，一年种的要三年吃，现在又不是民国年间，你还怕挨饿不成。老汉说，丰年要当歉年过，有粮常想无粮时，上一辈的人都这么说，你又不是没听过。哎，算了，你女人家，懂个锤子。说完，蹲在地上，继续修理他的步犁。儿子觉得划不来种，一年种六七亩麦，留过吃的，也粜不来几个钱，再说父母上了年龄，就像大钢爸一样，一天吃饱光串门子就行了。可有田老汉不答应，他说，手有余粮，心里不慌。他说，不种地，像大钢爸两手吊到胯子上，游出摆进，跟个行尸走肉一样，我还做不来。他说，地是命根子，你机器厉害得很，机床上把粮食种不出来，还得一把籽撒进土堆堆里。他说，不要我种地，你人在兰州，那一袋子一袋子捎过去的洋芋、白面，一桶子一桶子背过去的清油，都是哪里的？你吃的喝的哪一样不是我种的？不种地，你怕在城里喝风屙屁着哩。他说，你爷、你太爷两辈人，我们家是赤贫，一年四季给地主家扛长工，连个地角子都没，真是马勺吊起来当锣打——穷得丁零当啷响，还是解放了，才有的地种，日子好过一点了，我小的时候，你爷就常教育我，有田，啥都能丢，地不能丢，没地，就要受二茬苦，遭二茬罪。

有田老汉有理讲倒人，谁也说不动，家里人也就作罢了。

从兰州回来后，他又操持起了农活。他把牲口吆到坡上，啃草去，来到地里，把玉米秆剁倒，捆成捆，靠土崖立在地上，等

故乡那么辽阔，为何还要远行

晒干再拉回去。剁了玉米秆，一入冬，就该揭地膜、挖玉米茬了。

日子就这么过着。一天天，一月月。有田老汉是麦村最忙的一个人了。他依然秉承着传统农民的勤劳品质，鸡叫三遍，摸黑下地，日落西山，荷锄回家。村里人给他起了个绰号——昼夜忙。名副其实。

今年前段时间，老伴走亲戚去了，家里留着有田老汉一个。放牲口回来，已是中午，他把半锅浆水片片热了，准备凑合一顿了事。他一辈子就爱吃浆水饭，打小吃到老，不腻，要是吃点有油水的就闹肚子。老伴总骂他是穷鬼命。饭热了，他端了一老碗，刚踏出厨房，一头栽倒在院子，一张脸扣进碗里，不省人事了。

幸亏有田老汉命大。给村里粉刷墙的人，凑近进来借梯子，看着有田老汉趴在地上，一动不动，赶紧叫了人，用盖活动中心工地上的三轮车送到大路上，叫了小车，拉进城，送到了医院。一检查，脑出血，幸好发现及时，要是再稍微耽误一下，就没命了。

有田老汉住院后，儿子从兰州下来陪护。大夫说，回去后要多休息，不能劳累过度，以防再发病。儿子苦笑了一个。进病房，他给有田老汉说，大（爸爸），这次出院地你就不要种了，大夫也说了，不准太劳累。有田老汉好像没听进去，自言自语道，得的是心脏病，咋就栽到脑出血上了，怪事。儿子又重复了一遍摞地的事，老汉嘴一撇，嚷道，不种，坐吃等死啊，又不是啥绝症，你看大球二爸，查出来是肺癌，也是七十岁的人了，还不是种着二亩地。儿子觉得已经没法和老头子沟通了，人老了，就是犟板筋，你咋扭都扭不端。他瞪了一眼，出病房，到厕所抽烟去了。

老汉住院的几天，儿子回了一趟麦村。到村里后，他打电话把驴贩子叫了来。他想，既然劝不听你，你不是爱种地吗，我把这牲口卖了，看你用啥种。他为自己这招釜底抽薪的主意暗自高兴。驴贩子看着膘肥体壮的两头草驴和活蹦乱跳的骡驹，问，你要多少？儿子指着其中一头草驴，伸出一根食指。驴贩子笑了一个，说，打兔的不嫌兔多，吃鱼的不嫌鱼腥，你要一杠子，我理解，但行情在那放着，最多这个。他伸出大拇指和小拇指，晃了晃。儿子走开，蹲在门槛上，说，太少了，你添。驴贩子发了一根烟，也蹲在门槛上，把头抵过去，叽里咕噜说了好一阵。最后，一个降了点，一个添了点，达成了交易。两头草驴，各七千。两头骡驹，各三千。驴贩子付了钱，点着烟，赶着四头牲口走了。临走前，驴贩子说，你是个干脆人，像个儿子娃。有田老汉的儿子问，这驴，贩回去干啥？杀了，卖肉，城里人不是爱吃驴肉嘛，现在养牲口除了吃肉，谁还用来耕地驮粮食？儿子哦了一声，揣着一疙瘩钱，关了驴圈门。

有田老汉在医院住了半个月，感觉差不多好些了，急着要回家，怕花钱。儿子说，有新农合报销呢。老汉没好气地说，再报销，剩下的一部分还得掏，这天天吊盐水，还不如拎回家，我躺在炕上自己吊。他其实是想回去看牲口了，半个月没回去，虽然有老伴添草倒料，但毕竟不上心，几头牲口，一夏天喂起来的膘，估计这半个月都掉光了。但这话他不好给儿子说，一说怕又被儿子教训，他听着一肚子气。他这人就这样，死犟，一辈子，没啥出息，没啥手艺，就爱种几亩地，爱养几头牲口。当然，儿子也没有把卖牲口的事告诉老子，这一次，他把嘴捂得可严实了。

几天后，有田老汉出院了。出院前，他心想，二十亩全种，眼下看，可能作务不过来了，不行就少种点，把几头牲口喂上，也是个事，等以后身体全好了，再看情况，要是啥都不种，活到大钢爸那份上，也就没啥意思了。他知道，村里的老人大都跟他一样，忙活了一辈子，闲不住，得有点事干，忙着，日子打发起来也就快了，心里也就不胡想了，对牲口感情深是一码事，关键有个事干，照顾牲口就是个事。这一点，儿子不理解。

后来，我听说有田老汉回到家，发现驴不见了，他隐约感觉到了什么，一问，儿子果真把驴卖了，那两万元卖驴钱，交了房款。老汉一听，当场翻倒过去，脑出血又犯了。这一次，老汉瘫痪在炕上，说不了话，也听不见啥，只有眼珠子明晃晃打着转。有时候，眼泪花儿就飘满了倒陷的眼窝子，像极了麦村前沟里那眼即将干枯的泉。他终于再也没有机会种地喂牲口了。

当然，这些，都是大钢爸说的，麦村没有他不知道的事，包括鲜为人知的细枝末节。

老　财

他一个人陷入遮天蔽日的荒草里，
是如何推天度日的，没人知道。

　　黄昏，踩着落叶和雨水，经过老财家门口。大门紧闭，铁锁低垂。门口落着凌乱的羊蹄印和羊粪蛋。门口不远是一片菜园。菊花扶在篱笆上，开败了，显得虚弱。园子里，那棵梨树早已粗枝大叶，结一种麻皮果子，我们叫麻梨，很大，跟洋芋一样。这个品种的梨，麦村很少，所以印象颇深。现在，早已没了梨，只有一树叶子空荡荡红着。

　　老财应该放羊去了。

　　属羊的老财，今年六十有二。生有三个姑娘，一个儿子。姑娘分别叫：带弟，来弟，盼弟。多年无子，心急如焚，好在最终如愿，生了儿子，就叫如愿。

　　这两年，大家都知道老财是靠嫁女儿发财的。大女儿带弟，上了个小学三年级，就去打工了。后面找了一个四川人，嫁了。那时，彩礼普遍还没上涨，要了四万元，不过在当时也不算少。二女儿初中毕业，也去打工了，几年后回来，抱着娃，屁股后面

　　　　　　　　故乡那么辽阔，为何还要远行

跟了一个染了黄毛的小伙子，说是对象。来弟未婚先生娃的事，很快传进了村里人耳朵，成了一时笑话，臊得老财差点上了吊。后面，听说来弟和对象分手了，那黄毛一去不返，再没出现。来弟带着娃，在娘家住了好久。最后，把娃丢给老财女人黑芍药，又去打工了。虽然黄毛和来弟散了，但当初，在黑芍药的威逼之下，黄毛还是给了老财家八万元作为礼金。如果不给，黑芍药扬言要去法院告他，黄毛心虚，不知从哪里倒腾来了一疙瘩钱，交了"账"。当然，在老财一家看来，这两个女儿都没捞回本，最贪钱的还数盼弟。这几年，在农村，姑娘很抢手，只要给个价，为了不让儿子打光棍，就算砸锅卖铁、头破血流，也会有人在所不惜。盼弟"卖"了个好价钱，十二万，这是黑芍药定的价，不优惠，不打折。十二万，麦村人一边谴责着黑芍药这是卖姑娘的不道德行为，一边又难掩言辞间的羡慕之情。

三个女儿下来，老财家净收入二十多万，加上往年积攒，他家至少有三十万元在手。在麦村，谁家有三十万已算是富豪了。当然，这些钱都捏在黑芍药手心里。在他们家，她是掌柜的，老财虽是男人，但终究是敲边鼓的，在家里没啥地位。

坐拥三十万财富的黑芍药，像刷过绿漆的一根老黄瓜，在村里到处扭拧着，那个自豪劲、骄傲劲，像极了吃饱喝足的老草驴，一口一个钱，一口一个我那三个姑娘，满嘴装出来的嗲气，像把药吃错了。惹得一村人指指点点，骂骂咧咧。

而多年以前，老财一家是村里数一数二的破落户。因为人多，花销也大，一睁眼就要六张嘴吃喝，过年扯布缝衣裳，人家一两套，他们家就要四套。加之分到的地都偏远，且靠阳，太旱，不怎么长庄稼，一年四季，口粮都紧张。恁是把老财一个人苦死苦活，一家人的生活也没多大改观。人家顿顿吃白面馍馍、喝鸡蛋糊糊的时候，他们家还隔三岔五是玉米面片片、洋芋大拌汤。人家的孩子好歹不再穿补的衣裳，他们家的齐刷刷屁股上补着一大坨。人家隔三岔五还跟个集买点西红柿啊蒜苗啊豆腐之类的，他们家一个月也去不了一趟集上，去最多也是买几袋盐几盒洋火，连个面皮都舍不得吃。人穷打娃娃，老人们这么说。还真是这样，很多时候，从老财家门口走过，总能听见四个娃娃吱哩哇啦的哭吼声，像一窝挨刀子的猪娃，号叫不休。

当然，这穷苦都由老财背着，他的女人黑芍药才不管这些破事。她穿戴整齐，东家门进，西家门出，只会串门子。有时，六月天，正忙的时候，黑芍药端着空马勺出了门，说是去借浆水，可一去就是一两个钟头。眼看着人家都赶着毛驴驮了好几趟麦了，黑芍药还不回来，老财去找，结果在人家屋里看《新白娘子传奇》。老财窝了一肚子气，憋到自己院子，忍不住唠叨了几句。这可把黑芍药惹下了，像只公鸡一样，翻卷着脖子上的毛，血红着眼珠，不依不饶，非要争个我高你低。你一言我一句，一来二去就干上了。老财是个蔫人，麦村出了名的，平时放屁连个声响都没。他本来不想费口舌，可黑芍药喊着死了五六年的老财大（父亲）的名字不消停。老财一肚子气，一下子憋炸了，冲上去在黑芍药胸口捣了两拳。这可好，黑芍药摆起了猪婆阵，又是哭吼连天，又是满地打滚，又是摔碟子砸碗，又是冲上来撕扯啃咬。老财知道惹了祸，再不敢动手，任由黑芍药折腾。

一个下午，他们就这样消磨掉了。晚上，人们吃毕饭，坐在门口乘凉歇缓，老财两口子打架的事，成了大家的笑柄。同样还有笑柄的，是老财的脸上那十几道深深浅浅、红红黑黑、惨不忍睐、几近毁容的血印子，这自然是黑芍药的十根指头留下的"杰作"。人家的女人，知道给男人留面子，而老财的女人，只会给他拆台子。人们笑着说。

老财就在这样一种状态下活着，被黑芍药抓成大花脸，也是常事。起初，他还害臊，不敢出门见人。他知道，人活脸，树活皮，城墙活着一掀泥。可慢慢地，也就无所谓了，抓破了他的脸，丢了他的人，同时也臊了她母夜叉黑芍药的脸。后来，麦村人慢慢也就见怪不怪了，大家都知道，他们两口子打架是家常便饭，而老财毁容，也是司空见惯，没有什么新鲜的。

日子就这么推着，老财像一头老黄牛，拼死拼活，没黑没明，日子依然过得凄苦。直到后来，三个姑娘陆续辍学，外出打工，能给家里添补，他们的日子才算好过了一点。姑娘寄来钱，被黑芍药一人捏着，家里的一点积蓄，也由她管着，一家人的财政大权都在她手里，而老财傀儡一个。黑芍药对自己啥钱都舍得花，对老财则是屎毛上捋虮子——细到家了。生活上，老财已无他求，一碗浆水面，填饱肚子就行，一件烂衣裳，不把屁股晾在外面就行。他也不赌不喝，知道自己没钱，唯一的爱好和花销就是抽一口旱烟。可抽旱烟要买烟叶，买烟叶得花钱。钱花不多，可黑芍药就是一分不给。老财曾试探着要过，结果被黑芍药一顿骂了回来：你狗戴帽子——装了个人样子，没一点啥本事，还想抽烟，你看人家的男人，出门半年，就挣回来万把元，你呢？你看人家的女人，想穿啥买啥，想歇着就歇着，我呢？真是瞎了眼，才跟上你了，我把你浅碟子盛水——一眼看透了。

挨了一顿无缘无故的骂，老财弓着腰，缩成一团烂包袱，出了院，在地里坐了一天，心里憋屈，想哭，可生活的重负早把他的眼泪熬干了。晚上，他背着黑芍药，向别人借了五十元，准备跟集时称二斤烟叶子。

几个姑娘相继出嫁，家里也积攒了一大笔钱。可这钱，跟他没多大关系。钱在折子上，折子在炕席底下压着，密码只有黑芍药一个人知道。村里人说，老财啊，现在手里捏着几十万，好歹也是有钱人，还这么卖命。老财苦笑一声，不知如何作答。这些年，他把一个男人活成了窝囊废，脸常被抓得面目全非，称二斤烟叶子的钱都没，家里的存折不知道密码。你说，把人活到啥程度了。他哭丧着脸，给人说。

去年，黑芍药不知哪根筋被扯了一下，也不知听了谁的怂恿，要在城里买房。老财不同意，认为这一辈子，黄瓜打驴——后半截也所剩不多了，划不来买。再说房价又贵，住进去，什么物业费、水电费、暖气费、电梯费，一个庄农人，没几个收入，能住稳妥吗？当然，他的反对是无效的。当他知道情况时，黑芍药已托人买了房。黑芍药的理由是，麦村人几乎家家都在城里买了房，他们不买会被人家笑话，况且手头有钱，另外，儿子如愿也二十来岁了，过两年结婚，没个楼房不行。老财一肚子气，气的不是黑芍药买了房，而是这么重要的事她竟然不和他商量。说着说着，便和黑芍药吵了起来。结果可想而知，黑芍药砸了炕柜上的玻璃，抓烂了老财堆满皱纹的脸。

黑芍药让老财把种的几亩地撂荒了，到城里找个活干，扫个马路，看个大门，实在不行收破烂也行。老财定然不同意，他觉得他一辈子就会种地，只有种地才有吃有喝，不让他种地，再让他干啥。三月打头，天暖和起来了，正是种玉米、胡麻等秋粮的时节。虽然麦村种地的人屈指可数，但他还想种一点，也就在这个节骨眼上，黑芍药屁股一拍，带着外孙女，进城了。

进城后的黑芍药，再也没有回过麦村，过年也没回来。

后来，老财听村里人说，黑芍药买的房是小产权，属于村集体盖的，且在路边，过不了几年说不定要拆掉，小产权房拆迁补偿是个麻烦。老财种了一辈子地，搞不懂城里的事，听得他头昏眼花。他也没有能力和精力管什么大产权还是小产权，况且楼房买下半年，人家黑芍药还没让他去看一眼呢。当然，看不看，都无所谓，反正房子是他们家的。让他真正有所谓的是，听城里打工的麦村人说，黑芍药好像城里有男人，有一次，两个人逛步行街买鞋，被麦村人看见了。这让老财痛苦不堪，又觉得颜面扫地。一辈子快活到头了，结果被这货戴了一顶绿帽子，这让他有何颜面面对麦村老少，有何颜面面对九泉之下的祖先。他简直快崩溃了。当然，最要命的是，他怕万一那房子被野男人捣个鬼，骗走了，那时上吊都迟了。他真的担心，黑芍药在他跟前像母老虎一样，又凶恶又精明，但在城里人跟前，很难说不是一头大蠢驴。

老财的痛苦和忧虑日渐加深，却又无能为力。作为家里的一口人，他不知道自家的房子在哪。这说出去别人都不相信。村里人说黑芍药有相好，他又没有证据，打电话贸然责问，怕又是一场说不清的家务事。也只好罢了，罢了。

今年前半年，村里的土地都流转了出去。老财无地可种了，村里有扶贫贷款，他能享受政策，贷了五万元，买了几十只羊，开始放羊了。放羊，一方面消磨时间，一方面常年在荒坡野岭待着，见不到人，自己清静，也免得尴尬。

自从老财放羊之后，村里人就很少见他了，只有路上的羊粪蛋还隐约证明着麦村有这么一个人，平时大家似乎把他都忘了。他一个人陷入遮天蔽日的荒草里，是如何推天度日的，没有人知道。

时间一长，人们真的把老财忘了。

粉洋芋面的日子

那几天，村子里能见到太阳的宽敞地方，都晒着白花花的洋芋面。

秋分前后，洋芋刨回家。

大洋芋进窖。一颗挤一颗，挤过小雪和大寒，挤过正月的年。天寒地冻，缩在窖里的洋芋，鼻青脸肿。炒洋芋，烩洋芋，煮洋芋，烧洋芋，浆水面里少不了切一颗圆洋芋，庄农人的草肚子才能填饱，挨过一天算一天。到了来年三月初，洋芋窖，快露底了。剩下大概两袋子，都是嘴边上节省的，要留下当种子。一颗洋芋，切三牙，千万要留着芽眼，那是命根子。切一颗，菜刀背拨一边，切一颗，菜刀背拨一边。菜板上，切满了坑。刀刃上，糊满了洋芋面。一颗洋芋，就是一个大家庭，现在，分家了，另立炉灶去了。种洋芋，一犁过去，犁沟里遗籽，一步一颗，不能稀，不能密。回头再一犁，就埋进了土。

小洋芋呢？

小洋芋，也分类。乒乓球大的，留着。奶疙瘩小的，煮了，喂猪吃。

留下的小洋芋，干啥用？当然是粉洋芋面了。洋芋面，就是吃粉条时用的淀粉。

进窖的洋芋，不可洗，千万千万，会坏掉。粉洋芋面的洋芋，要洗，洗得白白净净。母亲蹲在花园边，大铁盆里装满水，带泥的洋芋，倒进去，用手使劲搓。洋芋在洗澡。泥娃娃露出他的白皮肤、麻皮肤、红皮肤、紫皮肤。黄菊花搭在母亲头顶，沾着隔夜的霜，像涂了淡淡的雪花膏。水冰，冰得彻骨。母亲的一双手，冻得通红通红，像两条红鲤鱼，在慢慢稠起来的泥水里，翻腾，翻腾。洗干净的洋芋，捞出来，倒在一边的塑料单子上。这还不行，得再淘一边。过了两遍水，洋芋就真是白白净净了。祖母说，进嘴的东西，不敢马虎。一边是灰头土脸的还没清洗的洋芋，它们吵吵嚷嚷，推推搡搡，都想赶早跳进盆，洗个冷水澡。嗨，这群小家伙。

洗好的洋芋，一边晾晒，一边排队，等拖拉机。

村里只有一辆拖拉机，我三爸的。祖父给买的，好像是东方红系列。一村人，家家要粉洋芋面，一辆拖拉机顾不过来，就请外村的。外村的，是手扶拖拉机。瘦长的人，坐在簸箕状的座位上，两手扶把，开着瘦长的拖拉机，在坑洼不平的路上，扭腰摆臀，上蹿下跳，啪嗒嗒响着，吐着黑洞洞的烟，车头上水缸里的水，冒着气，跳着舞，四溅开来。车屁股上挂的车斗里，装着粉洋芋面的机器，也是蹦蹦跳跳，蹲不安稳。

晾干的洋芋，装好袋，立在大门口。

拖拉机一来，停稳。安好机器。机器叫啥名？我也不知道。用皮带接在拖拉机的转盘上，发动拖拉机，转盘带动皮带转，皮带带动机器转，就能粉洋芋面了。粉洋芋面，得几个人伺候。一人把洋芋装进簸箕，往机器漏斗状的方口里倒，瘦长的司机一手拿根棍子往里捣，要不洋芋会弹出，或者咬不进齿轮，一手往里面添水。机器的肚子底下有个孔，混合着水的淀粉，经过机器在肚子过滤后，就会流下来，下面放桶子，盛着。满了，一人提进院，倒进大水缸里。机器的一头，跟屁股眼一样，黏稠的洋芋渣源源不断拉出来，接进盆，端到墙角处倒下。

小时候，我们老觉得这机器像人。嘴里吃洋芋，肚底下"撒尿"，屁股后面"拉屎"。但一想，洋芋面就是从肚底下出来的，难道我们在喝机器的"尿"？不对，不对。

那时候，麦村人种洋芋，大多三四亩。一年四季常吃的蔬菜，也就洋芋了，大不了添根葱，加棵白菜。粉洋芋面，十来袋洋芋，粉完得小半天时间。粉完后，地上积着水，因有淀粉，氧化会呈现铁锈红。墙角的洋芋渣，已堆了齐膝高。一开始白兮兮的渣，很快就变红了，最后成了黑色。

别以为洋芋面就成了。还差得远着呢，这才是头道工序，后面事多着呢。母亲说，樱桃好吃树难栽。

黑釉棕边的缸，蹲在院子，瓷实，稳重。它们的肚子里装着洋芋面汁，慢慢地沉淀，沉淀……它们太乏了，眼皮不抬地睡着了。光沉淀，还不行，得勤换水。等淀粉沉到底，舀掉上面的水。再倒进去新水，拿擀面杖，不停地搅啊搅，把淀粉搅醒，搅晕，搅得天昏地暗，再一次和水融合。白花花的汁啊，在缸里旋转着，旋转着，看得人眼花，看得人不由自主也旋转起来。水乳交融，我长大后才知道这个词。但打小，看着旋转成瀑布、成浪头、成绸缎的洋芋面汁，就已经理解了什么叫水乳交融。

那时候，村里没有自来水，家里也没有窖水。吃水，靠担。

一村人吃水，加上还要换洋芋面水，就得抢水。天摸亮，父母挑起水桶，吱呦吱呦，出了门，抢水去了。水来了，继续舀掉旧水，倒进新水，搅啊搅。旧水饮牲口，给猪和食。在烧得屁股疼的炕上，在黏稠到拉丝的梦里，我们迷迷糊糊听到了父母说话的声音、擀面杖和水缸碰撞的声音、面汁在缸里深呼吸的声音。待我们起来后，父亲已帮着给别人家粉洋芋面去了，母亲去了哪里？

我和妹妹光着脚板，坐在门槛上，看天，天阴着，看屋顶，屋顶空空荡荡，看对面的远山，缠着雾，再看院子，院子落了一堆树叶。红的，梨树叶。黄的，杏树叶。绿的，槐树叶。褐色的，什么叶？不认识。还有几片灰色的，不是叶子，是几颗麻雀，捡玉米粒吃。

我起身，麻雀飞了。我到水缸边，雪白的淀粉已沉下去，再一次睡着了。水面上，飘着几片落叶，红的，黄的，绿的。哦，深秋了。叶子落了，燕子走了，草枯了。我把头伸进缸里。我看到了我的脸，洋芋一样的脸，七窝八坑。我看到我的头发，像一只翻毛鸡。我还看到我的双眼皮、黑眼仁。我在缸里喊了一声，水面皱了一层细细的波纹。嗡嗡嗡的回声，在缸里转啊转，好听极了。

妹妹喊我的名。她说，选选，厨房里有煮熟的洋芋，来吃洋芋。我知道哪里藏着蜂蜜。我们要吃洋芋蘸蜂蜜。啊，洋芋蘸蜂蜜。我们做梦也要吃。

就这么天天换水。一天一换，少说也得换七八遍。最后，淀粉里的杂质漂起来，和水一起舀掉了。缸里的水，清的啊，都想喝一口。缸底的洋芋面，睡得那么踏实，那么自在。伸手进水，摸一指头，又滑又腻。

水换结束了，地上的落叶更厚了，树梢上的叶子稀稀拉拉了，我们的鼻涕扯了一尺长了。

把洋芋面从缸里挖出来，这时自然是湿的，一疙瘩一疙瘩，倒在门帘上、床单上，把疙瘩揉碎、捏烂，晾晒着。天气好，几天就晒得差不多了。那几天，村子里能见到太阳的宽敞地方，都晒着白花花的洋芋面。真白啊，白得晃眼，白得胜雪，白得让人想吼，白过了喜娃媳妇的长脖子，白过了假女人志明手里捏的白手帕，白过了春牛奶奶一辈子没舍得穿的绸裑子。

晒好的洋芋面，用细箩箩一遍。箩过的，装进套着塑料袋的化肥袋。箩不过的，是大大小小的颗粒，用盐水瓶一遍遍擀，擀化，擀细，擀成末，直到过了箩眼。晒干的洋芋面，真细腻，真丝滑，大拇指和食指捏一撮，它们就跑了。留在指纹里的，一搓，更是滑腻。天底下还有比洋芋面更滑腻的东西吗？我们伸着小小的脑壳，再也想不出来了。母亲一巴掌打掉我的手，让一边耍去，别糟蹋洋芋面。我提着葵花秆做成的金箍棒，出门了，我要去抓白骨精。

深秋，不一定总有好天气。阴雨连绵，十天半月不晴，这是常事。这时就得把炕烧热，铺上单子，倒上湿漉漉的洋芋面，往干烘了。洋芋面上炕，人下炕。白天烘，晚上收起来，放地下。席子上一层白兮兮的粉末，滑滑的，我们睡上去，像一条鱼，不知道在梦里会滑向哪个涝坝。

干透的洋芋面，装进袋，架起来，这事就完了。前前后后得半个多月。

十来袋洋芋，才能粉满一袋洋芋面。稀贵不稀贵？

洋芋渣，晒干，喂猪吃。猪吃多了也反感。一闻到渣味，就想吐。有人会捏成团，贴在墙上，真像牛粪。晒干后，我们偷着抠下来，当飞盘玩。

秋分过了寒露，寒露过了霜降。立了冬，麦村冷透了。大寒小寒，收拾过年。过年吃粉条，炒着吃，拌着吃，煮着吃。

这些都是小时候的事儿了。

堡 子

在整个童年时代，我们都被大地上的神秘传言挟裹，带着无限的恐慌和无限的兴奋，游荡在村里。

堡子在村庄正对面。出门，眼皮一撩，就能看见。

在西北，用黄土夯筑的堡子随处可见，几乎一村一个。陇上，多干旱。风硬，刀子一样，在大地上削砍着，露出了黄土的骨头。这比风还硬的骨头上，便站立着一方方堡子，倔强、孤独，又敦厚、颓败，俯瞰着山河故地，草莽众生。

堡子筑于何时？有说清末，有说民国初期。麦村的堡子呢？似乎也没有一个准确说法。老人们说，堡子，是躲土匪的。

老人们还说，有一年，土匪进村，烧杀抢掠，村里人都涌向了堡子，深藏不露。扛长工的大曾祖父，留在村里，没有来得及跑，被土匪在脖子上砍了一马刀。整颗脑袋耷拉在肩膀上，只有气管还连着，血液四溢。大曾祖父在厨房，一手扶正脑袋，一手扯了半圈编成锅盖的麦秆，缠在脖子上。继续一手扶脑袋，一手勾住墙，一跳，一翻，跃过墙头，跑了。后来，脖子上撒了云南白药，只听见肉和肉生长在一起时，发出的滋啦啦的声音。我至今还记着老人们和我坐在槐树下，他嘴里发出的"滋啦啦"的声音，像两片粘在一起的胶带往开撕。

大曾祖父侥幸逃脱，活了下来。我出生时，他已过世好多年。我无法想象他的容貌，无法想象他是如何大难不死的，也无法想象在一个草菅人命、血肉模糊的时代，堡子是什么样的。

关于堡子的历史，我仅知道这些。细细想来，我只去过一次堡子。它真的不远。要么沿着对面的梁，顺着走，在一条岔路，朝左，再走不远，就到了。或者下山，过沟，再爬山，一直朝上，也就到了，最多三十分钟。可我竟然想不通这么近的地方，我就去过一次。我们捉迷藏，我们放牲口，我们打仗，我们游逛，我们几乎跑遍了麦村的每一个角落，翻遍了麦村的每一寸地皮，可为什么我们就没有多去一次堡子呢？

搞不懂。

我至今记着那次去堡子的经历。差不多快二十年了吧。

应该是暮春，上世纪九十年代的某个下午。我和母亲在地里放玉米苗。纤弱、枯黄的玉米苗，蜷缩在地膜里，用削尖的竹棍把地膜剜破，再用竹棍勾住玉米苗，一旋，一拉，就把玉米苗拨拉到了地膜外面。它们孱弱的身子，稀稀拉拉，在午后的风里，晃动着，东倒西歪，经不起风吹的样子。我们的身后，是两只水桶，已空空如也，像两只眼睛，瞪着三月的晴天白云。干旱，多年未见的干旱，弥漫在西秦岭一带，尘土飞扬，田地干裂。这样的旱情已从春节持续到了三月。人们急切盼望着一场春雨，可每天都是碧空万里，滴水不见。在持续而严重的旱情里，人们踩着盖住脚面的干土，种上了洋芋、玉米、葵花、胡麻。

旱情让五谷的出生率和成活率都降到了最低。一亩玉米，成

　　　　　　　　故乡那么辽阔，为何还要远行

片成片的，没有出苗。我和母亲只好剜开地膜，再掏一个窝，撒进三四粒籽，进行补种。补种的窝里，按理说，都要浇水，可挑来的水哪里够解渴，两三行下来，早已用得滴水不剩。再担，涝坝里也只有稠泥了。我和母亲坐在土堆里歇缓，眼前是白花花的地膜，落满了阳光，刺得人眼疼。远处，地埂上，站满了杏树，花落了，豆粒大的杏子，粘在枝头，因为干旱，也显得干瘪。再远处，就是灰蒙蒙的大地，罩着浮土，干旱像一只抽水机，抽干了大地的血液，到处皮开肉裂。

玉米苗已放得差不多了。我们坐着，像两块土坷垃，风再吹，就化了。

就这么坐着时，我隐约听见梁上有唢呐声和人群的喧闹声。循声望去，一簇人围着什么，缓慢前行，后面追着一长溜小孩，像一根尾巴，拖在干枯的山路上。偶尔传来的锣鼓声，让暮春的午后显得焦虑、急躁。母亲说是董村的爷（我们把村里供奉的神像叫爷），要到我们村的堡子祭山。早几天就听村里人说，旱得不行，董村人准备取雨。所谓取雨，好像是人们抬出神像，由穿着长袍的师公进行表演，一边说说唱唱，一边挥舞羊皮鼓，最后还要在额头上砍几刀，鲜血直流，怪是骇人。通过这样的祭祀，请求神灵到天庭讨来雨水，普降甘霖，救黎民于苦难之中。当然，取雨还有好多繁琐的程序，不太清楚。不过祭山是其中重要的环节。

后来，我把母亲丢在地里，爬上山坡，跟着那支队伍走了。

我们来到堡子。这是我第一次，也是唯一一次踏进堡子。堡子里种过地，翻耕过，一脚踩下去，虚土能淹没脚面。从堡子里看，四周围墙多有塌陷，呈锯齿状，并不太高。山门大敞，像一张嘴，永远豁着。堡子有半块打麦场大，里面空无一物，只有正中间，横卧着一块石碑。村里的孩子说，这块碑下，压着一条白蟒蛇。真的么？不知道，反正谁也没有见过，但大家都说得言之凿凿，我们也就信了，权当真的有吧。在整个童年时代，我们都被大地上的神秘传言所挟裹、所拿捏，带着无限的恐慌和无限的兴奋，游荡在村里。是因为听说了堡子里有蟒蛇，心里惧怕，我们才没有再去过堡子吗？我也不知道。

来取雨的人，把神像稳稳坐在地上。好像有龙王爷、黄爷。龙王爷，面红耳赤，长须飘飘，怒目圆睁，怪吓人的。黄爷，是女性，涂脂抹粉，面若满月，两腮饱满，倒是慈善。人们抬起石碑，立稳。我们期待的白色蟒蛇并没有出现。有人说，它化成一缕烟，飘走了，我们肉眼凡胎，看不见。我们走后，它还会回来。

我们围成一圈，看着师公嘴里叽里呱啦唱着，转着圈，脚下尘土飞扬，犹如腾云驾雾。他们手里高举羊皮鼓，敲敲打打，铁环撞击发出了清脆的当啷声，像雨打铁盆，不绝于耳。我们还看到了什么？好像杀了一只公鸡，好像放了很长的一串鞭炮，好像还焚香点蜡，把膝盖跪下去，插进土里，朝苍天磕了头。其余的，我实在无法想起，毕竟很久远了。

临走时，我爬在堡子的墙边，在塌陷处看了看外面。北边，远处是麦村，蜷缩在半坡上。南边，是稠泥河，河水冲刷而成的川道，显得低沉、遥远，不知去向。堡子正下方，一边是垂直的悬崖，高高挂着，让人眩晕，沟底是黑森森的树林，一边也是陡坡，再下去，才是一台台田地。站在堡子上，眺望望去，视野开阔，四周风吹草动，尽收眼底。干硬的风从豁口吹进来，像巴掌扇着脸，生疼。现在想来，如此陡峭险峻的山势，真是易守难

故乡那么辽阔，为何还要远行

攻。在冷兵器时代，人们封堵堡子的大门，便可相安无事。即便遇到进攻，用石块也能击退。我想，祖先们为了寻找夯筑堡子的地方，定是把村子周围的山梁踏遍了。综合各种因素，这里应该是麦村最适合筑起堡子的地方了。

好多年过去了，我站在村口，远处是堡子。它蹲在山顶，早已没有矗立之势。它的周围，是坡，再往下，是修成台阶的梯田，以前大多种麦，便于驮运。现在则一律荒芜了。它在荒芜之上，愈加荒芜。它终将用残垣断壁，为乡村往事呈现供词。可谁在乎这些呢？

从舅婆家回来的路上，我突然想去堡子看看。我想看看二十年后，它颓败下去的样子，也想看看童年时代那个祭山的午后，还会和此刻重合么。

我沿着山路，蹒跚而行。曾经被人和牲口踩得油光闪亮、寸草不生的乡间道路，现在早已面目全非，野草横生。走着走着，前面我想应该会有一条羊肠小道，通往堡子，但没有了。密密实实的酸刺和洋槐封锁了去路，连一只兔子容身的空隙都没有。加之酸刺扎人，难以近身，再无别路可走。我深陷草木深处，前面不足一里路便是堡子了，它近在眼前，可我难以抵达。我难以抵达的，除了此刻它荒芜已久的身躯和心胸，还有它曾经在历史的某一页留下的往事，事关我的祖先存亡。

我终究没有抵达堡子。我永远也无法抵达真正意义上的堡子。我拍了几张照片，撤退下来，败兴而归。

如今，堡子依然在村子对面，三十年了，在我印象里，似乎一成不变。但我知道，岁月在用一把锋利的刀子，改变着它的细节，就如同岁月改变着万物的细节，我们难以觉察罢了。

　　堡子，在土匪消亡的时刻起，便失去了存在的意义。藏身、抵御，已埋入烟尘。它虽然还是麦村的一部分，但它仅仅是堡子了。

　　它还会更长久地存在下去，把无意义进行到底。它和我们一样，来自黄土，在这阳世，用土夯的骨头走一遭，最后长眠于黄土，成为黄土。只是比我们走得缓慢罢了。

唯有草木不会背弃故土

一棵树比我们任何一个人都了解这生死疲劳的故乡。

麦村多草木，但也多是贫贱草木。

除去榆、柳、杏、槐、杨、梨，苦苦菜、天萝卜、麻蒿、冬花、紫蓼、牛蒡等，绝大多数只识得样子，却不知名目。

十多年前，父亲在门口一处土台上，种了一棵洋槐。洋槐材质一般，常不受重用。栽下它时，两人多高，枝条被砍尽，光溜溜如同锨把，待再长新叶。多少年过去了，我不知道当初父亲为什么要在门口栽一棵遍布乡野的槐树。是拴牲口？是乘凉？是将来当椽？还是就想在那里栽一棵树？

多年以后，那树已参天，枝条若伞，撑开来，罩住了路口。树干由当初的锨把细，长到了今天的齐腿粗。曾经光滑的树皮，如今也变得皲裂，如同皱纹，饱经风雨。当它真正在泥土里扎稳脚跟，能拴住一头牛时，牛，已不知去向了。它留着空荡荡的腰身，等不来一根缰绳，将它束缚。这多么让一棵树伤心。当它真正铺开枝叶，把巨大的阴凉投向泥土时，乘凉人，已经去了远方，不知归途。那些浓黑的阴影，是大地结出的瘢痕。那些漏落的光线，是一棵树内心难以说出的秘密。这多么让一棵树伤心。当它真正长出了一棵树该有的苗壮，能站在墙头、挑起大梁时，盖房人早已放弃了重修宅所的愿望，即便返乡修房的人，也用起了名贵的松木。这也让一棵树伤心。

好多年过去了。一晃眼，又是好多年过了。

门口的槐树，就那么长着。在麦村，万物都呈现出败退之意，输给了时光和现实，唯有草木，逆势而生。它们和我们不一样，我们想尽一切办法试图走出麦村，再也不打牛后半截，不起早贪黑，不被泥土和贫苦打败。而它们，无路可走。它们生在那里，就注定一生活在那里，别无选择。但它们比我们活得久远多了。一百年，三百年，五百年，甚至更为久远。我们在它们漫长的岁月里，不过是几次花开花落罢了。

在麦村村顶，一个叫酸刺咀的地方，有着另一棵酸梨树。树上钉块铁皮，印着树龄五百年的字样。

麦村多酸梨。酸梨是流落乡野的梨树。

酸刺咀的那棵树，很大，三个成人手牵手才能环抱住。三月天，梨花开。繁密、雪白的梨花，堆满苍劲的枝条。似云，却比云轻盈。似雪，却比雪热闹。似烟，却比烟纯粹。躺在树下的草甸上，仰头，盛大的花事，轰轰烈烈，弥漫天空。潮水般的蜜蜂，在金黄的花蕊上，点燃火焰。白色的火焰，把麦村干涩的脸庞照亮，把每一个人午夜的梦境照亮，把岁月之河照亮。

天一暖，我们脱掉臃肿的棉袄，像一只绵羊被剪掉羊毛，浑身轻松，似乎要飞起来。我们齐刷刷攀上酸梨树，泼猴一般，嬉戏，打闹，把毫无忧虑的童年悬挂在枝干上，风一吹，我们是一群黑果实，摇啊摇，摇落了满地的花瓣和笑声。有时，我们会在平展的树干上躺着，睡着了。梦里，黄鹂鸟编制着花篮，送到了家门前。梦里，花儿落了，像我们童年的翅膀，脱落了。从此，我们开始以沉重的肉身，行走在烟火里。

在酸梨树上，我们从春天玩到了夏天，从夏天玩到了晚秋。暮秋时节，霜落四野，酸梨就熟了。拇指大的梨子，在枝条挂了许久。没有人吃。或许是树太古老了，和老母亲一样，奶水稀少，喂养不出孩子。也或许树在山巅，缺少水分，果实也变得干涩，咬一口，如同嚼柴。听大人说，这树上长着七种酸梨。是这样吗？我倒没发现。可能是老人们的编派，只想说明古树的神奇罢了。无人采摘的酸梨，最后零落在地上，皱了，干了，发黑了，腐朽了，化作泥土，反哺梨树。五百年了，春去秋来，循环往复，生生不息。

听说，这树在四川一处寺庙的井里可以看见。我想也是编派而已。怎么会呢？但或许，这棵树和四川之间，真有着某种关联，只是无人说清，才用一个含糊的故事，保留着某些东西而已。

我已多年没有看过老梨树开花时的盛况了。混迹城市之后，我的梦里，再也没有梨花盛开过，甚至连一个花瓣也没有落进梦的缝隙。我也好多年没有再爬上这棵树了，我不知道它的臂弯还是否能挽住一个发福油腻之人的躯体。

当我再一次站到它遒劲、浓密的树荫下，看着叶子红透，开始凋零，轮回在枝头上摇摆不定。看着其中一根枝干被人压折，垂在地上，像一条骨折的胳膊耷拉着，看着曾经铺满落花的地上，丢弃着成堆的啤酒瓶、塑料袋等，狼狈不堪，我不知道该说什么。

这些年，唯有记忆对一个人忠心耿耿。

记忆中的酸梨树，依旧美好，依旧沾满童年的光泽，依旧摇晃着一双双露着大拇指的黑布鞋。而除了记忆，一切都在叛逃。我们叛逃故土，在城里清洗骨头上的泥土，过滤血液里的质朴，剔除皮肤上的敏感，最后，完全伪装成了一个都市人，且人模人样，粉墨登场。而一棵树，它不会，五百年，它从来没有企图逃离，它站在高处，目睹着一群人的死亡，一群人的离开，目睹着旧故里草木渐深，而人间稀疏。它比我们任何一个人都了解这生死疲劳的故乡，它把这西秦岭的天地和世道看得透透彻彻，也看出了风轻云淡，生死从容。

我站在梁顶，眺目望去，群山重叠，茫茫苍苍，一圈圈，一道道，波纹一般，紧锁着麦村。天，青灰的天，像一口用旧的锅盖，扣下来，罩住山的边沿。似乎活在麦村的人，被天地紧裹，毫无出路。似乎我们真的像蝼蚁一般，在贫瘠、陡峭的土地上，被生活之手像摊饼一般，翻来覆去，煎熬着。但人们还是在群山的裂缝里，绞尽脑汁，潜逃出去，寻找平原、繁华、灯火、喧闹。

二十年前，当我还是少年时，我便站在山顶，眺目远望，用一个孩童的眼光环顾着四周的群山，我从未想过长大，也从未想清远方遮住视线的高山后面会有什么，更不会想到二十年后我以一个乡村逃离者的身份再一次返回故土。

我盼望着逃离，逃离乡村的一切，甚至逃离回家后沾染在身上的炕土味，我的父母也支持着、苦心经营着我的逃离，他们不想让子女再走他们的后路，也不想让子女活成他们的翻版，最后，我逃离了。用一场场考试，一次次调动，彻底混迹城市，用一份正式工作讨得一份油米之钱。

而每当夜色滴落，城中村的鼾声粗重之时，或者某个清晨，看雾霾侵占全城，车流汹涌、人流麻木时，或者忙于应付无聊之事，甚至看人脸色、卑躬屈膝时，我开始怀疑，逃离的意义究竟是什么。

每当怀疑，我就想到麦村，想回到麦村，回到鸡鸭群里，回到黄牛槽前，回到炕头，回到麦子深处。风来闭门，雨来关窗。卧听风雨，闲看落花。薄田养命，草木养心。活着如此仓促、不易，好在还有故乡，可以安放灵魂。如果没有麦村，我就是真正的游魂了。但我终究还是回不到故乡，即便踏在故乡的土地上，物是人非，也回不到真正的故乡了。

如果是一棵树，一棵草，它们就没有逃离和归来的撕裂感。

站在梁顶，站在我们童年的嬉闹之地，遍野的草木，吮吸着每一粒雨珠，越发茂盛。在急剧变革的乡野，大地上的万物，唯有草木不会背弃，不会逃离，它们将长久地站下来，它们将最终看到村庄的未来。

文脉与前程

真正通向城市的路还很长，很长。

雨似乎又要下大了，迷迷茫茫，铺排开来，遮住了这旧山河。村庄掩映在雨雾里，异常寂静。或许是有风的缘故，梁上冷冷清清。听说后山，即五十里外的地方，落了薄雪。

回家过节的明星要进城，搭了他的便车。车在梁上，停在一棵酸梨树下。同车，还挤着来喜的姑父和我不认识的一人。车开动时，村里一个老人赶上来，招着手。停车，开窗。她让明星把自己的孙子捎一段。孙子在镇子上的中学念书，明天开学，下雨，没法走，只好搭乘明星的便车。上车，挤下，没走几步，也是一个在镇子上念书的学生。都拉上，挤成一堆。明星在城里打工，但对村里人的事乐于帮忙。

车在水泥路上沿山而下。

我和两个孩子挤在一起。刚上车的男孩，我认识，他家离我家近，过年他总在我家门口玩。后面上来的一个小姑娘，面生，大脑里把麦村的中年人翻了个遍，也没想来是谁家孩子。好在是孩子，可以打问，也不会尴尬。当她告诉我她父亲的名字时，我从她挂着红二团的脸上找不到他们父女之间的任何相似性。如果出了麦村，我们定会当彼此是陌生人。麦村人一方面在城市扩大着交际面的同时，一方面急剧地削减对同村人的熟知程度。乡村群体之间的陌生化，正如波纹一般扩散着。

在谈话中，我知道他们都念初二。我上学那会，初一、初二是在梨村上的，梨村有附中。四五百个学生，二三十位老师。每天一早，天麻麻亮，我们便三五人一伙，结伴步行四十分钟，去学校。中午，是回不来的，啃一口干馍，在操场的水龙头上灌一气凉水，算是午饭了。下午放学，还是步行回家。除过寒暑假，风雨无阻。上完初二，初三就得到镇子上去了。听说前几年，学生越来越少，梨村的附中办不下去，撤销了。没有附中，周围村子的学生上初中，要么转学进城，要么去了镇子上。

他们说，他俩是麦村唯一在镇子上念初中的学生，其余的全转进城了。他们在学校外面租房住，五六个人，睡大通铺，挤一起写作业，无事可干时，会耍手机。吃饭，学校有灶，管早餐，中午和晚上自己用电磁炉做。学校三个年级，不到两百人。我上初三那年，也是校外租房住，一个人，睡炕。我住的那家人，对我很好，帮我洗衣服、填炕，甚至送吃的。那时学校还是砖瓦房，很破旧。院子四周的白杨，高过了白云。我们站在窗台下，背英语单词，晒太阳，挨老师的竹棍。我们一级近两百人，三个教室，拥挤不堪。现在，盖起了楼，很气派，就连校门都修了两茬。

闲聊中，我知道了谁家孩子今年秋季开学转进城了，谁家孩子在城里哪所学校念书，谁家孩子初中毕业打工去了。也知道了麦村上高中的孩子有三四个，学习好坏不一。

当然，这些仅是听听而已。

大量学生进城，老师挖空心思也想着调动进城。在一些教学点，三四个老师带一两个学生、一两个老师带三四个学生的现象比比皆是。但另一方面，国家又对农村基础教育大力投入，不光修建教学楼，有些连操场都硬化成橡胶的，图书、教具、玩具、多媒体，一应俱全。硬件方面，得到了前所未有的改善，和城里学校差距逐渐缩小。但遗憾的是，没有学生了。于是，农村学校资源闲置，最终造成资源浪费。

最让我吃惊和忧心的是，一个近百户人的村庄，多年来竟然没有出一个正儿八经的大学生。

这些年，麦村的孩子大多上到初三毕业，便出现三种去向。学习不好的占多数，去了外面打工。开出租，进工厂，酒店端盘子，工地搬砖头，干一些脏活累活。几年下来，哄一个媳妇，生个娃，在父母帮衬下，城里买套楼房。日子也就大体如此了。另一部分，上了职业学校。学数控、工程测绘、英语、计算机应用等，上两年，再去南方工厂实习一年，然后毕业，参加不了就业考试，也就只能打工了。好点的，自己搞个生意，不好的，和没上学的一样，当营业员、服务员、建筑工等。最后一部分，学习稍微好点的，麦村叫能捞上笊的，如果家庭条件允许，便上了高中。不知是因学习底子差，还是被纸醉金迷的城里乱了眼、花了心，学习跟不上，高考名落孙山，补习还是考不上，最后斗志丧失、鸣金收兵，只好进入社会，开始打工生涯。

进入二〇〇〇年以后，麦村人生活水平有了很大提升，供一个大学生，家里吃力点，但问题不大。而麦村人对文化的重视，对耕读传家古训的遵守，对子女平日的教育，虽不是很严格，但没有中断过。大家也少有上学不如打工做生意的想法，还是想通过读书光耀门楣改变命运，但世事往往难以如意，孩子们没有再念成书，多是自身学习不好。所谓天生笨、教育环境差、风水不行、家境不允许等，都不是理由。

在之前的几十年，我印象里，麦村有大学生，虽然少，但隔三岔五也能出一个。倒是读书有出息的大多都选择了师范。在西秦岭人的观念里，上大学，费时间，费钱，还不保险。而师范不一样，念书四年，还有奖学金，关键是包分配，早早毕业，早早挣钱，当个公办老师，养家糊口，且是铁饭碗，能端一辈子。我的父母，就是这么认为的。

有人曾开玩笑，说你们麦村文脉不行了，不出人了。这玩笑，多少让人忧心，一个地方不出人，就预示着这个地方没有了元气，像一个人失去了未来。

西秦岭有句老话叫高山出锦鹇。以目前的情况看，在群山遮蔽的麦村，已经好多年没有出过一只斑斓的"鹇子"了。虽然考上大学不是唯一的出路，但对我们这样的山村，上大学，依然是改变命运最好的出路。何况一个大学生的出现，对提振乡村自信，树立积极榜样，甚至在未来回报乡村，改变乡村，都有重大意义。

车到了镇子上，两个孩子下去了，我们继续前行。没有大学生的村庄，让人担忧，甚至带着一丝后怕。好在今年村里还有几个上高中的孩子，也算一种安慰。

秋雨蒙蒙。车走着，真正通向城市的路还很长，很长。

冬至记

大雪后十五日，斗指子，为冬至，十一月中。

阴极而阳始至，日南至，渐长至也。

——《通纬》

九九头

一九头，入寒冬，纣王驾坐朝歌城。
昏王无道妲己宠，残害忠良理不通。

二九头，随冷寒，文王渭水去访贤。
太公手执钓鱼竿，周朝永固八百年。

三九头，水结冰，广成子三闯碧游宫。
神仙洞里修真容，太上一气化三清。

四九头，起冰浪，战国出了秦始皇。
长城筑死范喜郎，哭坏节烈女孟姜。

五九头，结顽冰，天寒地冻鬼神惊。
未央宫里斩韩信，吕后治政十六春。

六九头，立春回，汉朝出了王莽贼。
绿林杀进长安城，新朝王莽命归阴。

七九头，夜无霜，光武天子坐洛阳。
酒醉斩了姚七将，宫门砍死马志章。

八九头，春风暖，刘公结义在桃园。
打败黄巾八百万，三战吕布虎牢关。

九九头，八十一，平贵跨马去征西。
宝钏留在寒窑里，万里征途理所必。

——秧歌

馓 饭

白雾气从厨房门涌出来，像白马，翻四蹄，跑到落着雪花的天上去。

瞎四九，五阎王，冻死人的六城隍。

雪扑簌簌下，白天白地。村庄安详，披着一身白棉袄。除了细碎的雪声，没有杂音。雪落在树梢间，落在瓦片上，落在院角的破缸里。

雪落在雪上。

田野苍茫，白幕斜铺。山鸟隐匿，缺衣少穿，野兔子眼睛红，蹲在地洞里，细嚼带霜的干豌豆草。大地封冻，麦苗青涩，袖手缩脚。秋里翻过的地，一层雪，雪里睡着冻蔫的一颗洋芋。葵花秆，临风站，风吹腰弯。

鸡在玉米秆下，三五只，缩一堆，一只腿站着，打盹。狗懒得出窝，也懒得叫，狗怀狗胎，无人知晓。人不出门，暖热炕，粗布被一片，盖了瘦腿四双。

下雪天，吃馓饭。

父亲提扫帚，后院扫雪，唰——唰——扫雪声长长的，唰——唰——扫帚梢尖上，雪沫子乱飞。我和妹妹暖炕，比赛唱歌儿，你一句，我一句，谁输了，刮鼻子。母亲围绿头巾，厨房馓馓饭。隔一堵墙，我们能听见柴火噼噼啪啪的欢笑声。

母亲是村里馓馓饭的好手。家里穷，一年四季，浆水面。冬天，隔三岔五，吃馓饭。多少年了，吃不腻。

馓馓饭，要用新玉米面，今年新磨的，馓的饭才颜色亮、入口香。旧面不行，进嘴粗糙，清香不足。少半锅水，水滚，翻白花。母亲站锅前，右手执长筷，在锅里搅，左手抓一把面，手指慢慢蠕动，滑润的玉米面在指缝里均匀地落下去，水面起了一层细密的泡。一直搅，一直撒面，筷子不能停，停了便凝成面疙瘩。这时候，火要旺，火一小，就生了，最好木柴火，火势大，有后劲，茂盛的火苗才能伸长红舌头舔着黑锅底。母亲说："人心要实，火心要虚。"锅面上，热气腾腾。白雾气从厨房门涌出来，像白马，翻四蹄，跑到落着雪花的天上去。

待锅里的馓饭稀稠均匀，再慢火馇。火大，就焦煳了。退了木柴，留木炭，塞一把麦草。馇一阵，换木勺搅，筷子就不行了，搅不动，木勺子结实。馓饭在锅里由土黄变得金黄，冒着气泡，像喘大气的人。馇好了，舀一勺，不稀不稠，又柔韧，几乎能扯丝。盖上锅盖，炖少许时刻。母亲搓着手，进屋子，爬炕沿上，把冻得像胡萝卜一样的手伸进被子里我们的腿下面，一股凉气，渗人，我们喊"冰死啦，冰死啦"，忙把腿挪开。

吃馓饭，下菜也重要。麦村冬日阴冷，少蔬菜，只有葱、干辣椒、洋芋等。还好有酸菜，吃馓饭时可就着。一缸好酸菜，是母亲的杰作，常有邻居端着瓷盆，来我家讨要。酸菜，要酸，但不能太酸，酸过了就泛苦。做酸菜，白菜不好，一两月就绵，芹菜太脆，不入味，家里也没种。苦苣好，但吃不到冬天，那就甘蓝，我们那叫蕃白菜，最好，不绵不老，脆。做一缸，吃整整一冬。母亲把酸菜当孩子，一入冬，就裹上旧棉衣，怕冻。天太冷，就搬进堂屋，放门后。小时候，天冷，冷得能冻烂酸菜缸，能冻掉小孩的牛牛。

一缸酸菜，披着衣袄，蹲在墙角，稳稳实实，似乎母亲的整个冬天都变得安稳妥帖了。

炝酸菜。一汪胡麻油，几段干葱，抑或几片薄蒜，进锅一炒，那个味道，真香，自是言语无法描述的。待蒜片焦黄，倒进酸菜。酸菜炒好，盛大瓷碗，母亲总切几丝干辣椒，剁一把菠菜，撒上面，红绿白黑，醒目提味。有些年，母亲秋天晒了萝卜干，醋腌了，到冬天吃。熟油拌萝卜丝，撒葱花，下徽饭，也不错。当然，青辣椒、蒜薹、蘑菇之类的富贵菜，就没有了，想也没想过。

妹妹下炕端饭。我收拾饭桌，我们家饭桌是老梨木的，很沉，长宽四尺，曾祖父手里打的，用久了，桌面油光红亮。小时候，我鼓着劲、噜着气才能从地上抱到炕上。徽饭上桌，热气腾腾，像白瓷碗里盛着一块黄金。父亲站在屋檐下，啪——啪——用棉帽拍打身上的雪。父亲进屋，头发梢、黑胡子上结着冰。

一家四口，在炕上，盘腿而坐。吃徽饭，要有一坨好热炕，炕热，烧屁股，浑身上下才热乎，心里也热乎。炕冷得像鬼脊背，饭再热，腿是冷的，心也是凉的。我家牛粪烧炕，炕面烫人，屁股坐一阵，就得挪一下。牛粪烧炕，灰少火厚，热起来，像坐在了火堆上。

我们一人一碗，端着吃，两三口馓饭，一筷酸菜。有段时间，我喜欢往馓饭里倒醋吃，也酸，撒点盐，再抹点辣椒油，就香了，刚开始觉得是创新，很得意，母亲批评了几次，遂作罢了。吃馓饭，有讲究，左手端碗，碗要不停旋转，要不烫手，端不住，边转边用筷子夹，夹一口，吹一下，方可进嘴，要不烧嘴。馓饭，我们也叫"烧心饭"，夹不好，吹不凉，一口下肚，如火炭，直坠心窝，烧得人几欲断气。当然，也不至于如此可怕。只要不囫囵吞枣，一筷馓饭，入口进肚，顿觉热气穿肠而过，浑身温暖，舒服极了。

　　父亲吃馓饭，从中间下手。中间吃开，一圈，一圈，直吃到碗边有薄薄一层，碗底放上酸菜，用筷子轻轻沿着薄如面皮的馓饭边，剥下来，卷住，夹起，一口吃了，碗里干干净净。我一直觉得父亲把馓饭吃出了艺术感，这曾让我羡慕不已，我试着模仿，但手拙，碗底总剩一点残渣。母亲和妹妹就没有那么细致，她们从碗边开始吃起，碗边凉得快。

　　雪停了。鸡在院子咕咕叫，或许饿了。厚厚的雪，压折了树枝，哗一声，树枝掉进了雪堆里。炕是烫的，屋里暖和，雪光返照进玻璃窗，映着父母深刻的皱纹。

　　家里粮食少，虽没饿过，但白面、玉米面，混着吃。光吃白面，不够，多奢侈啊。玉米面就可以尽饱吃。父亲说，馓饭憋大的娃娃，攒劲。日子紧绷绷，幸好，还有馓饭，让贫寒的日子多了一份温暖。吃完馓饭的锅里，结一层巴，母亲铲下来，舍不得喂猪，留给我们吃。她说，锅巴吃上拾钱哩。我和妹妹就抢着咯嘣咯嘣吃锅巴，虽然从未捡过一毛钱。

　　母亲下炕洗锅，父亲牵着牛，去涝坝饮。我和妹妹吃多了，有点撑，我们爬炕上，我说，你打我的手。她不打，用脚踢被子。我骗她，打了我给你说啥地方藏着罐头。妹妹就打。我说，打我的手，变黄狗，黄狗尿尿你喝酒。

我笑趴到炕上，顺手打翻了煤油灯盏。

热 炕

在麦村，炕是一块天地。

人暖腿，狗暖嘴，鸡儿暖膝子，猫儿暖肚子。

狗和鸡取暖，有毛。人要暖腿，除了裤子，就得靠热炕。

在农村，没一盘好炕，日子定是推不前的，尤其冬天。那些牙叉骨台站得直溜溜跟白杨树一样的人，家里绝对有一盘好炕。那炕，把庄农人的腰杆子能暖软暖直，能暖出一个个温腾腾的日子。那些站在墙根，老腰弯成弓的，肯定昨晚睡的冷炕，缩在一起，缩成了一只虾，最后把骨头都冻歪了。连一坨热炕都没有的人家，日子肯定不咋样，这毫无疑问。

要有一盘好炕，必须得先盘炕。第一个盘，是指一坨，量词。第二个，就是动词了，有垒砌之意。

要盘炕，最先得打基子。麦村有"重打基子重盘炕"的老话，意指从头再来。

架子车拉上模具、石板，到弯子路，选好土。土要细腻、潮

故乡那么辽阔，为何还要远行

湿，最好是黄土，用镢头挖下来，在路边铲出一块空地，铺好石板，支好模子，撒上草灰，避免土和石板粘连。把土倒进模子，用窝窝头一样的脚后跟反复踩踏，将虚土踩平，用脚掌把模子边上的余土拨拉掉。最后提着杵子一下下往瓷实、平整里杵。打基子的人，心里都有一段口诀：三镢九杵子，二十四个脚底子。这是祖祖辈辈流传下来的经验。一片基子成型，用脚板把模子边一磕，模子张开，基子躺在地上，呈长条状，像一块烙好的馍，等着起锅。最后，将基子立在路边，一层层码起来。码基子，每一层要错开，留出空隙，容易干。但也不能太稀，码不稳掉下来，就前功尽弃了。打好一片基子，再打一片，再打一片……天摸黑时，打基子的人，扛着杵子和模具回去了，满身疲惫。他的手心，藏着两窝血泡。他的身后，码着一溜基子。

基子打完，上面盖麻秆或塑料布，防雨。剩下的时间，就交给西秦岭的阳光和风了。

有了基子，择一个日子，盘炕。旧炕已塌，挖掉，把烟火熏黑的旧基子打成块，拉到路边，敲成末堆起来，当农家肥。炕土是种洋芋的好肥料。三月里，把炕土拉进地。捂了一冬的炕土，还散发着呛鼻的酸味，弥漫在蒲公英点灯的春天。

盘炕，先用基子砌炕墙，中间用基子立土柱，留出两道炕洞，上面铺一层基子，抹上三四寸厚的泥。泥里要和麦衣。这叫抹炕面子。最后再抹一层细泥，一定要用腻子抹光抹平。屋外的墙上，泥好炕眼门。一坨炕，算是盘好了。盘好炕，一边敞开门窗晾晒，一边点火放炕往干烘。炕干后，铺上席垫，摊开被褥，就能睡人了。盘炕说起来简单，盘起来颇费时日。

父亲是盘炕的好手。一盘炕的好歹，评价其最关键的因素是热不热。热，即便它有问题，但还是好炕。不热，就是汉白玉砌的，也不是好炕。炕眼里塞上柴草，点着后光是冒白烟，不起火，炕肯定不行。村里人有话：死烟杠，放冷炕。从炕眼里冒出的烟，就能判断炕灭了还是燃着。白烟外涌，呛死人，定是灭了。蓝烟飘，炕则被放着了。炕常灭，定是没盘好，炕洞太小或不畅是主因。

当然，除了热，炕面是否结实、炕眼门是否利烟、柴草容易点着与否、填炕费不费等，也左右着一盘炕的好歹。父亲盘炕，炕洞砌得好，火焰能起来，烟能回出来，推耙能倒过手。抹炕面子，有人抹泥，父亲也抹，但他会撒一层水泥。灰白的水泥，均匀洒在炕面上，受潮后马上变黑。撒水泥，是个细活，得不急不躁，得在指头缝里下功夫，得用抹子最后细细抹一遍。过一两天，水泥干了，就自动板结了。水泥炕面，耐磨，不会把炕土蹭起，受热也均匀。

我家好几户亲戚的炕都出自父亲之手。父亲是个慢性子，但干活很细。我家有一坨好热炕，每当冬天，吃罢晌午，三妈、堂妹袖着手，裹着头巾，就来我家暖炕。她们上炕，把腿塞进被窝，牙板打着颤，说，还是你家炕热，我们家冷得跟鬼脊背一样。

有炕，席垫也很重要。席垫用竹篾编成，是纯手工活。一片席垫，好几百元，以前乡里人手头拮据，好多年前盘了炕，买不起席垫的大有人在。在集上，按炕的大小，挑一块合适的席垫，要编得细密、结实。刚买的席垫是米白的。诗里说，燕山雪花大如席。燕山的雪花肯定大不过麦村人炕上铺的席。买上席垫，卷成捆，绳头一绑，背回家。席垫铺上炕，先用清水擦洗几遍，把竹片上的毛刺擦掉，要不然钻进肉，能疼死人。在炕温的烘烤下，席垫一天天变得金黄。在肉体的搓磨下，席垫一点点变得光滑。在油渍和汗液的滋养下，席垫一点点变得温润。在尘土起伏的屋里，黄金般的席垫泛着微光，像大地上最后一块从梦境里盛开的油菜。

家境宽绰的人家会在席垫上铺层褥子，这样炕会绵软一点。不铺的炕，光席垫，干硬，有些人屁股嫩，娇贵，垫得肉疼，东扭西拧，坐也不是，躺也不是，痛苦不堪。我们家多少年一直是光席垫。我小时候是在光炕上睡大的。一觉醒来，浑身烙满了横竖细密而整齐的印子，但从未觉得疼，皮肉跟锅盔一样硬实。出门做人干事，腰杆子都挺得直。后来混迹在城里，腰杆子软若稻草，皮肉如同豆腐。回家睡炕上，不铺垫一层，硌得骨头疼，难以入眠。一片光席垫，试金石一般，轻易就探测出了品性的深浅和骨头的软硬。

炕，在麦村，有两眼子和一眼子之分。两眼子，就是两个炕洞，相应也就有两个炕眼门。一眼子，只一个炕洞。两眼子炕，满炕热，但费填炕的东西。一眼子，热一个炕中间，省填炕的。填炕，最好是牛粪，驴粪次之，树叶和草皮等勉强可用，柴草只能当引火用，不能填，虚火一包。煤，自然是不敢妄想的。

我们家养牛。从秋分前后开始晒牛粪，晒半个秋天一个冬天，再晒到翻年二三月，边晒边攒边用。过了四月，天一暖，炕不填了，粪就不晒了。把湿牛粪从牛圈用拌笼提出来，堆在门口土台上，后用铁锨撒开，再用搅粪棍子敲碎，拨开，让太阳晒，还得不停搅。秋天，太阳好，一天就能晒干。冬天就得慢慢熬了。晒干的粪会成末子，背到屋后草棚里，填炕时再提两拌笼。

牛粪温度高，燃烧时间长，填的炕那个烙人，像睡在鏊锅上。躺着，背上熟了，爬下，肚皮熟了。翻来转去一晚上，浑身都被烤焦了，像一颗丢进牛粪堆的洋芋，皮肉焦黑。第二天醒来，发现没熟，更没焦，除了皮肤通红犹如刷漆一般，安然无恙。而浑身上下则血管暖化、骨头灵活、呼吸顺畅，心里是暖暖和和。热火朝天的日子，就是在一盘烙人的炕上打下基础的。

麦村养驴多，用驴粪填炕的自然也多。驴粪比牛粪易干，填炕的热度比牛粪差一档。

靠两头牲口的粪要度过一个寒冷而漫长的冬季，是不可能的，这时就得扫树叶。我们也叫扫衣子，或者扫填炕的。暮秋过了，初冬将至。地里的活消停了，离下雪，还有一段时日。拉着架子车去坡里，钻进树林，扫树叶。麦村多山林，山林多洋槐。洋槐叶落下来，厚厚一层，像铺了满地铜钱。把树叶扫成堆，装进车筐。车筐四周插上枯树枝，作为掩子，还可以往里再倒好多。然后往麻包、化肥袋里塞满树叶。父亲把我丢上车，让我使劲把树叶往瓷实踩踏。踏一阵，上面塌下去，还可以装一些。再装，再踏。最后实在难以装进去一把叶子了，父亲才把我提下了，把塞满树叶的袋子架在上面，最后用绳子绑定。我拉着老黄牛，老黄牛拉着车，父亲扶车把，母亲和妹妹跟在后面。我们的衣子扫完了。我们必定拥有一个温暖的冬天。我们闻着洋槐叶子苦涩的气味，在院子里浮游。炕眼门里飘出的青烟，袅袅升起，融化在寒冬蓝瓷一般的天空，不见了。

在西秦岭，家家户户都少不了一盘炕。炕是庄农人的命根子。尤其老人，没一坨热炕，就活不前了。

麦村人没有坐沙发、坐椅子的习惯。来人，一进门，先是上

故乡那么辽阔，为何还要远行

炕。你不上，主家会把你推上炕。客人上炕，理所当然。如果去了不叫着上炕，就说明这家人不懂礼节，不懂人情世故。上炕，客人坐炕后面墙根处。面门为上，上为尊。主人坐炕沿边，方便招呼。上炕，不一定就睡觉。在麦村，炕是一块天地。摆闲瞎扯，喝酒抽烟，说事问话，走亲戚串门子，阴谋算计，甚至偷欢尝腥，等等等等，都是在炕上进行的。在热腾腾的炕上，庄农人把该干的事，干了；把干不了的事，干了；把干不成的事，干成了——子孙繁衍，骨肉温暖，人间繁杂，光阴拓展，生死交换，旧梦新生。

上炕也有忌讳。阿公一定不能上儿媳妇的炕，小叔子一定不能上嫂子的炕，姐夫一定不能上妻妹的炕。上了，事就不是那么一回事了。这是底线，人们寸步不移守着，守不住的，就把日子过到头了。

人暖腿，狗暖嘴，鸡儿暖膆子，猫儿暖肚子。

祖母常对我们这么说。祖母这么说的时候，正蹲在炕眼门前，把干驴粪和树叶子掬起来，塞进炕眼，用推耙把驴粪树叶推到炕洞深处，起身，用一块油黑的砖把炕眼门塞住。然后拍拍衣襟上沾着的杂物，进屋，把手塞进毛毡下面，摸一摸炕的热冷。

如今，祖母已经离开我们好多年了。她放热的炕，依旧温暖如初，只是她再也回不到我们的炕上了。不知道在另外一个世界，祖母的炕热不热。人老了，就恋着一坨热炕了。

到牙叉骨台去

吃罢晌午，大家聚集在牙叉骨台，开始了一天的戏耍。

二，二，二月的二，三月的三。

城隍庙过会热闹得能戳破天。

帐篷席棚个齐搭满，坡上坎下把灯悬。

京货摊子个山货店，醪糟担子还有饸饹面。

牲口市上个人不断，哎，耍马戏的他正上杆。

铁匠炉里火星子溅，银匠炉里把铜掺。

卖膏药的他凭嘴谝，卖油糕的他揉烫面。

个个忙得个把气喘，一句话，三个字，是为了弄点钱。

老婆给姑娘买花线，女婿给丈母娘把粽子端。

一样都是个把会浪啊，各人的打算不一般。

……

在西秦岭，每个村都有一处牙叉骨台，麦村也少不了。

麦村人把谝闲传，叫磨牙叉骨。牙叉骨台，顾名思义就是谝

故乡那么辽阔，为何还要远行

闲传的土台子。

麦村的牙叉骨台在村庄的心窝里，向阳、暖和，这个最要紧。说是牙叉骨台，其实是一条东西走向的路，只是宽一点，大概两米多，后面立着一堵斜墙，前面是一米多高的土坡，坡下是一条小路和一户人家的后檐。也正因有着这坡，才更像一个土台。

牙叉骨台更适合冬季。春夏秋，人们太忙，一头扎进七八垧地里，难以脱身，谁还有时间到牙叉骨台消磨光阴？

过了霜降，就真正进入农闲了。麦子白露时种进了地。玉米掰回来剥掉皮，上了架。洋芋进了窖，窖口堵得严实，以防风漏进去冻着。白面磨了三四袋，装进了面柜。清油榨了两壶，立在厨房。玉米秆剁了，葵花秆拔了，都摆在地里，往干晾，闲着无事，提一根绳，背一捆回来，码在屋后。除此就没啥过不去的农活了。白霜盖住田野，灰兔窝里磨牙，野鸡飞过树林，一些树叶子扑簌簌落了下来。

牙叉骨台上热闹了。

最先洒满牙叉骨台的是孩子们。天已寒极，牲口不需要孩子们吆到坡里去放，拴在槽头，吃干草，孩子们解放了。在西秦岭，一入冬，家家户户只吃两顿饭。九十点一顿，叫吃晌午。中午不做饭，啃一口馍。下午四点早早拾掇，吃晚饭。祖祖辈辈，至今如此。孩子们火急火燎吃罢晌午，揣着纸炮、分分钱，拿上铁环、木猴、宝剑等出门了，大家聚集在牙叉骨台，开始了一天的戏耍。

纸炮，也叫四角。用纸叠成方块，油光纸最好。一方将纸炮放地上，对方摔出自己的，打在上面，或者从侧面削出，或者借袖口风扇，不管什么法子，只要把对方的弄翻，就算赢，这个纸炮就归自己。如果没赢，对方打你的。双方各打一次，循环到分出输赢。纸炮不宜太薄，薄了"背"不起对方，也不宜太厚，厚了虚胀，人家打在上面会弹起翻过。打纸炮得有技巧，不是用蛮力就能制胜。村里有一少年，兄妹四人，母亲早年跟人跑了，留下父亲照顾他们。日子过得凄苦，我们都吃白面了，他们还顿顿玉米面。就这么连饭都吃不饱的瘦弱少年，打纸炮无人能敌，一摔，一削，一背，面红耳赤，青筋爆出，右手颤抖，挥着宽大的衣袖，把我们的纸炮全部收入囊中，背回了家。叠纸炮，白纸最差，太轻；语文数学课本，次之；美术音乐课本是油光纸，最好，结实厚重。但因为撕书叠了纸炮，少不得挨父母一顿打。大人们不识几个字，但看着孩子糟蹋书，就气炸了，巴掌噼里啪啦落下来，直接扇成了洋鸡儿。

有时也玩丢窝窝。掏一个窝，人站在两米开外，往窝里丢硬币。具体的玩法，已记不得了。

打仗，我们叫战仗。人分两组，扮演《三国演义》里的角色，胯下骑一根葵花秆，一手提着，是为战马，另一手挥动"兵器"（葵花秆），喊叫厮杀，互相拼打。这时比的不是死活，而是谁的兵器结实。兵器互相撞击，一方断了，打马而逃，另一方冲上去追赶，追不上，勒马叫骂、嘲笑。一根结实的兵器，在日复一日喊声震天的日子里，其重要性不言而喻。很多时候，我们为找到一根好兵器，把家家户户的葵花秆翻腾了一遍，弄得七倒八歪，主家咒骂着追赶而来，我们骑着战马哈哈大笑，绝尘而去。我们把兵器根部削尖，用编织袋做成红缨，绑在上面，挥来舞去，颇感威风。我们把晌午一顿撑饭的力气全用在了厮杀吼叫里，等筋疲力尽时，坐在牙叉骨台歇缓，吸溜着鼻涕，用脏兮兮的指头摸着额上的汗，摸出了一道道黑印子。

有时也玩斗鸡。架起一条腿，用手挽住腿腕，形成三角形，双方以同样姿势，用膝盖互相顶撞，撞到一方撒手，架起的腿落地就算输。有时，斗鸡除了膝盖硬碰硬，还有挑。把膝盖尖下压，伸进对方架起的腿窝子，一挑，对方脚跟不稳，失去重心，一屁股蹾在地上，疼得叫妈。还有压。跳起来，重重砸在对方架起的腿上。因撞击，对方抓不牢腿，撒手为败。也有跳很高的，冲过去，弹起来，一膝盖顶在对方胸部，直撞得人仰马翻。当然，要是对方灵巧，纵身一躲，来人失去控制，靠着惯性冲出去，定会来个狗吃屎，鼻青脸肿。斗鸡，可单挑，也可群战。大家斗得头冒热汗，像顶着一盆沸水。

女孩们玩得就文明多了，跳绳、打沙包、跳格子、翻绞绞等，乖乖巧巧。她们大多簇拥在牙叉骨台一角，甩着两根辫子，蹦蹦跳跳，两坨红二团，也在蹦蹦跳跳。

接着到牙叉骨台来的，是老汉们。

当老汉们抱着白瓷碗，伸着舌头把碗底的拌汤糊糊舔干净后，胡子茬和鼻尖上还沾着面疙瘩，到涝坝饮回牲口，拴在门口，再把门口的牲口粪撒开晾晒。干完这些，便披上羊皮袄，陆续来到牙叉骨。他们一溜子蹲在墙根下，把骨节粗大的手掺在一起，塞进袖洞，晒着暖暖，开始闲谝。冬日闲散而漫长，老汉们就用闲谝磨牙来打发光阴。要么扯扯四周邻村的闲事，谁家的老汉秋里过世了，想当年可是腰伸得跟锨把一样的汉子，谁家的孙子考上大学了，学的是英语，你说这中国人说啥外国话，老祖先留下的汉字都说不好，学那干啥，谁家的老猪婆生了一只大象，一庄人跑去看稀奇，真是象，鼻子一拃长，耳朵跟个帽扇一样，不过生下半个钟头就死了；要么絮叨絮叨村里的杂事，说麻子昨天又把女人打了一顿，嫌女人一天光知道串门子，说马球家的骚马快下崽了，肚子跟盆一样大，马球早早给马喝面汤了，说贵生家的姑娘跟集时看上镇上一个少年，两个钻一起了；要么说说闲话，东一榔头西一棒子，有一搭没一搭，一阵说薛平贵征西，一阵说赵子龙大战长坂坡，一阵说小雪就下雪，翻年雨不缺，一阵说蔫牛丑妻破棉袄，庄农人家三件宝，又一阵说八十老汉门前站，一日不死还得混一日的饭，也说七十三，八十四，不死也是儿女眼里的刺。

日头升起，挑在头顶槐树上，寒气渐退。阳光如豆，洒下来，落在老汉们枯白的头发上，落在他们深陷的眼窝里，落在他们干焦起皮的嘴唇上，落在肩上，落在手上，落在破了鞋帮的脚面上，落在他们昏暗的骨缝和衰败的眼神里。在捧打困苦了一辈子的大地上，这冬日阳光，像一粒粒炭火烘烤着他们的暮年和往事，烘烤着他们所剩无多的时日和清贫如水的此生。

唯有此刻，这些难以逃脱命运，也难以逃脱群山的人们，在衰老杀将而来之后，趁着冬闲，把疲惫和匆忙卸下，把松散的骨头铺开，把摸不到边沿的日子敞开，晒一晒。

我们蹲在老汉们边上，听着他们嘴里落下的古今往事和感慨叹息。好多年以后，我们还会继承他们的秉性，在某个冬日正午，忙完家务，裹紧棉袄，一溜子蹲在墙根，和曾经一起折腾过、虚度过的同伴谝着闲传，扯着闲话，把日子在牙叉骨台上消磨掉吗？

中年人来牙叉骨台，大多站在土台边，嗑着瓜子，说一些我们不知所云的话，不是谁喝了几瓶酒，谁输了几把牌，就是怎么进山打野兔，怎么看土色挖古墓，或者半夜去邻村找小媳妇，也互相吹牛显摆，闹腾着晚上去谁家打平贺（一起吃喝，平均摊账）。他们说的无非是吃吃喝喝，最多说说别人家的女人，或者一些含含糊糊的风流事。这是孩子们不感兴趣的事。他们中有不少是家长，一来牙叉骨台，看见自家孩子就吼：不回去写字，还没耍疯？孩子们落荒而逃，去别处玩耍了。

女人们很少来牙叉骨台，来也是三五人，站一堆，打着毛衣，拉着鞋垫，互相比画一阵针线活。说说毛衣啥时候用正反针，啥时候用花针；说说鞋垫哪里该用啥颜色的丝线，哪里该绣个叶儿瓣儿；说说早上的馓饭剩了半锅，热了又不爱吃，倒了又可惜；说说家里的猪最近不吃食了，玉米面拌了黄蜡蜡一层，拱两嘴，哼哧一声，又卧倒了。女人们压着声音，闲聊着，她们依然保持着传统的品行，不在男人们面前大声张扬，不在公共场所有过分行为。说一阵，个个都散了，回去烙馍填炕，或者去下庄担水，去村口抱柴。大多时候，女人们在冬天操持着所有零散家务，难以消停下来。

当然，牙叉骨台除了供村里人晒暖暖、谝闲传、交换信息外，还有其他用途。天一冷，还没落雪，爆玉米花的人就来了，我们叫憋蕃麦花。来的人推着一辆老加重自行车，车座上绑着锅和杂物，后座上架着炉子。进了村，在牙叉骨台停稳，卸下锅和炉子等，然后生火。孩子们看到爆玉米花的来了，骑着"马"，小跑回家，叫母亲装玉米，赶紧爆玉米花。母亲在厨房忙着，把头从雾气腾腾的门口伸出来，递来两毛钱，说，你挖一缸子玉米自己去爆。孩子捏上钱，挖了玉米，端上一簸箕玉米棒，出门了。爆玉米花的人跟前，已排了队。他坐在马扎上，左手摇锅，猪娃一样大的锅，乌七麻黑，肚子鼓圆，里面装了玉米，当啷啷响着。一手摇鼓风机，抽空往炉子里添柴。风吹着，炉火呼呼作响，把锅底紧紧抱着。火候差不多了，瞅一眼手柄处银色的气压表，停下来，戴上沾满锅灰的破手套，两手提锅，塞到轮胎圈成的兜里，兜的后面缝着一米多长的化肥袋。他一脚踩锅，一手在锅盖口一撬。这时候，我们都吓得躲得远远的，闭着眼睛，只听见"轰"一声，心一紧，白色的雾气从袋子里喷涌出来，像一朵大蘑菇，升腾，打开，飘散。我们冲上去，钻进白雾里，争抢溅落在地上的玉米花。袋子里的不能抢，那是别人家的，抢了会挨骂。我们被玉米花的香味笼罩着，边捡边吃，边吃边抢。金黄的玉米此刻爆成了雪白的花儿，在手心里绽放着，在口齿间咀嚼着。

爆玉米花的人又开始下一锅了。他用掉光瓷的缸子量好玉米，灌进去，当啷啷一阵脆响，盖好盖子，架上炉子，又开始摇啊摇。爆一锅玉米，两毛钱，玉米和柴自备。爆好了，装进自家化肥袋，背回去，背上热乎乎的，心里也热乎乎的。

……

多年以后，冬至时节。当我再次回到故乡，一个人来到牙叉骨台，一切早已物是人非了。

曾经盛放着一辈又一辈人苍老、成长、欢喜、清苦、悲戚甚至无聊的土台子，此刻已被水泥硬化，成为一条普通的路，后面的歪墙拆掉了，起了新砖墙，直愣愣立着。前面的土坡，我们曾像猴子一样攀上溜下玩耍的地方，现在被铲车推平，只有齐腰高了。

一切都被时光和时代重新打磨，重新定义。

土台上的人呢，也不见了，甚至连一只麻雀，一片葵花皮，一声咳嗽，一团纸屑，一腔叹息，一个影子都没有了。他们都去了哪里？我又去了哪里？

我站在村庄曾经的心坎、曾经最热闹的地方，看到了什么？除了巨大的空寂和呼啸而来的风声，什么也没有。那些蹲在墙根的老人，在这十余年的时光里一个个离开了人世。他们带走了病痛和伤心，带走了一辈辈人传宗接代的使命，但没有带走那冬日阳光，没有带走活人对旧日时光的念想。他们走了，再也不会回来，也不可能蹲在牙叉骨台了。再也不会了。他们在阴间，还会有这么好的向阳而热闹的土台子么？

那些站在牙叉骨台上的中年人，大都忙着在城里打工，为儿子挣钱买楼房，他们要到腊月底才回来，过几天年，然后匆忙离开。他们不再是纯粹的农民，在生活的洪荒挟裹中，他们早已没有农闲，没有去牙叉骨台上的时间。

那些蹦蹦跳跳的女孩子，早已长大成人，去了远方，打工或者嫁与他人，成了麦村遥远的亲戚。

至于我们这些曾经的孩子，早已到了而立之年，被生活的长鞭驱赶着。我们已经无法回到他们落下背影的土台上，用闲言碎语消磨时光。三十年后，我们只能在城市的车流和喧嚣里，遥想祖先，遥想流年，遥想那些年的阳光照亮了骨台，照亮了墙头，照亮了生活的豁口。

我们的牙叉骨台，永远消失了。祖祖辈辈存在的牙叉骨台，十年时间，就消失了。消失的不光是那坨地方，还有那些人，那些事，那些喜怒哀乐，那些鸡毛蒜皮：

我一天，没事干，把头削尖往宝场钻。

赢了钱那个比驴欢，输了钱那个比牛蔫。

黑到明，明到晚，晚上在庙里把身安。

铺席片，盖麦苊，头低下枕上半截子砖。

蚊子虼蚤把我咬，三折子一窝滚蛋蛋，滚蛋蛋。

涝　坝

隔着多年的河流，我再也无法回到对岸。

涝坝在下庄。

麦村呈扇形，铺排在坐北朝南的缓坡上。雨水流过瓦沟，流过院落，流过沟渠，流下去，最终汇聚一起，流到下庄。村里人顺势而为，在下庄沟底拦起一个坝。像伸出一只胳膊，把一坡水，揽入怀里。这便成了涝坝。我们也叫坝堰。意思差不多。

几乎每个看天脸色的西北村庄，都有一个涝坝。饮牲口，洗衣裳，和泥，给牲口拌草，浇菜地，和农药，等等，反正除了人吃，一村人的用水就全靠涝坝了。

麦村的涝坝啥时候有的？不清楚，可能村里自从有人扎驻以后，就开始修筑了。第一个提出在下庄沟底修涝坝的人，是伟大的。第一批掏坑筑坝的祖先，也是伟大的。

祖祖辈辈，麦村人可以少一顿饭，少一件衣，可以弃一亩地，丢一片林，但涝坝不能少。

夏秋，牲口都在山野放牧，饮水在河沟里。冬春，牲口拴在槽头，啃干草。牲口也跟人一样，不能光吃干，不进水，要饮水，就得去涝坝。早上九十点，赶着牲口到涝坝去喝水。拴了一晚上的牲口，缰绳解开，盘在脖子，许是圈慌了，许是渴急了，一吆出门就跟疯了一样，撒开蹄子，弹起尘土，冲向涝坝，一嘴扎进水里，咕嘟嘟，咕嘟嘟，敞开了喝。只见鼻息吹的水泛起一层又一层波纹；只见脖子的食道起起伏伏，水管一样；只见肚子慢慢胀起来，成了一面鼓。喝足了水，牲口才从水里扯出嘴，深深出一口气，心满意足，慢慢悠悠被主人吆回去了。两对蹄子，湿漉漉的，蘸着泥水，溅了一路。随心所欲的一泡粪，撒在了路上，驴粪成蛋，牛粪如饼，冒着青白的热气。回去后，拴在门口的木桩上，晒暖暖，啃虱，打滚，想心事。晚上，五点左右，再饮一次。饮毕，就拴进圈了。

洗衣裳，麦村人是不敢用挑来或驮来的水的，那是人吃的。有脏衣服，担一担涝坝的水，在家里慢慢洗。头盆水，要洗好多件，直洗得盆里的水跟泥糊糊一般，才倒掉。换上新水，摆一遍就行了，可不敢浪费。小时候，家里用水，都是我跟妹妹去涝坝抬。一根掀把，一只塑料桶。到坝上，舀满。妹妹抬前，我抬后。长到十来岁，我自己担水了。两个桶子，挂在水担钩子上，随着人走而左摇右摆，跳舞一般。桶子里的水，各舀到三分之二就可以了，多了担不起。担了几年水，学会了换肩。人照旧小碎步走，一只肩压麻了，头一低，水担在一侧，肩头一滑，很顺溜地转到了另一侧。半路碰上村里人，他们说，选选，你还是个憨娃，担这么两桶水，压着不长了。我笑着说，莫事，过年门缝里拉一下，就又长了。那人笑，我也笑。

当然，最费水的还是村里盖房。有人接上抽水机，灰烟冒着，啪嗒嗒吼着，用一根长长的塑料管子把水抽到门口，几天下来，涝坝里的水少一圈，边上的淤泥都露出来了。

涝坝也不总是有水。在我十来岁时，有几年，天大旱，整个三、四月涝坝几乎滴水未存。加上冬天一冻，涝坝里水位下降，存水量本就少，一旱，水越来越少，像撤退一般，退啊退，退到坝中间，积成炕大一坨。坝底乌黑的淤泥，一天天变灰、变白，最后龟裂。

当村里的牲口被吆到涝坝，准备解渴时，它们看着远在涝坝中间那点可怜的水，彼此争抢，但那水，还没有濡湿嘴皮就钻进土缝，了无踪迹了。牲口们眼噙泪花，默默离去。

我们赶着牲口，在尘土飞扬的大山里寻觅着水源。我们穿着脏到能够立起的衣裳，出没在黄土里。而牲口们做梦都在喊渴。喊声飘荡在村庄上空，经久不绝。

我已经记不起那段干旱至极的年月，我们面对裸露着空荡荡心事的涝坝，是如何艰涩地度过的。

后来，雨，还是被我们等来了。大雨落着，瓢泼一般。大雨落在瓦檐上，大雨落在院子里，大雨落在巷道里，大雨落在大雨的肩膀上，大雨落在大雨的心窝里。最后，它们沿着沟渠，簇拥着跑向了涝坝，紧紧地，紧紧地抱在一起，抱成一坝水。雨停了，坝里的水是浑黄的、黏稠的，漂浮着一层驴粪末和几只红红绿绿的破凉鞋。几天后，涝坝里的水沉淀清澈了。几只水蚊子，伸着瘦长的腿，在水面划过。几只红斑蜻蜓，用屁股在水面上画圈。

癞蛤蟆在坝边，一只背着一只，眨着眼皮子，安静地蹲着。好奇怪。我们搞不懂它们在玩什么把戏，只听说是在背沟子。我们用棍子把它们拨开。它们抱得好紧，拨弄半天，才能分离。我们照着那满是疙瘩又臃肿的躯体，甩腿一脚，踢皮球一样，踢飞了。远处的树林里，嘭一声响。我们为什么对癞蛤蟆有一种天生的厌恶感？是因为它们长得丑吗？

过不了十天半月，涝坝里漂满了粉条样的癞蛤蟆卵。

那些细长的透明的卵，有一颗颗黑色的斑点。它们缠绕在水里的树杈上，浮游着，生长着。我们捞出来，带着恶作剧的心理，把那一根根卵挂在树上，像晒粉条一样。但那些卵怎么可能被我们捞干净呢。它们在水里，没几天，就变成了一粒粒"黑芝麻"，游啊游着。

它们已经成了小蝌蚪。我们叫舀舀勺，因为它们像舀东西的勺子。舀舀勺长出了两条腿，又长出了两条腿。一簇，又一簇，围着水中的枯树枝，似乎在开班会。我们往瓶子里捞几只，装进去养着。养了几天，忘了添水，再次想起时，水干了，舀舀勺也死了，干皱着，粘在瓶底，像一颗颗干芝麻。

夏秋时节，我们都在坡里，很少去涝坝。涝坝边，绿树成荫，浓浓郁郁，高蝉在枝，鸣叫不休。

涝坝的水，长满了细碎的绿萍。它们都有细长的嫩白的根茎，扎在水里。不知名的灰昆虫，用手指拨动了它们的小脑袋。远远看，涝坝像一块绿翡翠，静谧、深邃，镶嵌在麦村的肚子上，肚脐眼一般。

冬天，天寒地冻，涝坝结了厚厚一层冰，冰上覆着一层雪。我们戴着破帽子，吸溜着鼻涕，在冰面上戏耍着、打闹着。有人坐在铁锨上，另一个拉着铁锨把，跑啊跑，脚底下一打滑，一个仰面朝天，脑袋磕得咚一声。坐在铁锨里的，被甩出去，连翻带滚，差点被铁锨刀铲掉了裆里的小牛牛。

我们在冰面上像一群顽劣的猴子，把棉裤弄湿，把棉袄扯破，把一只鞋掉进了砸开用来饮牲口的冰窟窿，再也没捞上来。我们战战兢兢回到家，等着父母的一顿拾掇。

经过了几个四季，雨水带着泥土和杂物，流进坝里，形成淤泥，快要把坝面填平了。村里喇叭一吆喝，就开始清淤了。那时，好像还有工分。村集体的事，也还是个事。大家放下手里的活，扛着铁锨，拉着架子车，来到下庄。清淤前，先掏一个坑，把坝里剩余的水引进去。水流到坑里，黢黑的淤泥一寸寸露出来，泥里，栽着谁家孩子的破鞋子、谁家的烂脸盆、谁家的红线衣、谁家的半只大老碗等。大雨把好多杂物，携带着，带进了涝坝，最后淹没在淤泥中。人们挽起袖子，手心吐上唾沫，两手一搓，热火朝天干了起来。男人们说着荤段子，女人们偷着听。或者有人站出来，吼一嗓子秦腔，浑厚的嗓音，在秦岭的莽莽群山里回荡着。人们群情激昂，手底下干着，嘴巴上吼着：再来一个，再来一个。人们似乎又一次回到了农业社时期，人欢马叫、热火朝天，一起出工，一起干活，一起挣工分。

一锨锨淤泥装进架子车，拉到坝边，倒下去，拍打平整，用来加固坝体。

没几天，坝里的淤泥就清理完了，坝沿高了一层，坝底深了几米。原先邋遢的涝坝，一下变得清爽整洁了。它张着刷过牙的嘴巴，等雨来。等雨来，雨就来了。

涝坝下面，是一大片树林，栽满了白杨。瘦长的白杨，有青绿而光滑的皮肤，我们提着刀子，在树皮上刻下名字，刻下"早"字，刻下"忍"啊"刀"啊"上"啊"大"啊一些毫无意义的字。几年后，那些字一颗颗结疤，皴裂，最终模糊成了不知所云。

树林里，有一口泉，应该是涝坝里的水渗下来的。人不吃，但沉淀洋芋面粉，洗贴身衣裳，淘粮食，完全可以。人吃的水，还在林子下边，有两眼泉。想必也是涝坝里渗下去的水。

秋天，白杨的叶子红了，黄了，落了厚厚一层。树林里生满了彩色的手掌。我们捡拾着树叶，揪掉叶片，留一根柄，两个人套起来，往断扯。谁的断了，谁就输了。我们翻遍了每一片叶子，都在寻找着一根结实的叶柄，赢得他人，换来几句佩服声。整个秋天的梦里，我们都在叶片里翻捡着，寻觅着，费尽了心思。我们的口袋里，火柴棍一样塞满了成捆的叶柄，用橡皮筋紧紧绑着，直到被我们的皮肉烘干，成了真正的火柴棍。

我们的叶柄干了，断了，我们的秋天也就没有了。

多少年过去了。我们不再寻找叶柄，不再去树林里。但瘦长的白杨树依然扑簌簌长着，那些大过手掌的叶子，依然扑簌簌落着。树林寂静，鸟雀孤独。

当我再一次来到涝坝的时候，已是三十岁的光景。我和这片涝坝，隔着多年的河流，我再也无法回到对岸。在时间面前，人，终归要败下阵来。

我在坝沿上走了一圈，一切似乎都还是当初模样。圆圆的坝，被弯弯的坝体揽着。坝里的水，满满的，微绿透黄。在阳光下，闪耀着光斑。风吹来，光碎了，一片凌乱。坝里，水很多，许是现在用水量很小了。曾经饮牲口的坝边，常被牲口蹄子踩踏得坑坑窝窝，还洒着满地粪便，现在倒是什么也没有了，干净，冷清。

我在坝上站了许久，都没见过一个人。只是谁家的五六只鹅站在坝沿上，伸着脖子叫着，满地鹅粪，成了涝坝的常客。它们一定不知道涝坝的历史和热闹，它们也一定不知道涝坝就是村庄的肚脐眼。它们只有此刻的聒噪。它们毕竟是一群今天的鹅，一群和我们彼此陌生的鹅。

　　在我三十岁的慌张岁月里，我总是在给自己筑着一口坝，可我依然笨拙而懒惰，和大地上的乡亲们比起来，我一无是处，只是一个在纸上谈兵的闲汉。时至今日，我依然筑着那口坝，我怕没有这坝，我对麦村汹涌的回忆都会付之东流，即便它仅仅筑在单薄而脆弱的纸上。

黑妹啊黑妹

在无垠的乡村，似乎每个村里都有一个瓜球和瓜米子。

天色又暗了一层。

黑妹穿着臃肿而邋遢的衣裳，头发蓬乱，吸溜着鼻涕，两只手塞在裤兜，拖着倒跟的运动鞋，在巷道里迟缓地滑过。她走掉之后，巷道里就空无一物了。唯有风，把水泥路面的枯叶吹着，像一个人在黄昏，清扫骨缝里的暗疾。

黑妹走了后，天，说黑就黑了。

不久前，她还在我家门口晃荡。母亲唤她进来，她走到院子，听见我说话的声音，似有羞怯之意，不再进屋。母亲捏一颗橘子，出屋，塞给她。她一手紧紧攥着，一手举起用手背狠狠揩了一下鼻涕，嗤，又吸了一声。母亲说，快回去，天黑了。她一边用指甲抠着橘子皮，一边问，你们家王选有车没？

母亲笑着说，有自行车。

黑妹说，人家城里人都有车。她用满是污垢的长指甲把橘子皮划开一道口子，掏出橘瓣，橘皮顺手丢在了地上。

快回吧，晚上吃啥？

方便面，有一箱子呢。说完后，黑妹带着有一箱子方便面的得意之情，出了门，走了。

黑妹大概是一九九〇年生的，三十来岁了。三十来岁的姑娘，还留在麦村，说来话长。

黑妹姐弟四人。黑妹是老大，两个妹妹，一个弟弟。黑妹出生后，也无异常。长到两三岁，同龄的孩子早已说话走路，而她嘴里还是含混不清，脚下也站立不稳。长大一些后，其他孩子上学读书，独她在家里和尿尿泥玩，偶尔，会一头栽倒在地，浑身抽搐，口吐白沫。那时她家人多，肚子也是勉强填饱，自然没有余钱去给她看病，加之又是姑娘，大人也不上心。最多到镇子上的卫生院抓几服药，熬着一喝，也算了事，终究没有查明病因，也没有治愈。

我们都上初三的时候，黑妹还在大门口的青石板上呆呆坐着，浑身泥土，一张脸成天不洗，糊满垢甲。她到学校念过一小段时间的书，但常犯病，怪吓人的，加之智力有缺陷，啥也不懂，上也白上，只会花冤枉钱，大人便让辍学了。

辍学后的黑妹，整天无所事事，坐在门口发呆，或去村里晃荡。像一只塑料袋，风吹到哪，就飘到哪。

我们上学放学，过寒暑假，而她，把十年、二十年甚至更长的时间，活成了一天。我们都叫她瓜米子（傻姑娘）。她也乐于接受这个称呼，任我们嘲笑和讥讽，都是一副一成不变的模样，蓬乱的头发，衔不住的鼻涕，肮脏的衣裳，在时光暗处独自生长着。她懦弱，胆怯，甚至混沌未开。她远远看着我们背着书包归来，远远看着我们玩耍，远远看着我们从小卖铺买来吃食，远远跟在我们身后，像一截尾巴，直到被别人用碎瓦片赶开，她才悻悻然走掉，留给我们一个邋遢的背影。

她大多时候都是挨欺负的，任别人打骂，一言不发，低着头，抠着指甲缝，最多哭一嗓子，便很快忘了。有时，她也欺负人。她家门口有小卖铺，一些小孩从里面用毛毛钱换来零食，黑妹坐在小卖铺门口，看四周无人，便冲上去，要夺小孩手里的零食，小孩死活不给，黑妹抬腿在小孩屁股上两脚，再不给，肩膀上捅两拳，一把抓过零食，转过身，撕开包装，吃了起来，鼻孔上挂着的明晃晃的鼻涕泡，破一个，长一个。小孩吼叫着黑妹父母的名字，挂着两溜眼泪，回家告状去了。

这事也就过了。没有谁会跟瓜米子计较。

后来，我们都日渐长大，日渐走出麦村，像灰鸽子，越过墙头，在泛黄的天空一圈圈飞着，不知所终。

而黑妹呢，黑妹依然留在村里，把泛白的时光完全呈献给麦村的山川草木。她独自一人，在山路上行走，在深沟里晃荡，在树林里漫游，在杏花泛滥的春天消失在地头又回来，在青杏寥落恣意腐烂的季节手揣杏核沉沉睡在杂草里，在紫蓼花枯萎的暮秋坐在山顶坐成了一块石头，在大雪弥漫的冬日行走在田野如同一只离群索居的灰兔子……她拥有着怎样漫长的时光，我们无从知晓。她就那么长啊长，在我们的无视里，在我们的遗忘里，长啊长，和麦村的一棵树、一株草、一只野物一样，不知不觉，就长大了。

她是麦村唯一的闲人，不用耕种，不用干活，不用外出打工，不用伺候老小，不用担负生活的重压，吃饱穿暖，满足最基本的需求就可以了，其余的时间，灰扑扑地信马由缰，灰扑扑地自由生长。

　　然而大多时候，黑妹还是干着两件事。一件是在小卖铺边上的廊檐下靠墙站着，发呆。没有人知道她在想什么。有人经过，问，黑妹，晒太阳啊。黑妹嗯一声，便不再言语。像一根木头，立在墙上，任时间、风雨，在暗处刻画一个人终究走向沧桑的模样。另外一件事，是谁家有婚丧嫁娶，或者谁家来亲戚朋友，或者谁家有人从城里回来，她都会去瞅一瞅。一开始，站在门外，两手塞进袖洞，呆呆站着，站久了，便会一寸寸移进门，到院子站一阵，再移进屋子，满是好奇地看着屋里的一切。这时，人们会端一碗粉菜，或者塞一个馍，让她吃，都觉得她是一个可怜娃。有时，人们也嫌弃她碍事，嫌弃她丢人现眼。吃毕，赶紧打发了。黑妹不情愿地出了院子，摸着嘴上的油，或者啃着馍，还在门口晃荡，不肯离去。我想，有时候，黑妹真的是想吃一口人家的饭菜，混个饱肚子，但更多时候，她是害怕孤独的。没有人愿意和她玩耍、说话，她只好去别人家凑热闹，或者看看别人家的热闹，也算是有事干了，内心才不至于空荡荡的像梁口刮过的西北风。

　　在别人家晃荡久了，村里大大小小的事，她都看在眼里。去另外一家晃荡，她会冷不丁地说，贵福家堆了一炕桌钱，数着哩，数着数着，就打捶了；麻球娃又领回来了一个媳妇；有田爷家的牲口被儿子卖掉了；二两半家今天的浆水面，浆水里还切了豆腐；老财的羊被野猪咬了一口；等等。她像一个信使，把这些消息传送到别人家，风再一刮，满村人都知道了。一家人的事，也就成了一村人的事。一家人的喜怒、私密，也就成了一村人的话题和把柄。

这时候，黑妹，似乎不是瓜米子。她知道，通过传播这些消息，才能在别人家换来一颗糖、一个馍、一碗饭，或者在人家多待一阵、多说几句话的资格。

再后来，黑妹长大了，二十六七。没有人知道她是怎么长大的，反正她长大了。

家里给她找了婆家，然后嫁了出去。关于她婚姻的细节，我不太清楚。我隐约听说，那是冬天，天寒，老牛风在梁上掠过，草木颤抖。黑妹穿着城里租来的红礼服，体体面面，坐上梁顶停着的一溜小车，离开了麦村。村里应邀参加黑妹婚礼的人，热热闹闹坐了一顿席，男人们个个喝得面红耳赤，女人们个个吃得油光满面。人们听说，靠着嫁黑妹，她父母挣了一笔不小的彩礼，具体多少，莫衷一是。

这十年来，农村所有姑娘全部出门去了城市。要在农村找一个姑娘，比登天还难。即便攒够了十万二十万元，礼钱顶在额头上，也找不到。为啥？没姑娘了，一个渣渣都没有了。为了儿子有妻，为了不断香火，为了在西秦岭抬起头，人们不惜重金，不论瘸子跛子，只要是个女人就行。娶妻难，在广大农村，这些年成了父母们巨大的困难。在这样的情况下，黑妹就成了小伙子们无奈的必然的选择。黑妹是麦村留下的唯一一个姑娘。

人们都惊讶着连瓜米子黑妹都嫁人挣了彩礼时，当人们后悔少生了一个姑娘，损失了一笔钱时，黑妹又回来了。

黑妹被婆家不要了。婆家一开始以为黑妹瓜（傻）得不严重。不会干活，不知礼节，也就罢了，只要能养娃就行。但嫁过去以后，才发现黑妹瓜得严重。不但不会干活，不知礼节，还动不动犯病，瘫倒在地，口吐白沫，浑身抽搐，很吓人。最关键的是，黑妹不懂男女之事，也拒绝男女之事。当传宗接代的期盼被打碎后，无望的婆家只好把黑妹送了回来。当然，送回来之后，那笔巨额的彩礼就成了两家人头疼的事。为此，矛盾不断，纠纷层叠，一时难以说清。

刚回来的几天，黑妹还带着一些新娘子的气息，比如梳理整齐的头发，穿戴一新的衣裳，洗净垢甲的手脸。人们发现，收拾之后的黑妹，竟也长得很秀气，瓜子脸，棱鼻子，樱桃嘴，手是手，腿是腿，有模有样。但没过多久，黑妹又回到了当初的模样，穿着臃肿而邋遢的衣裳，头发蓬乱，吸溜着鼻涕，两只手塞进裤兜，拖着倒跟的运动鞋，要么发呆，要么去人家门口晃荡。

再后来，黑妹的父母弟妹都统统去了外面打工，长期照顾她的祖父也病故了。家里只留下了黑妹一人，守着空落落的院子，守着千篇一律的日子，守着麦村盛大的春夏秋冬，守着一村人死去活来的故事和秘密，守着她一个人不知所终的未来。

在无垠的乡村，似乎每个村里都有一个瓜球（傻小伙）和瓜米子（傻姑娘），和黑妹一样，生于泥土，长于天地，嫁不出去，或娶不上媳妇，迷迷糊糊留守在村里，茫茫然，无路可去。黑妹一定不知道外面的世界，她最远去过十里外的集上。或许，她压根就不需要外面的世界，留在麦村，就够了。

当我们都一一背叛故土，远走他乡，努力活成城里人时，最终，我们的村庄被一个瓜米子守护着。想想，也让人心生悲戚。

天真的黑了。立冬后的天，说黑就黑。亮起来的路灯，像一把把积满灰尘的伞，撑开来，把黑暗挡在了外面。

黑妹回到了炕上。吃了方便面。睡了。

黑妹的一天结束了。黑妹二十七八年的光景，如同这一天，结束了。明天，黑妹还过着今天的日子。后天，也是如此。作为麦村最年轻的留守者，她会一直陪麦村走下去。如此忠诚，如此别无选择。

老米子

四十岁的老米子，到现在还是一根女光棍。

在西秦岭，人们把女人叫米人，女孩叫米子。

其实压根和大米没啥关系，这里不种稻米，只有过年才舍得换一袋二十斤的大米，改善一下生活。叫米人和米子，是因为发音。山里人耿直、憨厚，舌头也跟斧头把一样，直戳戳的，在嘴里打不了转，卷不起边，女就读成了米。

村里人都把军梅叫老米子，意思是没有嫁出去也许还保持着女儿身的老姑娘。

正午，毛茸茸的阳光落在南墙上，有种昏黄的陈旧感。老米子站在墙根下，两手塞进裤兜，嗑着麻子。她用大板牙把麻子卡住，一咬，麻子皮碎成两瓣，麻子仁滚进嘴里，麻子皮舌尖一顶，唾出来，挂在嘴边上，因唾沫沾着，积成一疙瘩，没有掉下去，像挂只小马蜂窝。

整个冬天，老米子只干着两件事。站在南墙下，晒暖暖，嗑麻子。落在地上的麻子皮，估计能扫一簸箕了。嗑一阵麻子，就去串门子。串门子，麦村叫游世，似乎有游逛世界的意思。对于群山封锁的麦村来说，一个巴掌大的村子，百十户人家，就是所有人的全世界了。北上广、太平洋，更遥远的美洲、非洲，对于留守在村人的来说是遥不可及的，也是毫无意义的，甚至是毫不知晓的。

老米子游世，两手掉在胯子上，啥东西都不带。人家游世，不是捏一双鞋垫，就是抱一团毛线，或者提个马勺借点酸菜。游世的人，边暖人家的热炕，边叨叨一阵家长里短，手里的针线活也就干了，两不误。而老米子才不呢，她喜欢两手空空，东家进西家出。进去了，钻到人家厨房，瞅瞅做的饭，偶尔顺一嘴吃的，然后有事没事说几句，就走了。又到另一家，进堂屋，也不上炕，站地下，也是有事没事说几句，便走了。再去另一家。一天下来，近门的邻居家被她进去七八趟。大家故意责怪，你出出进进，把我家门槛都踏断了。老米子笑着说，你这是豆腐做的门槛吗，这么不经踏。

老米子不爱看电视。电视家里有，好多年前买的，十几英寸，时间长了，大红大绿，还落着一层擦不干净的雪花点。老米子捣开电视，模糊一片，光是声音大，每个台都是唱啊跳啊的，感觉要欢死了一般。她想不明白，电视上那些人咋就那么高兴呢？真是奇怪。她捣灭电视，翻弄一阵手机。手机虽是智能机，但流量三天就用完了，稍微拨拉着一看，欠费短信就像催命鬼一样，一条接一条发了过来，吓得她不敢捣鼓手机。家里的事，由七十多岁的父亲操弄着，她几乎不沾一指头。

除了电视和手机，她能做的事，也就只能嗑麻子和游世了。一个人无所事事太久，内心难免是恐慌而孤寂的，她只有通过在别人家出出进进，才能挤掉心窝子涨满的恐慌和孤寂。

她用游手好闲，把近四十年的光阴消磨掉了。

老米子，一九七八年生人，奔四了。乡里人有话：人过三十五，半截子入了土。那四十岁的人呢？老米子没考虑过这事，她也不会考虑这事。

四十岁的老米子，到现在还是一根女光棍。这在米人比黄金还紧缺的西秦岭，简直是怪事。当然，也不是没人给老米子介绍过，也不是没男人登过她家门，也不是父亲不急她的婚姻大事。这些都有，但一言难尽。

十多年前，有人给老米子撺掇了一个男的。男的长得精干麻利，家里父母齐全，养着一头犍牛（种牛），给四里八乡的雌牛（母牛）配种，收的料钱让一家人日子过得宽绰自在，嘴角上总是流着油花儿。男方家来人，提着烟酒糖茶，把婚事订了。走的时候，把老米子一道接了去，让耍几天，因为附近村里唱大戏。老米子去了，过了几天，戏演毕，回来了。村里人想着，老米子的婚订了，过干事（结婚）应该快了。但几天后，村里有人咬着耳朵说，军梅（那时候还不叫老米子）的婚事罢了。人们吊着下巴，愣了半天才问，不是好好的吗？谁知道，前天人家男方家来人，把婚退了，说是订婚那天，打碎了一只碗，不吉利，找了个阴阳，掐了一指头，相属不合，冲着哩。这当然是人家男方找了个借口，具体啥原因，谁知道呢。

老米子的第一桩婚事还没开始，就结束了。没有人知道老米子和男方家究竟发生了什么。这是一个秘密。多少年以后，依然没有被解开。而老米子也是闭口不提。

又过了一半年，有亲戚给老米子撺掇了一个。这次，是上门的。老米子的父母也高兴，毕竟家里只生了这么一个姑娘，找个上门女婿，有个顶门立户的，老了也有指靠，几间塌房烂院也有人守。这一次介绍的男方，人很老实，从四方脸的长相看就是憨厚人，家里弟兄四个，他是老三，实在盘不下媳妇，才走了上门这条路。当这事有点眉目后，那男的就到老米子家来了，虽然还没正式过门，但和一家人一样。那时正值夏收农忙。鸡叫头遍，男的起身，二话不说提着镰刀，摸黑就下地开镰了。六点多，其他人陆续下地时，他已割倒了五十来件麦。等往打麦场拉麦子时，他一个人把两亩地的麦全背到了路边，码到架子车上，拉回去，摞在了场里。除了地里的，家里屋顶漏雨，上房换瓦；茅坑粪满，往地里担粪；牲口没草，起早割草；厨房没盐，冒雨到集上去买……里里外外的事，一应包揽，像一头牛，光知道干活，啥脾气都没有。这让老米子父母的嘴高兴得都合不上，成天像扯开的鞋口子。

那一年，拉麦打碾总是垫底的老米子家，终于忙活在了别人前头，这可让他们家要了一回人。

当父母觉得老米子的婚事成了时，那男的背着绿饭包，塞着几件烂衣服，离开了他们家。

没有人知道那男的和老米子之间究竟发生了什么。这也是个秘密。多少年以后，依然没有被解开。而老米子也是闭口不提。

老米子的母亲被婚事操心操出了病，几年后，过世了。具体啥病，也说不来，在农村，好多人病故了，都不知道是啥病。因为舍不得花钱，加之又没钱，小病熬成大病，大病熬成绝症，死了，也就死了。像灯盏一样，一吹，灭了，黑了，啥都没有了。

从那以后，老米子和父亲过起了相依为命的日子。

这期间，还是陆陆续续有人给老米子撺掇对象，但都没有成。老米子父亲是个老实巴交的蔫人，眼看着娃娃年岁渐长，跟庄稼一样，一茬过了，就赶不上一茬了，再找不下婆家，人就过时了。但他心里急，嘴上说不出来，加之家里就生了她一个宝，从小没有打骂过，娇生惯养，稍微有点言语冲撞，就不得了。逼急了，反而回过头，把大人骂个狗血喷头。所以，当父亲的再急，也不敢说啥。更不好问这一桩桩婚事都没成，究竟啥原因，任由着老米子一年比一年大，一年比一年老，最后，终于成了人们嘴里的老米子。

当人们和老米子父亲谝闲传时，说起老米子的婚事，他只是摆摆手，叹着气说，真是女子娃害抽奶——疼着摸不得，羞人着说不得。便不再言语了。

后来，人们不再给老米子撺掇对象了，因为都知道这事成不了，也就免得蹚那道水，惹那个麻烦。村里也有人风言风语传着，说老米子怕是有问题，要不然介绍了那么多，咋就一个都没成。但人们毕竟是瞎猜想，谁也没有啥证据能证明老米子哪里有毛病。

后来，人们也习惯了她的嫁不出去，习惯了她在村子里粗声大嗓，东进西出。万一某天结婚了，人们还倒不自在了。

这么些年，老米子和父亲两个守着家里。老米子偶尔出去打打工，时间都不长就回来了，回来依旧过起了嗑麻子游世的日子。家里所有的事，全丢在她父亲一人身上。种地、锄地、拔草、割麦、打碾、耕地、喂驴、割草、担粪、掏炕灰，甚至缝缝补补，都是他自己弄，他打发不动老米子，也懒得打发她。大大小小，里里外外，能干的他统统干了，老米子除了一天两顿饭，洗几件衣裳，或者帮着铡点麦草，到地里遗个籽种等，其他活不沾指头。

虽然老米子父亲没黑没明干着，但毕竟靠几亩庄农，除了能吃饱穿暖外，日子不会再有啥起色，庄农里的收成，一年下来也全部贴进了庄农，攒不下几个钱。老米子出门打工，外面挣的一点不禁花，早早就没了。慢慢地，他们家成了村里家境最差的一户。

前些年，手头稍微宽展的人家，都盖了砖房。没有盖的，不是在城里干公事，就是在城里买了房。老米子家还是几间土坯房。北房，老米子父亲住。窗户上嵌着一块玻璃，上面糊着旧报纸，光线都滤在了院子。屋里，即便白天，也黑咕隆咚。旧炕、板箱、三斗柜、长条桌、面柜、跛腿的椅子，年成久了，屋里的一切都被磨出了豁口，再经汗渍和垢甲包浆，显得昏暗、颓败。屋子的另一边，支着一块板，板上整整齐齐码着二十来袋粮食，这是一年的口粮，吃不光，还有余头。粮袋后面，被老鼠剜了洞，每当夜深，它们从长满蛀虫的椽上跳下来，饱食一夜。迷迷糊糊听见老鼠声，老米子父亲摸起门后的棍子，在炕沿上敲几下，咒骂着老鼠祖宗三代。老鼠受惊，逃之。

北房的右面是厨房，左面一间住老米子。老米子的屋里只有一盘炕。炕前，一个过道，刚能挤进一个人。老米子进屋就上炕，下炕就出门。炕上，铺着席垫，席垫用的时间长了，加上热炕烘烤，成了焦糖色。席垫上铺着褥子，摆着一只枕头。被子是很少叠的，堆在炕根。炕的另一头，两个大板箱里装着衣裳。上面架着两床新被子，还是母亲活着时缝的嫁妆。现在用不上了。

被子老米子舍不得盖，怕弄脏，上面包着塑料，包好后，麻丝捆着。箱子边，支着几片砖，上面搁一块木板，铺上报纸，架着那台老电视。除了这些，除了墙上挂着灰串的小虎队、刘德华的画儿，就再没啥了。

院子西边，搭着草棚，装着农具和草料。东边一间土房，是驴圈。往前，就是院墙和大门。院墙七拧八歪，似乎稍一松劲，就倒下了。大门还是两扇老木门，风吹日晒，灰白腐朽。大门顶子垮了，老米子父亲用柴草堆了顶，显得不伦不类。

老米子家住人的北房，有四十年了吧。盖房那年，老米子刚生下。四十年了，一个人从婴儿长到中年，长成了嫁不出去的老姑娘。四十年，一座土房子在大地上站得腰酸背疼，它胸膛里装着的几个人，死的死了，老的老了，还有一个过得不知日月，昏昏沉沉。那被炕眼熏黑，熏成痂，熏出苦涩的墙壁，成了岁月留在人世的遗迹。

到最后，老米子父亲就成了一个只会种地、养牲口的人，一个把日子过烂包的人，一个在村里说不起话的人，天长日久，他也就不想说话了。就像那麻袋，自个儿把口子一扎，万千心事捂在袋子里。他常年穿着那件掉色的灰衣裳，戴着塌檐的绿布帽，面色酱黑，目光凝滞，跟在驴屁股后面，出入在八亩地里。他会把日子过成什么样？没人知道。反正他对老米子的婚事，早已放弃了。

老米子，还是那样。多少年了，重复着旧模样。黑漆漆的头发，扎成马尾，几十年不变的样子。唯有她眼角一根根密起来的皱纹和日渐灰暗下来的肤色，在西北风里，愈加明显了。

她依旧站在南墙下晒太阳，嗑麻子，依旧满村子游世。不过她能去的地方越来越少了。一户户人家在麦村在消失，一步步扎紧了她所能到达的世界。她偶尔会出门打几天工，然后又回来了，似乎屁股上牵着一根绳子，一走远就会被扯回麦村。

人们终究搞不懂老米子的心事。她难道不想男人吗？她难道不心急吗？她难道就不知道挣点钱把日子过好吗？她难道就不想住宽房大院吗？她难道就没有被外面的花花绿绿迷了眼吗？她难道要把一辈子撂到这山圪里？她难道看到落日低垂时，倒头睡在炕上时，看着一户户紧锁的大门时，没有想过什么？真的没有想过什么吗？麦村的人，终究还是搞不懂她的心。在黄土蜿蜒、万物起伏的高原，在深埋着万千祖先骨殖的高原，搞不懂的事，太多了，何况一个老姑娘的心。

搞不懂，那就拉倒吧。你是你，我是我。你活成了你的样子，我活成了我的样子。

后来。其实也没有后来。在麦村，后来也不过是当初的翻版罢了。日子挂在墙角，千篇一律，只是薄了起来。在某一个日子被揭起还未撕掉的傍晚，有人来找老米子父亲，当然不是提亲的，是说房子的事。老米子父亲早已不管家事，你说，他也一片糊涂，不知怎么办，也不知怎么答。最后，还是有人从别人家找来了游世的老米子。

来人带来了政策，说你家这房子，年成多了，你看，墙都歪了，得赶紧拆掉，盖新房。盖新房，政府有补贴和贷款。老米子把一粒麻子皮吐到地上，她脑瓜子很快算了一账后，拒绝了他们的要求。老米子说，你算一账，盖一面房，砖、瓦、水泥、沙子、木料，还有人工，咱们不跟人家来喜比，就盖个一般的，下来少说也要十来万吧，这十来万我哪里来？就算有补贴，可那点

故乡那么辽阔，为何还要远行

补贴能起啥作用？贷款，虽说没利息，但贷了还得给人家还，我到时候借得一塌糊涂，咋还？老米子用右手背拍得左手心啪啪响，给他们算了一账。他们抽着烟，也不会解释了。

随后的日子，老米子不太喜欢晒暖暖了，她忙着游世，游世的时候，反复给别人说政府让盖房子的事。她心里的一本账，依然一清二楚。她的说辞，也完全在理。她是真的拿不出那么多钱，她是真的没有能力盖起一面房，况且，她父亲做不了主，她一个姑娘，能挑得起这担子吗？不能。她把嘴角的麻子皮抹掉，气呼呼地说，我有钱还要你们说，我也爱住宽门大窗的新房。再说，我有那十几万，花在这穷山帮帮上干啥，我早到城里买楼房去了。

上面来的人，又反复找过几次老米子。因为老米子家的是危房，按要求，这危房今年得消除掉，消除不了，他们的任务完不成。但任由来的人怎么解释，老米子都不改初衷，原因很简单，没钱，除非你们给我免费盖。这事，就这么僵持着，理不出个眉目。

上面的人，来得更勤快了，因为领导画下的时间线马上就到了。老米子一开始还有耐心和他们谈，后面远远看见来了，门都不锁，像躲冲气一样躲掉了。来的人总是扑空，最后，他们找到老米子父亲，想跟他谈。老米子父亲给驴拌草，沾着两手麦麸，旧帽子上顶着一撮干草。来的人说了半天，老米子父亲从胳膊窝里揩掉麦麸，把一盆泔水倒进桶子，慢悠悠说，办法有，就看你们弄不弄。

来人忙问，啥办法？

你也看到了，我家姑娘四十的人，你给介绍个对象，到时候把我也带过去，再不用盖房，你们的难心事，就自然而然解决了。

老米子回家里时，天已经黑了，她摸进厨房，舀了一碗父亲做好的酸汤，吸溜溜喝了。她躺到炕上，无所事事，顺手捣开电视，电视上还是落着雪花，不见人影，只有声音。

老马，拖拉机

一犁过去，一米宽，黄扑扑的土雾翻腾着，像一朵落雨前的云，跟在拖拉机后面。

这是秋天的事，放在冬天说吧。

白露高山麦。麦村阴冷，白露前几日，就该种山顶的麦子了。太迟，地一冻，就出不来苗了。

以前村里牲口多，家家户户都有。少则一头毛驴、一头黄牛，多的四五头。赶出圈一大阵，踢踏的村子轰隆隆响，跑起来踩得尘土飞扬。种地，自然全用牲口。两头驴搭一对，两头牛搭一对，驴跟马搭一对。牛跟驴、马搭不到一起，牛性子慢，马和驴性子快。骡子不搭对，一头骡子扯一副犁铧。骡子命苦。

种麦，先扬粪。把秋里送进地里的粪用铁锹满地撒匀，然后撒土磷肥和尿素。一亩地，一袋土磷肥，四十斤尿素。最后撒麦籽。撒籽是个手艺活。撒得好，麦苗出得匀。撒不好，稠的稠，稀的稀，对后面生长影响很大，也会被田野里来来往往的村里人笑话，这可是一件丢人事。撒完籽种，驾上牲口耕地，把肥料和麦籽埋到土里。耕地，引地边子，得人把牲口拉上，要不牲口找不到边。一遍过去，开了边，掉过头后，牲口自己就能找到路线了。一头走在犁沟里，一头走在干地上。并驾齐驱，一个来回，又一个来回。捉犁把子的人，跟在后面，一手举着鞭子，吆喝着：呔——啾——呔，嗷——回——一犁过去，再一犁过来，灰白干巴的土地露出了黑色，泛着潮气。男人耕地，女人娃娃提着镢头、刨子满地打基子（较大的板结土块）。一亩地耕完了，大地像翻过了它的旧棉袄，把半新的里子露在了外面。一溜子墨绿的牛粪，在土帮上，像盛开的一串花，点缀在衣袖上。

基子打完了。满地都是均匀而细密的土壤，新鲜，温润，宽厚，埋藏着万千籽种的密语。最后，歇一阵，吸一锅旱烟，换一口气，等地晾晒一阵。

歇好了，挂上耱，从外到里，把地耱平展。小时候，我们爱站耱，扯着牲口尾巴，站在耱上，跟坐土飞机一样。但站耱有时也危险，万一牛拉稀，一泡粪下来，正好落在头顶，顺流而下，那就糟糕透顶了。有时，基子一大，把耱颠起来，会颠翻，把人卷到耱下，埋进犁沟。所以大人很少让我们站耱，他们还嫌我们轻，没重量，压不碎基子，耱不平。

耱完地，这亩麦就算种上了，得小半天工夫。耱过的地，平整，虚软，像一块地毯铺在田野，渐渐变成了黄色，变成了灰白色。种完地，收拾好农具，男人扛犁，女人背耱，娃娃拎着镢头，举着鞭子，吆赶牲口。忙活了半天的牲口，喘着粗气，嘴角挂着一堆白沫子，闷着头，脚底迟钝，回家去。铃铛声，摇碎了十月的夕阳和雾霭。

不过，这是以前，现在不一样了。

现在村里的牲口屈指可数，种地的人寥寥无几，不过虽说寥寥无几，但好歹还种着点。这些种着的地到翻耕时，要么没牲口可用，要么有了年龄耕不动了。这时，邻村的马北方开着大型拖拉机就突突突进村了。

马北方，五十来岁，人叫老马。

老马进村，把拖拉机停在梁顶，满村找酒友子去了。爱喝酒的一帮人，互称酒友子。就如爱鹁鸪的人，互称鹁鸪友子。村里留守的中年人，所剩无几，老马的酒友子，也就他们三四个。这三四人，女人清一色常年在外打工。娃娃大了，也出门打工去了。家里没有太大负担，男人守着摊子，没多少农活，家务也懒得干。对于他们来说，闲时间一把一把，多得跟六月的烂韭菜一样。

没事干，几人凑一块，提两瓶二三十元的酒，不够，再提两瓶。一边熬罐罐茶，一边划拳喝。黑乎乎的茶缸，蹲在电炉上，屁股灼热，嘴里冒泡。瓶里的酒，倒在大小不一勉强凑够的酒盅里。酒满心诚。酒水溢出盅，酒在炕桌上。老马好酒，四里八乡的人都知道。只要闻到酒，他的两条腿就软了。只要有人叫着喝酒，他就没命了。只要上了酒桌，就是天王老子也别想着把他拉下来。只要喝高兴了，就天不怕地不怕了。老马酒量好，四里八乡的人也知道。他号称西秦岭划拳一把手，曾经拳划黄河两岸，酒喝西北五省。他喝的酒，据说能装满两个涝坝了。他喝酒，从不碰盅，一律划，从不喝两盅、三盅，最少六个，十三太保也行，二十四个也可以，没说的。他划拳，没平局，必须要有个输赢，多少都要钻到底，谁输谁喝，不代不赖不卖。他喝酒，酒盅里要滴酒不剩，喝个底朝天，要是盅底"养鱼"，罚，三个，没说的。他划拳，手底下讲究个快，嘴尖舌头快，快刀斩乱麻，说时迟那时快，天下武功唯快不破，置之死地而后快……六拳下来，没等对方反应过来，已被老马斩落下马。

满村子都是他们的划拳声，那撕心裂肺的吼叫，让十个数字字字沾血、字字溅着火花、字字藏着杀机，他们的吼声，把十月的一场雾，震成了小雨，把十月的一场小雨，震成了大雨。把十万片秋叶，震得哗啦啦、哗啦啦落满了地。

干六。老马咧着嘴，眼睛眯成一条缝，得意地说，来，给你代一双，送个人情。一手捏一只盅，搭到嘴边，一饮而尽，末了还要吱地咂一口，要把酒盅吸进肚里一样，才算喝干净。喝完，抹两把嘴角，啊一声，叫道，好酒，好酒。此刻，他原本黝黑的脸变成了酱红色，跟腊月挂在屋檐下的猪肝子一样。

老马拳好量好，但每一次醉的都是他。他贪杯。

醉了的老马，自由了，解放了，疯狂了。轻则掀桌子、摔瓶子，嘴里胡骂，重则上房揭瓦，杀鸡宰牛，简直如同土匪一般。啥人都拦不住，一拦，他东倒西歪，怒目圆睁，吐着酒气，拳头砸过来，敲人门牙。喝醉了的老马，真成脱缰的野马了。

老马来麦村，不是专门来喝酒的。喝酒是他的爱好，耕地才是他的目的。

喝大，睡一晚上，第二天，酒醒了。老马被人叫起，他揉着挂着两粒眼屎的眼，伸着腰，打着哈欠，满嘴汹涌而出的酒味依然能熏死一只鸡。他边点烟边把压成鸟窝的头发用手指梳一梳。下炕，从一堆空瓶子、烂酒盒里翻腾出鞋。鞋窝里装着一摊昨晚谁的呕吐物。他翻出别人的鞋，二话没说，穿上，脸也不洗出门了。

架好籽种、化肥，老马开着拖拉机，载着主家，进了地。地都是平整的。给拖拉机挂好犁，撒完化肥、籽种，就开始耕地了。一犁过去，一米宽，湿漉漉的黄土在倒钩形的爪子缝里哗啦啦翻起来，黄扑扑的土雾翻腾着，像一朵落雨前的云，跟在拖拉机后面。原先半上午的活，拖拉机不费吹灰之力，几个来回就种完了。

一亩地八十元，通价。老马不多要。

种完一亩地，老马下车，和主家坐在地埂边的草坡上，摸一根烟，互相点上，歇缓一阵，说点闲话，听来的，看见的，或者无中生有的。不远处，是大片大片的撂荒地，长满了蒿草，已渐枯黄。

种完一亩，再去种下一亩。深秋的田野，只有老马的拖拉机用单调而重复的声音把无限的寂寥涂抹着，涂抹成黄昏的一块云、落日的一汪余晖。

麦村的几十亩地种完，老马就要去另外一个村子种地了，像赶场子。另外一个村子，情况跟麦村一样。临走前，老马还要最后喝一场。老马和主家，喊来那几个酒友子，又喝开了。这一次，五个人，先是三斤酒，喝完，没够，商店没这个酒了，换成其他的，买了两斤。两斤喝完，意犹未尽，主家翻箱倒柜找出了一瓶珍藏的好酒，说要三百元，他一直没舍得喝，今天看在老马的面子上，就喝了。老马再一次咧着嘴、眯着眼，把酒瓶搭在鼻子上闻了闻，说，好酒，今天就地解决，有酒不喝非君子，来来来，咱们两个，不对，五个，都是君子，把这一瓶消灭了。其他两个，吐的吐，睡的睡，一败涂地，惨不忍睹。还有一个趴在炕桌上，摇晃着脑袋，嘴里叽叽喳喳，下巴上挂着的胡萝卜丝，混合着唾沫，不知擦去。只有老马腰杆子伸得直直的，一边自斟自饮，一边骂着这帮孙子：一上炕嘴硬得很，要把我灌倒，你看现在，你们一个个尿样，真是丢人透顶了。最后，老马把一瓶酒喝掉了八两，眼仁喝得红成了血珠子，一张脸由酱紫喝成了煤黑。

酒到后场，老马突然想起第二天还要赶早去给人家耕地，得先回一趟家，取柴油，车上备的用完了。他在迷迷糊糊里想起了这件事，他觉得一定回去一趟，不然明天耽误事。当这个念头在他脑壳里划过后，他只记得一件事，回家去。

他起身，下炕。拖上鞋，说，你们一帮软尿，有本事起来再战斗一圈，啊，你们这帮软蛋，嘴儿客，牛皮客。他趴在炕沿上，把几个喝倒的人，一人捅了一拳，带着无限的鄙视和得意，哈哈哈哈大笑着，差点翻倒在了地上。他扶着方桌，含糊不清地说，你们睡着，我走了，你们这群残兵败将，好好睡。炕上有人听他要走，使出吃奶的劲，抬起脑袋，但眼皮睁不开，说，走哪去？你喝大了，哪也不能去。你尿才喝大了，我好好的，你睡着。炕上的人伸胳膊拉他，没够着，一下扑空，趴在炕上，睡着了。

老马点了一根烟，好几次没点着，点着之后，找不见嘴。他夹着烟，东摇西摆，脚底下打着绊子，出了门。

夜色浓稠，弯月挂在天幕上。明明灭灭的星斗，风吹，有嗡嗡之声。几只老狗，稀稀拉拉叫了数声。

老马摸到梁顶，爬上拖拉机，打着火，开走了。突突突的拖拉机声，在黑黢黢的夜色里飘过。整个麦村，没有人知道喝醉的老马开着拖拉机离开了。

第二天，跟老马一起喝酒的人还在宿醉中，断片了，他们不知道老马已经走了。等他耕地的人，以为麦村的活还没有结束。

　　　　　　　　故乡那么辽阔，为何还要远行

第三天，酒友子又凑起了新的酒场子，把老马忘了。放羊的老财，把羊赶到湾子里时，隐隐看见远处不对劲，跑过去一瞅，惊呆了。老马的拖拉机从湾子里的路上翻下来，沿着坡，一直滚到了下面的酸刺林。拖拉机下，只有两条腿，直戳戳伸在外面，光着脚板。

老马死了。

人们把拖拉机扯上路，拖拉机还能开。人殁了。

最后，老马在深圳打工的女人赶回来，向那晚上一起喝酒的三个酒友子和主家，一人要了四万元，私了了。老马的女人心想，人都死了，闹腾也不起作用了，还不如简简单单把事情处理了。老马的女人好像并没有显得有多难过。那几个喝酒的人，从炕柜的烂袜子里掏出女人打工寄回来的钱，啥话也没说，给了人家。老马的女人办完后事，拿着钱，匆匆忙忙去了深圳。

那一夜，这几个人缩在自家的被窝里，抽打着自己的嘴巴子。都怪这张嘴，太贱，太贱了。不光喝殁了一条人命，还喝光了四万元。他们抽打嘴巴的声音，在麦村的夜空翻动着，像犁铧把瓷实的泥土哗啦啦翻动着。

他们要去西安过年了

在无所事事的冬天，这比一场雪还轻薄的消息，刮过人们心坎。

他们要去西安过年的消息，早早就在村里刮着，像一群乌鸦，落到这家头顶，又落到那家头顶。他们早早放出风，扬言要离开麦村，去当西安人。有人建议，动车通了，坐动车去，快得很，才一个多小时。他们说，那不行，他们要坐班车。为啥？票价都差不多。他们秘而不宣。

他们一家五口。两个姑娘，一个儿子。姑娘快三十了，儿子也有二十五了吧。反正村里人已很久很久没有见过他们的三个孩子了。人们只记着他们小时候的模样，一个个上嘴唇挂着两根黄稠的鼻涕，哼咻，吸进去，又流下来，哼咻，再吸进去，又流下来。那两根鼻涕，在他们的整个童年里都挂着，似乎未曾断过。那可真是两根宝啊。村里人给他们取得绰号分别是大鼻吊、二鼻吊、三鼻吊。

鼻吊鼻吊，鼻涕搭灯泡。

鼻涕擦不干净的人，念不进去书。这是谁说的？好像是赵老师。

　　我上三四年级的时候，大鼻吊和二鼻吊上一、二年级。她们扎着两根刷刷，像鸡毛毽子，顶在长满虮子的脑袋上。我们村的小学，四个年级，三四十个学生。人太少，一、三年级共用一间教室，二、四年级共用一间教室。一个年级不足十人。一溜子靠窗坐，一溜子靠墙坐。老师先给一个班上，另一个班写作业，然后打个颠倒。我们上一年级时，就听了三年级的课，上二年级时听了四年级的课。算是提前两年预习了。而上三、四年级，耳朵里还会听到一、二年级的课，也算是温习。所以小学时的课文，我们记得滚瓜烂熟。

　　而大鼻吊和二鼻吊，就比我们差远了。一篇课文，三天都背不会。老师叫上去调板，听写词语。她们站在黑板前，吸溜着鼻涕，半天时间写不了一个字腿腿。老师提着竹棍，在她们身后来来回回晃，吓得她们两条腿打摆子。老师气急了，在她们手背上抽了一竹棍。她们嘴一张，哇——哭了起来，鼻孔里喷出一个鼻涕泡，越来越大，越来越大，大得像一颗电灯泡，快把脸都遮住了。

　　你娃，笨得连猪都骑不上。老师咬着牙，骂道，你爸是个聪明人，咋养了个你，这么提不上串，下去！

　　她们用袖子把那两颗"灯泡"擦掉，坐在座位上，认认真真听课。可老师还是说她们头里装的是麦草，因为试卷发下来，她们的分数又没有上两位数。

　　后来，她们也就长大了。

　　长大后，我们就不能随便叫人家绰号了。我们就叫她们的官名：爱花、爱草，她们的弟弟叫爱地。爱花、爱草上到初一、初二，辍学了。辍学后帮家里干了一年农活，随后被亲戚撺掇着去南方打工。打什么工，我们也不清楚。

她们的弟弟爱地呢？情况稍好点，不至于笨到双手画不了一个八字，但也强不到哪里去，配套练习几乎每一页都空着，为啥？不会填。别人一学期都上结束了，他还停留在前三课，没有回过神来。念到初三毕业，实在念不进去，也辍学了。其实他父母对他还是抱着很大的期望，希望他能念下去，两个姐姐打工完全能供，将来考个大学，让坟园里冒一回青烟。但事与愿违，他早早就向父母表达了要打工的意愿，准备挣钱买一辆摩托，骑着才耍人。这是他的梦想。

在三个子女打工之前，他们两口子都在家里务农。和其他麦村人一样，春种秋收，年复一年。

上世纪九十年代，搞副业（那时还不叫打工）兴起。麦村一大拨男人都出门搞副业去了。远的去了新疆广东，近的在银川兰州。鼻吊爸在银川工地搬砖，他人老实，肯出力，也懂眼色，会来事，一年下来，能挣个七八千元。那时一分钱能顶一分钱用。几年下来，他攒了些钱，接着在院子东面盖了三间偏房，打算给儿子结婚住。

鼻吊爸盘算着，照这么再挣几年，在麦村也算殷实人家了。到时候再也没有人会叫他家的孩子鼻吊了。人穷志短，现在叫，虽然心里不舒坦，但又无可奈何。

一年以后，鼻吊爸的盘算落空了。他出事了。

那天上午，他依旧搬着三轮车刚拉回来的一堆砖，因为个子不高，抱砖就喜欢从下面往上抱。这么一来，下面被掏空了。当他刚把一片砖抽出来，码在一起，搭上卡子时，眼前堆着的砖像洪水猛兽倾泻而下。他被砖头淹没了，醒来后，已躺在医院。白墙，白褂子，白药片。盐水在玻璃瓶滴答滴答，无休无止的样子。

他不知道自己昏迷了多久。他只记得红色的砖头脱缰一般，叫嚣着，一眨眼席卷而来，吃掉了他的骨肉。天黑了。当他伸腿，准备把一泡尿撒到厕所时，却发现不对劲，左腿上好像失去了什么，轻，而空洞，带着麻木。他弯头，艰难地看到自己的左腿从小腿肚到脚，不见了。医生在他昏迷的时候给他截肢了。他曾一度陷入难过和恐慌之中，眼泪填满眼窝子，家族里自带的黄稠鼻涕也溜了出来，搭在嘴唇上，像一根蚯蚓，任其伸缩。

事后，大概一年之后，他才偶然听到，他被压到砖底下之后，幸亏周围的人看见，立马刨出来，送到了医院，要命都难保，但左腿粉碎性骨折。能治好，不过得慢慢治，花费也较大。包工头心一横，说，截肢。他知道，截肢一次性给个万把元，病治好，这事就了了，塑料纸擦沟子——两不沾。如果保守治疗，花钱不说，治个半生不熟，隔三岔五来找事，不得消停，弄个肠子痒人——抓不得，就麻烦了。

当鼻吊爸拖着半截空裤管回到麦村后，所有人都大吃一惊。曾经强健如公牛的人，出了一趟门，回来竟瘦弱不堪，连条腿都没保住。大家唏嘘着，感慨着，提着几颗鸡蛋，或者一斤白糖去看望他。听他一遍又一遍唠叨他被砸倒、被送往医院、被截肢的过程。说的嘴角唾沫泛白，鼻涕哧溜。人们听着，满心沉重，女人抹着眼泪。

回家以后，鼻吊爸过起了吃喝拉撒的日子。因为残疾，无法干活，不能下地，屋里屋外的活全由鼻吊妈操持着。原先很肥胖的女人，几年下来，面削骨瘦，眼窝倒陷，成了一把麻秆。

日子就这么过着，不咸不淡。守在麦村，百十户的偏远山村，没啥大事。日月如常，不增不减。生死由命，富贵在天。可命和天的事，鬼知道是啥样子的。所以，慢慢熬着，一天天也就这么过了。

这些年，在外面打工的鼻吊姐弟三人，很少回麦村，即便逢年过节也很少回。他们似乎早已忘了麦村，麦村也早已忘了他们。每个从麦村走出的人，都是如此。遗忘，和被遗忘。

当人们都断定鼻吊爸妈会是最后老死在麦村的两口子时，他们的推断错了。人们掰着指头数来数去，四百口人的麦村，留下来的都是难以脱身的。而他们家怎么说，都属于难以脱身的一类。但人们在掰指头的缝隙里，突然听到他们要去西安过年了。

他们要去西安过年了。这消息刮来刮去，最终刮进了每一个麦村人的耳朵里。

他们腊月底就要动身了。他们在西安买了房，据说在曲江那块，地段好，面积大，精装修。老人们坐在热炕上，烘烤着颓败的年月和骨肉，估摸着那房子少说也得一两百万。人们惊得牙齿打战。天啦，一两百万，就是让他们印冥票，也不是件容易事。

他们准备坐班车。为什么不坐动车，不坐火车？为什么呢？

后来，人们才听说，他们要往西安背过去一袋子洋芋、一袋子面，提一壶五十斤的油。而这些东西，听说动车上不好带。到火车站，又那么远，所以最终决定坐班车。老人们不屑地说，当啥西安人，还不是往过去背米面油，你就当个西安人，浑身的土炕味还是洗不掉，你鼻子上衔的鼻涕，还是擦不干净。老人们撮着干瘪的嘴笑了，露出了两溜黑红的牙床，像两道干枯的河岸，

　　　　　　　　故乡那么辽阔，为何还要远行

寸草不生。

但人们还是想不来，他们家到底哪里来的钱。三个鼻吊都在外面打工，后来两个姑娘先后嫁人，找的都是外省的。先有娃，显怀了，纸包不住火，才跑回家认亲的。两口子气炸了肺，但生米煮成熟饭，没治，只好答应了。男方两家，送的彩礼，加一起不够十万。这十万，离买一套西安的房相差甚远。姑娘的日子也过得紧巴，婚后很少接济娘家。三鼻吊爱地还是在外面打工，染着一头红毛，跟鸡冠子一样，每月吃喝玩乐之后，剩下的一点钱只能把指甲缝填平，哪有余钱给家里交。他们两口子，男人是个跛子，常年在家，挣不了钱。女人守着几亩薄田，一年收入光够吃喝，实在没办法就去了北京，在一家饭店洗碗。

人们终究想不来，他们家哪来的这么多钱。人们嘴上表现出不屑，但心里还是塞满了羡慕和嫉妒。人们想破脑袋，把他们家祖宗八代统统盘算了一遍，还是没有想清他们家来钱的门路。这就怪了。

人们为此而无端痛苦。在无所事事的冬天，这比一场雪还轻薄的消息，刮过他们心坎，这让人们无端痛苦。

后来，人们偶然听说三鼻吊爱地出了事。究竟啥事，鼻吊家守口如瓶，人们无从知晓。

还有两个月，他们就要去西安过年了。天要下雨，娘要嫁人，随他们去吧。人们端起馓饭碗，嘀咕了一句。

归　途

这是一支什么样的送葬队伍啊。

大福母亲过世时，是冬至前，刚下过一场毛雪。稀薄的雪，覆盖着麦村所有裸露在外的部分。偏北的风，蹲在村口叫嚣，把一些枯枝败叶刮得走投无路。

村里响过一阵急促的鞭炮声，像有人把村庄的心脏拍打了一会。鞭炮响后，便是虚弱的哭喊，混杂着被风扬起的雪沫，在巷道里断断续续飘着。

有人过世了。要不在这寂静到快要冰封的地方，是不会无缘无故放炮和哭泣的。人们看着窗外，一片黯淡。

大福母亲，六十八岁的人，不算很老。年轻时嫁到麦村，在这片土地上一活就是一辈子，几乎没怎么出过门，最远去过哪里，她也不知道。她一辈子就想看一次火车，临死前都惦记着。她甚至拉着邻居贵娃妈的手，吃力地问，坐火车，人晕不晕？我死了，你就让我娃给我烧一个火车。

大福母亲害的啥病？也没人说清楚。年轻的时候就老感觉胸闷、心口疼。可那时候没钱，一年的收成光够吃喝，哪有余钱看病。就连平时头疼脑热，取几顿感冒药，都是在村里的赤脚医生跟前欠着，秋里洋芋桌了，才给钱。再说，就算手头有点钱，请来村里医生把把脉，看看舌苔，末了也说不出个所以然，只是抓了几服消炎止疼的药，到头来还是老样子，吸不上气，心口疼起来像刀剜。至于进城看一看，那更是奢望，城里那么远，光来回车费就要好几十元，还要吃喝、住店、拍片子、抓药，没个大几百，根本下不来。几百元，对于麦村老一辈人来说，是个大数字。

其实不光在麦村，在很多乡村，老一辈人很少能够得到有效的医疗保障。村乡两级，医疗水平极为有限，大夫水平也不敢恭维，多是吊水吃药，止疼消炎。而进城，老人们又舍不得花钱。好多病，一开始都是可以治疗的小病，一直拖着，天长日久，就拖成了大病，大病又要花大钱，更舍不得看了，加之有了年龄，便带着都快进土的人没必要看的心态。最后，被疾病蚕食，躺在土炕上，闭了眼。好多老人，一辈子都不知道自己害的啥病。

大福母亲也是这样，到死都不知道害的啥病。人活着，真是活成了一棵草。来到世上，自生自灭，可又有什么办法？

霜降时，大福母亲心口疼得实在忍不住，疼得她彻底失眠，像六月的镰刀割草一样割肉，割得不停。她给大福打了电话，让带她到城里医院看看。大福在城里打零工。这两年，人工费还算可以，但活越来越少，一天平均下来挣不了多少。当他接到母亲电话时，正好一家工地叫人往十三楼背玻璃。电梯没通，得人背，一米的玻璃，一次三片，从逼仄的楼道里又挪又让，挣断了气，才背到十楼。他在喘气的间隙接了母亲的电话。他的活还有四天才能结束，工钱给得还可以，他想多挣一点，便让母亲第五天来。母亲挂了电话，有些失落，但多少还是带着希望的。她把头顶裹的毛巾紧了紧，一手捂胸，一手扶墙，进了厨房。她要和点酵子，等发起了，烙点馍给儿子提上。

第五天，她五点就起来了。其实她压根就整夜没睡。一想到进城，她就焦虑，心跳得压不住，一跳，一疼。六点多，她坐上班车，提着一疙瘩馍。

大福在车站接上母亲，两人直接去了医院。医院门可罗雀，不见医生。问了半天，才知道人家周末放假。

两个人满怀失落，在医院门口坐了老半天。他们压根没想到今天放假。庄农人，没有假期，所谓假期也是雨雪天，老天爷赏的。大福在城里干活，也不管天气日月，只要有活干，有钱挣，每天都一个样，出苦力的人，没个节假日。

大福母亲说起了火车，她还是想去看看。大福说，远得很，要坐公交，得半个钟头，一个人来回六块钱，再说现在不让进站台，根本看不见，光能听见哐当当的声音。大福母亲哦了一声。一列火车模模糊糊在大脑里跑过，终究是模糊不堪的。这印象，来自家里满是杂音的二十一寸电视。对于火车，她有太多疑问，比如，晕车不，瞌睡了有炕没，饿了咋办，想上厕所了是不得憋着，两头都会跑吗，要是坐过趟了咋办，里面的人都是干啥去的……后来，她带着这些疑问，提着大福买的一把香蕉，又回到了麦村。大福说，等过段时间，挑个医院上班的日子，再来。

回家后，大福母亲彻底躺在了炕上，一个多月后，带着疼痛、疑问、不甘和对这凄苦光阴的眷恋，离开了人世。她走时，身边只有贵娃妈。贵娃妈也是六十好几的人了。那串鞭炮还是跛

　　　　　　　　　故乡那么辽阔，为何还要远行

腿的贵娃爸放的。

大福从城里赶来时，母亲已经咽气，寿衣也穿好了。他没来得及哭几声，就被贵娃爸打发出门请人了。在麦村，一个人过世，有一连串风俗和讲究，没个老一辈的人指拨就乱了。老一辈人懂风俗的已过世得差不多了，剩下的要么腿脚不便，要么糊涂了。最终他把翠兰爸请了过来。老人已迈不开步子，二三百米路，走了半个钟头。

在翠兰爸的安顿下，大福找了黄纸，把母亲的脸盖住，在脚上绑了麻绳，和几个邻居把人抬到供桌上。然后烧"倒头纸"，献"倒头饭"，点"长明灯"。忙完这一切，他就要请帮忙的人了。过世个人，在麦村是很麻烦的事，前后三天，不得消停一刻。

他满村子跑了一圈，大多数人家的门都挂着锁。没有人，啥事都不好办。大福除请了七八个尚能行动且在村里有一定威望的老人外，只请到了五六个中年人。去舅舅家，给娘家报信，得一个人；请阴阳，得一个人；请做棺材的匠人，得一人；请厨师，得两个人，要帮着装锅碗；去城里买菜，还得两个人；请唢呐吹响，得一个人；当总管，一正一副，也要两人；坐礼部，一人；满村跑着借板凳、方桌、大盆、碟子，最少四个人；院子里搭坐席的棚，也得三四人……光这些立马要用且需手脚麻利的人，就得二十来个。可现在村里老小也就几十人。该怎么办？愁得要命，大福早已经顾不上因为母亲离世而伤心地吼两嗓子了。

好在村里人齐心，加之大福平时人缘还行。人手即便很紧，大家脚底下快一点，一个人当两个人用，还勉强能凑合。拖拖拉拉，事情总算一件件开始干了。

风歇了，云罩过来，雪沫子开始乱飞。麦村再一次被苍白包裹。一个人的死亡，再加上缺少劳力，让原本悲伤的村庄显得凄苦、疲惫。

当大福办完这一切，蹲在廊檐下看着将近半村老弱病残在院子忙碌时，他才意识到另外两件事的严重性。一是打坟，二是送葬。打坟，最少得去四个人，花整整一天时间，在冻硬的地上挖一个深三米的墓坑。这是个力气活，土得一镢头一镢头挖，一铁锨一铁锨端，只有四五十岁的人，才能打得动。太老没劲，太年轻不会挖。可这四五个人哪里找？再一个，送葬的时候，得有人抬。上千斤的棺椁，二里路外的墓地，没有二十个青壮劳力互相换着抬，是绝对不行的。人一少也不行，要么抬不起，要么走不远。麦村有个讲究，棺材在送葬时是绝对不能停放在路上的。这二十个人，哪里找？

村里的青壮年都在城里打工，不到腊月底是不会回来的。

没有人打坟，没有人抬棺材，这咋办？总不能一直停在家里吧，总不能让他一个人背上去吧。完全凭院子里的这些人，是没办法的。大福抓着头，头发往地上落，落在踩脏的雪上，很快，就被新雪遮盖了。最后，两个老人带着几个中年人打坟去了，扛着铁锨镢头，提着茶水和烈酒。慢慢打吧，一天干不完，第二天接着打。两天时间应该够了。至于抬棺材的人从哪里来，大福问院子干活的人，大家也无计可施。

第二天，还是没有一个解决的办法。他把村里能出一把力气的人全部算上，把亲戚也算上，数来数去，还是不够。就算凑数，把老人们也算上，还是少。可老人们早已泥菩萨过河自身难保，哪有力气挖坑抬棺材呢。

故乡那么辽阔，为何还要远行

眼看着明天一早就要送了，他还没准备好人。这让他痛苦不堪。

下午，实在没办法，大福拨通了村里几个和他关系好的年轻人的电话，请他们来送葬。好在都是一个村的人，人情面子还在，加上有一天谁都会有这样的难处，得互相帮衬着。最终几个人凑了一辆车，回来帮忙了。

第二天一早，五点，起丧时间到了。

一阵鞭炮过后，在唢呐的呜咽声里，送葬的队伍出发了。大福身穿孝服，抱着母亲的灵牌，走在队伍前面。后面，跟着吹响，再后面是孝子和抬棺材的人，最后，是给孤魂野鬼撒纸钱的人。一路而过，干裂的鞭炮声混合着悲恸的哭吼声，在昏暗的晨曦中，在苦涩的山谷里，回荡着，回荡着。

这是一支什么样的送葬队伍啊。十几个年迈的老人里掺杂着几个年轻人，围在棺材四周，一步一打滑，在落满白雪的山路上慢悠悠移动着。风雪刮紧时，人们抬不动棺木了，似乎这支队伍也静止了，像一棵树，独自长在冬天的某个清晨。只有唢呐声，还在揪心地撕扯着昏暗的晨光。

老人们抹着眼泪。这眼泪，是流给大福母亲的，一个心地善良、一辈子没大声说过一句话、一辈子没见过火车的人。曾经和大家朝夕相见，一起拉家常、干农活的人说走就走了，从此，阴阳两界。就像这雪，说下，就下了，说消，就消了。人这一辈，匆匆忙忙，受尽了罪，阳世上走一趟，到底图个啥？同样，这眼泪也是流给自己的。他们在大福母亲身上看到了自己的未来。大福母亲死了，还有他们这帮老骨头抬。如果有一天他们死了，谁抬他们？想想都让人绝望。

雪，更大了。这漫天的雪，模糊了送葬的人，模糊了送葬的路。大福本想给母亲烧个火车，可一则忙得没顾上，二则纸火铺没有火车，村里会扎这些用物的老人，已过世好多年了。他的母亲终究没有见到火车，哪怕是纸糊的。而唯有风雪和苍老，载着她，去往了另外一个地方。

一根针扎在了龙脉上

好端端的龙脉，就叫这狗日的塔给毁了。

我出院子，在门口土台上蹲着。多少年了，我依旧像个农民，习惯蹲着，习惯靠墙，习惯把清寒之骨折起来。这样，离大地近一些，才会内心安稳。

此时，大雪遥远，阳光正好，涂抹在隆冬的麦村额头，涂抹在围拢四野的群山脊梁上。这些年，不比那些年，雪已很少。那些年，冬至节气，白雪早已铺天盖地，压折草木无数。寒气杀人，冻烂水缸。这些年，进入腊月底，才会草草落几场，敷衍了事一般。不过现在不种地，没有雪送墒情、灭害虫，即便冬旱严重，人们也不会忧心忡忡，甚至为这暖冬暗喜。

在土台上蹲久了，腿麻。起身准备进院，花球从远处走来，他问我几时回来，我说中午。我问他最近忙啥，他说市上打零工，最近没活，回村里转一圈，过两天就走。我们还说了些什么，我都忘了。估计无外乎就是天气异常，不再下雪。无外乎就是人世茫茫，聚少离多。最后，我们无端说到了风水。我不懂，只听他说什么面山、靠山、朱雀、玄武之类。花球在村里有二谝子的绰号。二谝子，意思是能说会道之人，但都不切实际，甚至信口开河。花球常年在外打工，我们一年也见不了一次半。对于花球的能谝，还是我小的时候，看他在人堆里嘴皮翻飞、口吐唾沫，说个不停。当然他的话最后总是换来一阵反驳之声。他辩不过，只好气呼呼走了，挥着手，不屑地说，你们懂个屁。人们看着他愤然离去的背影，叽里呱啦笑着，嚷道，真是二谝子。

我有时倒喜欢听花球谝，不跟他辩论，不反对他，安静地听着，顺着他的话听下去，其实挺有意思。

一些灰褐色的鸟群从半空掠过，阴影罩住我们的脑袋，我准备离开时，花球指着不远处一道山梁说，你看，那是咱们村的龙脉。我好奇，不解地问，咋看？他把袖子往上一抹，伸长食指，比画开来：你看，对面那山有起有伏，朝东一直伸出去，就到稠泥河里了，这是龙尾，龙尾系河，这叫蛟龙出海；正对面，这个梁，跟胳膊弯子一样，把庄里抱着，这梁就是龙身，从东而来，东低西高，渐渐起势，这叫飞龙在天；再往左面看，梁顶这一带，一个大山咀，就是龙头，龙头一摆，又朝东面……

这叫啥？

这个嘛，嗯，这个就叫……花球搓着手，半天没有说上这龙头朝东一摆到底叫啥。他又扫了一圈眼前蜿蜒起伏的龙脉，继续说道，山有去脉，水有流向，土有层次纹理，人要安家落户就要山脉、水势、地气相和谐，这也就是古人说的天地人三合一。你是庄里的读书人，应该懂吧？

我笑一笑，没有言语，我还真不懂。我觉得不要打扰花球，一直听他谝下去，其实挺有意思的。讲完了龙脉，不知道花球还会诌啥。这些年，花球在城里混日子，听说越发能诌了。一帮人，近百号，蹲在十字路等活干。没活时，几个人凑一块，除了打扑克，就是互相诌，天花乱坠地诌，不分黑白地诌，有事没事地诌，虚虚实实地诌，只有诌起来，时间才消磨得快一点，挤满褶皱的心才畅快一点。在如喝酒一般上瘾的诌里，花球的诌功无疑得到了很大提升。慢慢地，听说他成了十字路第一诌子。今日一听，果然名不虚传。

我依然有兴趣听下去，花球也发现了我的心意。他把沾满油漆的棉衣往紧裹了裹，指着梁顶后面山咀的一座信号塔说，看到了没，就那个塔，那他妈的，是个要命的东西。

铁塔耸立在山咀上，呈梯形的塔架上安着一根两三米长的发射针。在阳光下，塔身闪烁着银色的光泽。在以灰、黑、赭黄三种颜色组成的冬日麦村，硬生生别着一种银色，确实显得扎眼，格格不入。当然，除了不大协调，我没有发现它要命的地方。

刚给你说了，这座背山，是村里的靠山，也是龙脉的龙头，你再看那塔像啥？像不像一根针，扎在了龙的脖子上，这就坏事了，好端端的龙脉，就叫这狗日的塔给毁了。

接着他举了一堆铁塔安上以后村里发生的事，来证明自己的观点。他说了一大堆，乌七八糟，我只记住了两条。他说，你看，从今年过来，麦村光老汉就死了四五个，现在老汉剩不多几个了，还有中年人，不是喝酒把人喝死了，就是喝酒把人碰了，光这事，就好几起，这都是把龙脉破坏了的结果。再一个，这针扎到龙身上，就成了病龙，庄里再出不了大学生了，掰着指头算一算，好多年没出过一个大学生吧，这也是把龙脉破坏了的结果。

我说，这都安上了，能有啥办法？

应该把这破玩意给砸倒了卖铁。

不能砸，违法呢。

它把我们村的龙脉毁了，咋就不能砸，就偏偏要砸。花球把袖子又扯下来，气势汹汹地接着骂道，这都是有人勾搭在一起干的坏事，他们要栽塔，往啥地方栽这是大事，也不征求村里人的意见，就自己做主了。我给你说，那些干部，没几个好东西。他话头一转，骂开了干部。他觉得干部没给村里干一件好事，低保弄给了亲戚和关系户，补贴装进了自己腰包，人家的村干部还能弄点项目啥的，我们的屁事不干，也干不了屁事，村里连着出事也不知道祭一下庄，村里大小事都不跟村民商量，拿着工资一天光知道糊弄人。

我不知道花球话里的真假比例，但从他气愤的势头看，他是很不满的。

有一个事实，是确实存在的，那就是群众对乡村干部充满了不信任。村干部说啥，大家都不相信，不但不相信，甚至认为你说这话背后肯定是有阴谋，或者在为自己谋利益。老百姓对其干的事，无论好坏，多有不满。最简单的一个例子，以前上面的干部进村，村干部会派饭。派到谁家，谁家无条件管饭。管饭这事大家毫无怨言，甚至还有点引以为荣。现在派饭，理都没人理，干部到村里，有时候连一口水都讨不来。这个中原因，很复杂。但干部与群众之间感情的淡漠、干部在群众心里信任度的丧失，是毋庸置疑的。

我看见那些干部，就一肚子气。花球从裤兜里摸出烟，给自己点上，问我吸不，我摇摇头。

本是清朗天气，但片刻工夫，远处升起了铅灰的云，寒风渐

　　　　　　　故乡那么辽阔，为何还要远行

起，簌簌有声，似乎白雪的马蹄在云层里隐隐跑动。

诓完了龙脉，骂完了干部，花球一脸满足，把烟蒂丢到地上，一挥手，说，走了啊，记得把我说的写进你的书里，让我们的儿孙知道，麦村还是有先见之明的人，那就是我。然后转身走了，走了几步，又回头说，记得啊。

三个人的乡村班车

我们或许是西秦岭唯一的夜行者，像一条蛇，游动在夜色和大地的骨缝里。

在家里待了不到三天，又要离开麦村了。

人活到了三十，离开便成了主题。还乡，只是一种形式罢了。

当我站在梁顶等着班车时，麦村依然枯静地沉睡着。群山挽住的村庄，在黎明前，深陷于夜色之中。她知道她的孩子将再一次离开吗？她知道她的孩子站在风口被光阴吹歪了脊梁吗？她知道她的孩子此刻正凝望着她模糊的脸庞吗？她知道她的孩子在梦里满怀忧伤吗？

她一定知道的。她用血和乳把一个人养活了三十年，怎么会不知道呢？

整个西秦岭，没有雪，但依然寒冷彻骨。昏暗的路灯显得虚弱，像一只只手，把村庄的衣角撩起，远远就能看清它粗糙而苍老的骨肉。如同我的骨肉。

再没有人等班车了，我是麦村今天唯一的出行者。

班车来了。在它进村前，就能听见尖锐的喇叭声在夜色里划来。但夜色黏稠如水，喇叭声划出一道缝隙后很快又弥合了，消失了。山川依旧静谧。做梦的人，残梦连连。摸黑前行的野猪，爬上了地埂。寒霜起伏，染白了大地的头顶。车在梁顶刹住，车门咣当而开。因为是首发站，除了司机，车厢里空无一人。司机趴在方向盘上，没有言语。我挑门口坐下。座椅塌陷，一屁股下去，把人栽了进去。

　　等了三五分钟，想必已再没有人搭车了。车门咣当一关。一脚油，走起了。车沿着蜿蜒崎岖的山路行驶。路，依旧是曾经的路，我们上学时走了三年，一草一木都熟稔于心。以前是土路，坑洼不平，这两年硬化了，我们的脚印也被封存了，我们再也回不到步行上学的日子了。路边，为了安全，栽上了指示牌和防护栏。

　　车身在车灯的带领下，一路摇摆而去。

　　这趟班车有固定的发车时间，每天早上六点二十，冬夏照旧。也有固定的路线，从麦村始发，不会直奔城里，而是沿着山路依次去四五个村子拉人。就像一根藤，在夜色里，把村庄这一颗颗苦瓜串起来。在董村，先后上来了两个人，一男一女。男的与司机熟悉，摸出烟，递过去，两人点烟，火星在昏暗里明明灭灭，烟味弥漫了车厢。男人说，昨晚睡得早，手机对的闹铃早上没响，听见你的喇叭声，才惊醒。司机问回来啥事。男人说准备城里过年，回来看一下屋里，把门锁上。女人在另一侧坐着，偶尔插一句话。

　　后来，他们还在有一搭没一搭说着什么，因睡意袭来，我缩在座位上，迷迷糊糊睡着了。窗外，依旧一片漆黑。只有发动机的声音，把黑暗搅碎。我们或许是西秦岭唯一的夜行者，像一条蛇，游动在夜色和大地的骨缝里。

班车依次来到郭村、罗村、张村。进村前，都会摁响喇叭，提醒要进城的人赶快出门，车马上到村口。班车扯着沙哑的嗓子喊叫着，在村口等了几分钟，没有人，一颗人都没有。掉头，向下一个村子驶去。一路上，途经五六个村子，都没有人，颗粒无收。

司机沉默不语，拧动着方向盘，他或许早已习惯了这样无人可拉的现状。

半路女人下了车，要走亲戚去。车里只剩下司机、邻村的男人和我。一趟落满黄土的乡村班车载着三个人，奔赴在去往城里的路上。不是没有人去城里，而是能去的人都去了城里。中年人在城里打工，学生一个个转学进城，上幼儿园、小学、初中。就连刚出生的婴儿，也被带进了城，租住在城中村。不论有没有事干，人们都要挤进城，在城里推搡，在城里谋生，在城里寻欢，在城里看看别人的灯红酒绿，在城里坐公交进超市跳广场舞……村庄毫不值得留恋，人们悉数撤离。时代的洪流杀将而来，有人身不由己，有人主动选择，统统朝着城市逃去。

记得麦村没有班车，要进城，得步行半个钟头下山，才能坐车。等上车时，车已沿着公路拉了一圈人，挤满了，没有座位，只好一路站着。去城里的人，有的打工，有的走亲戚，有的上学，有的看病，有的去更远的地方。逢年过节，班车回来时，也是塞满人，还有大包小包行李，真是塞，背贴胸，人挤人，出不了气，挤成了泥。进城的人，走完亲戚，看完病，上完学，打完工，终究还是回到了村里。乡村班车把一厢厢人，挤进衣兜，拉进城，又把一厢厢人，塞进衣兜，拉回来，交给了村庄。

现在呢。没人坐班车了。除了拥有大量的私家车之外，更多的是村里没有可以进城的人了。进了城的，也不想着回来。

过了七点，天色渐渐亮了。东边，黑云成堆，逐渐变灰，变成了鱼肚白，变成了玉米黄，接着，毛茸茸的太阳挤出云缝，似乎一夜风尘还没有来得及洗漱。

大地抬起了沉重的眼皮。又一天开始了。

田野里，白霜如银，泼洒千里，落在荒草上，落在泥土上，落在麦苗上，落在屋檐上，落在鸟雀的巢穴上。白霜如银，但不会落到人们头顶。一场霜，在去往城里的半路就消亡了。

公路上，从其他镇子驶来的班车也空空荡荡。司机互相摁响喇叭致意，把头伸出窗，唠叨一句：拉不上人啊。然后各自而行了。司机摸出烟，给车上的男人发了一根，给我发，我不抽。烟雾在他头顶升起，很快，沿着窗户的缝隙飘走了。司机说，节假日还有几颗人，平时经常一两颗，有时候还跑空趟，拉一个人，二十元，拉不上人，一分没，油钱都挣不来，日子没法推，可不开车，又干不了啥，没办法。他淡然地说着，没有叹息，但我还是能感到他的无奈。如果没有政府补贴，我这车，早就开不前了。他说着，把烟蒂从窗缝里弹了出去。

麦村越来越远，远在了群山之后，远在了喧嚣之后，远在了路的另一端，远在了一个人的远方，而城市却越来越近……

立春记

东风解冻。
蛰虫始振。
鱼上冰。

——《礼记·月令》

雨点歌

天上飘着雨点子，
妈妈在锅里煮着面片子，
大大上地挑担子，
姐姐们院里踢毽子，
哥哥们场里玩弹子。
天上飘大了雨点子，
地上湿滑拌跤子，
摔疼了大大的手腕子，
湿透了姐姐们的美辫子，
摔疼了哥哥们的沟蛋子。

——童谣

腊　月

巨大的夜色和欢喜，把山窝里的麦村紧紧包裹了起来。

腊月二十三，小年一过，在西秦岭，年也就开始了。

小时候，常听大人说，腊月二十三，打发灶爷上青天。这一天得送灶爷。过了这一天，就不行了。因为小孩子说，腊月二十四，打发灶爷上柳树。灶爷上不了天，可不是件好事。

好多地方送灶爷是男人的事。因为祭祀之事，女人是不大参与的。但我们麦村，这事由女人操办。不知是习俗，还是男人懒惰之故，抑或是大家觉得男女均可。

二十三下午，母亲烙十二个灶饼，掌心一般大。若有闰月，便是十三个。到晚上，天摸黑，母亲在灶台上垫一张黄表纸，把灶饼呈塔状摆好。焚香，点蜡，然后跪在灶前，烧几张冥票，嘴里念叨着，大意是希望灶神到天上后，多说我们家好话，保佑老小平安等。

父亲在屋外点了鞭炮，噼里啪啦。村里的鞭炮声，也是噼里啪啦，此起彼伏，响成一片，硫黄味弥漫了村子。灶饼献一刻钟，母亲会把每个饼子掐拇指大一点，丢上屋顶。应是灶爷去天上时给神仙们带的礼物吧。

忙完这些，送灶爷也就结束了。

我和妹妹抢着吃灶饼。饼子是死面的。发硬，粘牙，并不好吃。但我们喜欢，可能是它真的很小、很好看吧。

后来，村里很多女人去外面打工，过年不回来。送灶爷就是男人的事了。男人嫌麻烦，自己的嘴都顾不上，哪能管得了灶爷，只好在集上买包饼干，拆了，献十二块，权当灶饼了事。

以前，村里还有人喂猪。腊月打头，就开杀了。大雪落了两场，压折了好多树枝。杀猪匠抬着大木桶，桶里装着刀、磨石、竹棍、麻绳等，踩着雪，咯吱咯吱走过巷道。早已饿得前胸贴后背的猪，被三五壮汉使尽浑身力气扯出来，摁在平放的门扇上。猪身扭拧踢腾，号嗥不止，壮汉青筋爆出，缚住四蹄。白刀子进，红刀子出。一声惨叫，把白雪惊得纷纷扬扬，把麻雀惊得掉落树梢。红血如绸，红到发黑，涌泉一般落进瓷盆。血沫子翻滚，破碎，热气晃荡，腥味四散。有人把冻肿生疮的手塞进热血，据说可治冻疮。大桶已支好，滚水入桶，粗壮的白气喷涌升腾。抬猪入桶，咕咚一声，水花四溅，浇水拔毛，洗澡一般，被一群挽着袖子的人伺候。猪身子搭在桶沿上，待毛拾掇干净后，可真是白，赛过了村里任何一个女人。然后就是开膛剖肚，架已搭好，挂起来，头朝下，先割头，然后项圈。鲜血滴答，融入白雪。最后从腹部一刀而下，像拉开了皮夹克的拉链。摘心取肺，翻肠倒肚，卸前肢，剁肋骨，去后臀。最后仅剩下两条大腿各自挂在架子上。主人卸下，扛进屋。地上，混着血迹、猪毛、肉渣、烂泥、冰块、水迹，脏污不堪，唯有旁边的雪是洁白的、无辜的。人进屋后，一群麻雀赶过来，一些热气渐渐熄灭，一些雪方才定了定心。

孩子们在院里玩猪尿脬，大吵大闹，异常兴奋。老话说，猪尿脬打脸——臊气难闻。

女主人叫了邻居帮着炒肉，好招待杀猪匠和帮忙的人。肉要项圈肉，肥瘦刚好。粉条、白菜、肉片，一大锅，大火起伏，铁铲翻动，刺啦有声。放香料，倒酱油，再来一杯烧酒去腥，末了撒碎蒜苗。盛大盆，端上炕。饼子数碟，已在炕桌上。嗨，放开吃，放开喝。

炒好的肉，大人都会打发孩子给亲房邻居端一碗，这是人情世故。孩子吸溜着鼻涕，小跑而去。兰花姑姑，我妈叫我给你端的肉。哎，你妈有心了，来，炕上暖一阵。不了。孩子用袖口一擦浓稠的鼻涕，跑了。

村里一有猪叫，我们就知道有肉吃了。

但这都是小时候的事。村里人不养猪十来年了。年轻人出门打工，没人喂养。老人，有的养不动，有的嫌麻烦。过年吃肉，全在集上称。不杀猪，杀猪的手艺也就没用了。杀猪的人，在梦里提着刀，刀锈了，人老了。

二十三一过，就能扫霉了。

屋子里，能搬动的，全搬到院子。沙发、椅子、旧彩电、相框、红漆老板箱、被褥、席垫等等，乱七八糟，摆了满院。父亲顶着母亲的绿头巾，搭着梯子，挥着老笤帚，把屋顶和墙角的灰串统统扫下来。母亲在院子提着湿抹布，擦柜子上的灰土。我和妹妹为了一个绿皮青蛙玩具打闹不止。最后被我抢到手，妹妹叽里呱啦哭着，我挨了父亲一顿训斥，乖乖坐在廊檐下擦玻璃。

扫了上房，还有厨房。

最后，父亲成了土人，看不清相貌，只有眼珠咕噜噜转。鼻孔处，因为呼吸，挂着两溜湿漉漉的灰串。一吸，进去了。一呼，出来了。真滑稽。想笑，但刚被父亲收拾过，不敢笑，只好憋回去了。

这两年，父亲有了年纪，害怕麻烦，就懒得扫霉了。加之一家人四季都在外面，屋里住的天数寥寥可数，更是得过且过，不想着清扫了。只会凑个暖和天，把几扇玻璃卸下来，坐门槛上，哈着气，擦一擦。

腊月里，自然是忙的。除了这些活，还得压粉条、煮甜醅、煎油饼。

压粉条，邻居或者对路的人互相帮着，有半天时间就差不多了。和面，揉好，切成拳头大小，塞进机床。男人握着手柄，使出吃奶的劲，往下压，女人搅动着进入滚水的粉条。大锅里热气翻滚，粉条在水里宛若游龙。粉条煮熟，捞出来，滑溜溜，挂在葵花秆上，提到院子，整整齐齐摆在化肥袋缝成的单子上。

刚出锅的粉，吃起来真香。熟油、花椒粉、老醋，撒一把盐，剜一勺辣椒，搅拌后即可。吃了一碗，还想来一碗。大人怕撑坏，夺了碗，打发去做寒假作业。一听做作业，满嘴的麻辣味一下子丧失殆尽了。

单子上的粉条，有水，很快冻住，结冰，成了一疙瘩。第二天，上架，挂屋檐下晾晒。待干透，取下来，装进袋子，留着正月吃。

煎油饼，就到腊月二十八九了。太早，油饼就柔了。顺带煎一些果果、酥肉和麻糖。

煮甜醅，是个费力操心活。

甜醅，也叫甜酒。做甜醅得选饱满的麦子，用水闷潮，端到牙叉骨台，那里有个石塌窝。在石塌窝里一下下杵掉麦皮。这是个费力活，杵二十斤麦子，得成千下，后来胳膊都伸不起了。杵掉皮，再簸净，淘洗，晾成柔干，按比例撒上曲子，而后装进大筐篮，捂上一层褥子，两层被子，三层衣物，放在热炕头，等发酵成熟。煮甜醅，也是个手艺活，麦子煮的软硬、酒曲的比例、炕的温度，一系列因素决定了一筐篮麦子的命运。酒曲太少，干涩无味，太多，会发苦。麦子太软，一包水，太硬，如一堆干豌豆。炕太冷，甜醅起不来，发酵不好。太热，起得快，但就酸了。而这一切，全靠着女人们的一双手和祖祖辈辈留下来的经验。在麦村，女人们熟练地掌握着制作甜醅的秘诀，但也偶有失手。

一碗甜醅，加了开水，放糖精，搅化，有稀有稠，可吃可喝，是压饿解渴的好东西。

这两年，母亲不做甜醅了，嫌麻烦。大妈还做，做好会端来一碗。

忙过这些，三六九，是逢集的日子，就得赶集置办年货了。

首先是先人的。白纸、黄纸、红对蜡、大白蜡、香、鞭炮等，这些东西无论如何是不能少的。小时候家里穷，可再穷，大人小孩少穿一件新衣裳，先人用的香蜡纸票是必须买的。冥票是自己拓的。白纸裁成长方形，小碗里和好红颜水，用旧牙刷蘸红水，在冥票板子上刷一遍，放上纸，一张一张拓。牙刷要刷均匀，蘸水也要适量，否则不是印花了，就是不清晰。

拓冥票，我总会起已故的祖母，坐在炕上，顶着蓝头巾，一张、一张、一张，拓着，炕上，铺满了票子，红红白白。她脸上的皱纹，和冥票板上的图案一样深刻。

割肉、打豆腐，也是重要事，因为这两样费钱。肉和豆腐要看好几集，得把握好行情，不然买贵了，几天吃不好饭，还被村里人笑话。肉，一斤十三块五。豆腐，一斤三块左右。肉割三十斤，豆腐打十五斤。嘿，几百元没有了。

小孩大人的衣服一到腊月就开始缝了。母亲领着我和妹妹，在拥挤不堪的集上挑选好布匹。我的是暗黄色带方格子的布料，妹妹是玫红色布料。扯好布，到裁缝店。店里挤满大人小孩，排队，轮到了，裁缝给我们量好尺寸，说了取衣服的日子。我们到集上，母亲又给我们买了棉帽子。父母是很少给自己扯布缝新衣的。

然后就是烟酒茶和走亲戚的礼当。

以前走亲戚，四个干油饼，纸包着，送来送去，最后皮都干掉了，还在家家户户转。后来是饼干。接着是罐头。再后来是鸡蛋糕，送到最后，过期了，一拆开长了毛，一股霉味扑鼻而来，很呛人。还有豆奶粉，多是杂牌子。现在多是三五十元的酒或饮料。

最后就是葱、姜、蒜、菠菜、芹菜、蘑菇等蔬菜和对联、福字、鞋袜等零碎东西了。

这样挤上三四集，忙忙乱乱，就到了腊月底，大年就来了。

腊月三十，抱着高头凤凰——公鸡，去大庙里杀鸡还愿。晚上，一大家子人凑一起，去接先人。

红灯笼挂在电杆上，院子的灯明晃晃亮着，屋里的烛光摇曳着。鞭炮声、春晚声、喝酒划拳声、嬉笑声，混合着巨大的夜色和欢喜，把山窝里的麦村紧紧包裹了起来。

腊月结束了。

孤独的喜神

那时穷，日子紧巴，但欢乐总是彻底而直接。

正月初一上午迎喜神，这是麦村由来已久的习俗，也是过年最热闹的一刻。天刚抹亮，父亲隔着窗户喊：赶紧起，起来迎喜神。除夕夜守先人，睡得晚，瞌睡缠绕，睁眼皮都费事。

初一到初三，早晨开大门要放鞭炮，是习俗，也求个吉利。至于为什么，谁也说不清，反正祖祖辈辈都在鞭炮声里推开新春的大门。正当睡意再次袭来时，一串鞭炮被父亲挂在院子的晾衣绳上点燃，炸裂声惊得人心颤肉抖，睡意也随鞭炮硝烟散去。

堂屋已重新点上香蜡。青烟袅绕，烛火摇曳。父亲给煤炉添柴，木柴燃烧时的噼啪声在炉膛里显得清脆，火光从缝隙探头探脑。母亲给先人摆献饭。四只白瓷碗，碗底放泡软的粉条，上面摆切成块的豆腐和酥肉，堆成塔尖状，再缀以绿菠菜和红辣椒。最后上桌，放筷子，附以油饼、麻糖、水果等。这是居家祭祖的一种方式，在麦村一直延续着。这种古老的仪式起初应是繁缛而隆重的，但随着时间流逝，一切从简了。

洗毕脸，我去大小庙烧香。从六七岁开始，我便从父亲手里接过了烧香的任务。大庙供龙王爷、泰山爷、黄爷，三尊神像为水陆画，平日卷起来用红布包裹，立在香案上，后墙画三把虎皮椅、四大护法，两侧画十殿阎君、因果轮回等。屋顶挂大小不一的还愿锦旗，印有"有求必应""神灵护佑"等字。小庙供山神土地。山神土地绘在一块木板上，炕桌一半大小，烟熏火燎许多年，但油彩依然鲜明。神位立于土台上，摆有香炉。小庙小而逼仄，仅一人容身，庙内除了灰尘蛛网，再无装饰，颇为寒碜。

九点，早饭已熟，我家多吃烩菜。粉条、豆腐、蘑菇、酥肉、肉块、菠菜，烩一锅，盛在碗里，摆在桌上，热气腾腾。第一口必定是先人的，我们不能随便下筷。舀一小碗，摆在供桌上，给先人献一两分钟，放了鞭炮，我们才能开吃。早晚两顿饭，都要献饭，且同时放炮。这是规矩，从初一到初三，每天如此。

九点半，就该迎喜神了。迎喜神有东北和西南两个方向。具体在哪个方向，老皇历上有，一翻便知。若是东北，就在我家门口。

今年迎喜神有些早，九点刚过就打起了鼓。我们心急火燎吃罢饭，换上新衣，出门。门外聚了一些人，许是天冷，人不多。大家在震耳的鼓声里开着玩笑，抽着烟。秧歌头放了几串鞭炮后，人稍微多了一些，围拢而来，都穿着新衣，收拾打扮过，光鲜亮丽，说说笑笑。

十年前，迎喜神是很热闹的事。家家户户都要赶出牲口，在喜神所在方向的路上走一圈，迎接喜神。牲口披红挂彩，在鞭炮和锣鼓的惊吓声里，炝着蹄子，嘶鸣着，东奔西跑，钻进人堆，

故乡那么辽阔，为何还要远行

吓得人们四散开来，嘻哈大笑。也有赛马的，翻身上马，一声吆喝，青马白蹄翻飞，把歇缓了一冬的劲使了出来，奔驰而去，拳头大的铃铛发出了响亮悦耳的声音，在山路上回荡。那时穷，日子紧巴，但欢乐总是彻底而直接。

后来，村里人外出务工增多，牲口也不大养了。一过年，锣鼓响起，只有稀稀拉拉的人出门站一站，看一看，也就罢了。没有牲口，迎喜神就像失去了灵魂。我常想，喜神也骑着高头大马、披红挂彩、满脸笑容，从东北或西南方向朝我们走来，人们吆喝着牲口，朝他走去，迎接他的到来，会师一般。

而现在，独自骑马而来的喜神定是孤独的。当他看着那冷清的山路和偶尔呼啸而来的摩托时，也定是满心失落。

鼓打了一通，人依旧不多。一些人不再出门，似乎不再相信真有一位神仙会来到这大山里。一些人出了门，也仅在门口站站，不会再走到路口，围成一堆，说笑打闹。那些曾经骑马摔跤、生龙活虎的少年如今已步入中年，一个个被生活打败，木讷地站在那里抽烟。生活从他们头上剥去顽皮的帽子，给他们戴上了老成持重的金箍。新一茬的孩子，没有从父辈们手里学会玩耍，他们只会放炮，只会啃着雪糕、吸溜着鼻涕，满眼冷漠地走在回家的路上，他们并不贪恋此刻的欢愉。

鞭炮放了几挂，也没有了。秧歌头由五六户人家组成，轮流着，义务在正月里为大家做事。以前，还像模像样，打扫庙宇，组织迎喜神，排练秧歌社火，现在基本不做事了，徒有形式。

整个腊月，天旱，没有落过像样的雪。过年就应该大雪纷飞，但今年仅是干冷。雪沫子稀稀拉拉飘着，将落未落。应是这昏暗而萧瑟的天气，影响了喜庆的气氛，我只能这般安慰自己。

人们瑟缩成堆，眼巴巴看一阵人，听一通鼓声，就回了，意犹未尽的样子，但确实迎喜神也成了这样，没有牲口，没有多少人，没有震破天的鞭炮声，没有太多的欢笑声。一切，仅是一场形式。我们虽然还延续着这古老的仪式，但世道人心都发生了变化，一切终会草草收场。

我散了一圈烟，回了家。这喜神，算是迎结束了。每年都在激动中等待，但又在一年不如一年的叹息里散了。今年，也是如此。想想，喜神比我们任何一个人都孤独吧。

候 鸟

看着他们，时光好像瞬间逆流到了从前。

过年，终究是要回到故乡的。中国人历来重视还乡，这是一份无法割舍的情结。只有回到故乡，才是心安之所。

麦村在外的人，过年自然也是要回家的。腊月打头，就开始谋划着，惦记着，给家里打了电话，也抢好了火车票。家里的人，盼着在外的人回来，也是腊月的一件心头事。到腊月二十五六，能回的基本都回来了，像群鸟，终于回到了久违的巢穴。

大年初一迎喜神，这是每年麦村进入正月的第一件大事，不敢马虎。村里人基本都会出门。那些一年、两年、三年，甚至更久都未曾见面的人，一个个站在路边，一张张面孔出现在了我眼前，异常熟悉，又分外陌生。看着他们，时光好像瞬间逆流到了从前，那些早已凋零的往事在脑海里浮现着，真有一种恍若隔世的错觉。

只有在此刻的故乡，我才能见到那些久违的人。

我家的邻居的邻居——黑球爸，回来了。

他双手揣在袖洞里，腰微微弓着，戴着一顶暗红老式旧棉帽。他老了很多，头发灰白，面色黝黑，满脸皱褶，犹如这冬日北方连绵的沟壑。他一个人远远站着，显得另类。许是他常年在外，和村里人大多已生疏之故。我已忘了有多久没见过他了。只是在遥远的时间里，模糊记得他在过年时曾回来一两次，但很少出门，很少说话。

他是一个货郎，常年担着挑子，在更远的北方行走，把一些女人们用的针头线脑售卖出去，换一些零钱。再用零钱买一些针线，继续上路，换回更多的零钱。留过自己用的，他把钱都寄回了家里。他就那样一年年地在外面走着，把故乡挑在肩上，离家万里。没有人知道他在外面的生活，他也鲜有提及。只是在长久的行走里，他一年年苍老了。

今年，他竟回家过年了。

文生，那个比我小的少年也回来了。

他八九年没有回来过了。很多时候，我都想不起这么一个人。从他上中专开始，我几乎再没有见过他。听说学校毕业后，他一直在新疆，具体做什么我不大清楚。

我发烟，他不抽。我们简单寒暄了几句。这个曾经的少年，已长大成人。那时候，他比我顽劣多了。他人瘦，头发黄，眼珠滴溜溜转着，像极了孙猴子。上树掏鸟，下水摸鱼，挖洋芋，捉蚂蚱，翻墙偷苹果，旷课去游玩，捏泥人，做刀剑……所有能要的，他都比我们要得好，要得精。成天浑身泥泞不堪，总是招致家长老师的打骂，但他依然本性不改。多年不见，他已发福起来，腰身挂满赘肉，行走迟笨，没有了少年时的麻利劲头。他的长相竟也很像新疆人了，皮肤白皙，眉骨高耸，眼窝下陷，鼻子尖长，满脸的络腮胡刮过后，留下了青白底子。

我们没有说起当年，也没有说起未来。当年已成往事，未来变幻无常。我们只说，回来就好，回来就好。

大平也回来了。他掏出一包"兰州"，给大家散了一圈。

有人问，几时回来的？

昨天晚上，坐了个顺路车。

女人娃娃回来了没？

没，人家不爱来，就我一个。

闲了喝酒来？

能行。

大平是村里不多几个干公事的，在城里当老师。村里人见他，还是前年他母亲过世后，他回来戴孝。以前母亲活着时，他隔三岔五会来。去世后，也就很少来了，回来也没处安身。在麦村他没有院落，父母留下的全归了弟弟二平。每次回来，住是问题，家里炕少，他总要到处挤。除了给二平一家添麻烦外，也有种寄人篱下的感觉，能不回也就不回了。但今年，母亲过世整三年。三年祭日，在西秦岭是个重要的节点。最后一张新灵纸，亲戚和村里人要去他们家烧纸祭奠，他作为长子，必须回来，一则守孝，二则招呼来人。

回来了的还有喜生，那个在西安胡混的少年；三牛，在城里收破烂的老汉；军保，在深圳当保安的中年人；艳艳，在东莞洗脚店上班的姑娘。还有瘦哥、四宝、土炮、来喜……

三天年，麦村在外的人，能回的都回来了。他们都在城里打工上班，虽有通村班车，但忙于挣钱，平时很少回来。以前，六月天要回来收割打碾，现在不种庄稼，也就没必要回来。直到过年，天冷，没活干，加之忙了一年，人也得歇一口气，就在腊月底回来了。也有些人，买了楼房，当起了城里人，过年回来住几天，跟旅游一样，一来看看老院是否倒塌，二来走走亲戚，最关键的还是放不下的先人。年三十晚上把先人接来，供奉三天。这是当子孙最起码的孝心和责任。在麦村，人们恪守着这份古训，无论走多远，都要回来供奉先人。如果谁家连先人都不管了，定会遭到指责。

过年的几天，村庄再次有了点生机，虽不如小时候热闹，但比平常活泛了不少。

喇叭声、秦腔声、鞭炮声、说笑声、吵闹声、剁肉声、孩子的喊叫声、大人的划拳声、老人的絮叨声、幼儿的啼哭声、牲口的响鼻声、火焰的噼啪声、热油的刺啦声……声声起伏，往日的枯寂被搅动起来，犹如水面，起着涟漪，回荡在村里。

飘在屋顶的炊烟，洒落在地的鞭炮皮和垃圾，走亲戚的行人，来往的车辆，晒暖暖谝传的人们，醉后呕吐的中年人，邀约着去转山的年轻人，奔跑打闹的孩子……似乎证明着村庄还有它的呼吸，哪怕是短暂的。

鼓

我们这些人是麦村最后的打鼓人。

三十晚上接先人时，村里和我年龄差不多的贵宝、军明、亚红几个，端着香火盘，互相吆喝着晚上一起打鼓。

凌晨一到，抢着烧完头香。他们几个提着鼓和钹来到梁上，打了半个钟头。我躺在炕上，听着鼓声，犹在耳边敲打，后来便没了声息，随着几声隐约的说话声后，村庄便陷入了欢闹后的巨大寂静。唯有弯月高悬，照彻寒冷。北斗七星，盛着银辉，泼洒在万家团圆的屋顶。

初一早上迎喜神，鼓倒是很早就打起了。但隔着院墙，能听见今年的鼓声显得沉闷、低迷，像一个体虚的老人在咳嗽，没有了往年的干脆和响亮。

出门，看见贵宝用膝盖顶着鼓帮，弯着腰，两手挥动着用槐树剁成的简易鼓槌。军明站在一边，双手握钹，眯缝着眼睛，配合着鼓的节奏。

我问，昨晚咋打了一阵就歇了？

还以为来打鼓的人多，打了一会，还是三四个人，很冷，就回了。军明扯着嗓子说。

今年鼓都烂了，打啥哩，打下去跟放了蔫屁一样，不响。贵宝边说边用下巴指着鼓面。在鼓面和鼓帮的连接处，确实破了一条三寸长的口子，像一张嘴，老是闭不上，鼓一打，翻卷的"嘴皮"一哆嗦，往外叹一口气。

鼓、钹这些东西是公共财产，平时不用，闲置在秧歌头家，由他们保管，只有过年时提出来，打几天。记得小时候，村里用的鼓是一面很老旧的鼓。木头箍成的鼓帮，被膝盖长期搓磨之后显得异常光滑，木头的本色变成了黑褐色，再经时光浸染，包了浆，泛着一层油光。牛皮鼓面的中心，因长期敲打，掉了数层皮，开始发白。四周虽有些皱裂，但鼓面依旧严丝合缝，毫不漏气。鼓槌一敲，紧绷的鼓面坚韧而富有弹性，立马发出铿锵有力、震耳欲聋的响声，毫不拖泥带水。真是一面好鼓。

据说这面鼓是继发祖父箍的，他可是箍鼓的一把好手。这面鼓，也费了他不少精力。毕竟是给自己村里箍，得花点心思。如今，继发都已五十多岁的人了，他的祖父过世也三十来年了。

打鼓前，得烤。点一堆麻秆，火不能太大，也不能太小。提起鼓，在火上面快速转动，鼓帮、鼓面要均匀受热。烤过的牛皮鼓面，因受热会绷得更紧，富有弹性。鼓腹里，因为热胀冷缩，气体会让鼓身变得充盈。烤过的鼓，打起来声音受听、响亮。

后来，这面鼓被村里的小孩烘烤时，不小心把鼓面烧了几个洞，没法打了。

村里没一面鼓，毕竟是不像话的。后来，村干部在城里买了一个新的。浅黄的鼓身，刷了亮漆。雪白的鼓面，好像硫黄熏

故乡那么辽阔，为何还要远行

过。打起来，声音到底不如上一面鼓好听。熟悉鼓的人瞅一眼，掫一指头，什么货色，什么声响，心里就清楚了。村里的小伙子们勉强用这单薄的外来鼓给村庄的正月制造着欢喜，但声音毕竟还是轻浮的。

人们在闲谈时，还会念叨起那面老鼓。

现在，连这面新鼓也破了。

近些年，村里除了耍过几场社火、修了一些梯田、唱了几本灯戏之外，几乎再无集体事务。公共财产也是流失的流失，破损的破损，无人问津。按理说，作为村里每年会用到的财产——鼓，破了后，村干部或秧歌头应主动购买。但除了政府摊派的工作外，村干部很少主动作为，而秧歌头也流于形式。一面鼓破了，大家都看在眼里，却也仅仅看在眼里。土地承包到户后，村里没有了集体收入。但一面鼓也就三五百元，凑份子，一家也就几十元，花不了多少钱，都能掏得起，问题是村干部和秧歌头都不会主动去买新鼓，也不愿为众人的事而受麻烦。

有年轻人提议凑点钱，买一面新鼓。但过年，商店到处关门，也没人愿意跑一趟城里。买鼓的事，也就作罢了。人们只好听着漏气的鼓声，嚷嚷着，怪怨着，迎完了喜神。

村里打鼓，主要有"长坂"和"拌嘴"两种打法。平时打，多以"长坂"为主。"拌嘴"，也叫"鸭子拌嘴"，耍社火时打。

打鼓是年轻人的事，有力气，连着打几板，胳膊不酸，能跟上。一板打下来差不多要十分钟。

在我记忆中，村里打鼓的人主要是 70 后，60 后都是四五十岁的人，大多已退居二线，只看不打。70 后里会打鼓的有不少人。接着就是我们 80 后，我们这茬人会打鼓的有七八个。

小时候，正月初一凌晨一过，鼓就响起了。鼓声敲破了西秦岭的寂静，也搅热了人们的心。我们簇拥着，敲打着鼓，借着月光，踩着积雪，在村庄里蹿来蹿去，搅扰得一村人彻夜难眠，就连漫天雪花，都被震乱了脚步。

从正月初一到十五，鼓周围总是围满了人。每天鼓声不断。鼓在哪里，热闹就在哪里，我们的心就在哪里。会打的，一板接着一板打。不会的，要么看人家打，要么放炮、打闹。有时打个鼓，抢不上，红脸吵架，也偶尔发生。厉害的，霸占着能打半天。绵软的，年幼的，只能一边瞅着，等人家打腻了，才有机会一拥而上去抢鼓槌。

打鼓，老人家说是灵光娃娃干的事。学打鼓，要眼看、耳听、心记。眼看，要学姿势。耳听，要听节奏。心记，要记鼓声。鼓学起来不容易，光鼓点就一长段，反正我记不住。打鼓好的人，轻松自在，人鼓合一，铿锵有力，如行云流水。打鼓不好的人，自己努红了脸，挣出了屁，但鼓没声响，且乱作一气。

这几年，没人怎么打鼓了。就连正月初一到初三这三天也没人打，更别说一直到十五了。

没有鼓声的村庄，陷入了冷清和寂静。

如今，70后已四十来岁，装起老来，不再摸鼓槌。我们这一代大多已过而立之年，开始变得老成持重，被生活消磨掉了兴趣，也很少打鼓。而90后、00后，会打鼓的也就两三人，且常年在外打工，过年不回来。

鼓，对于更年幼的人已没有了吸引力。他们把兴趣点从乡村事物转移到了现代产品上。电视、手机俘虏了他们。他们窝在热炕上，抽着烟，喝着酒，玩着微信，刷着抖音，吹着牛皮，扯着

故乡那么辽阔，为何还要远行

不着边际的话题。

我们这些人将是最后的打鼓人。当我们彻底放下鼓槌后，鼓终将会无人问津。

那面破鼓，依旧摆在牙叉骨台上，歪斜的鼓槌，随意丢弃在路边，两扇钹架在鼓面上。曾经口传心授的古老技艺，曾经无数双手摸过的鼓钹，曾经为村庄带来过无限欢乐的源泉，曾经在岁月深处陪我们叩响光阴之门的声音，此刻被人们遗弃了。

没有了鼓声的村庄，就像一个人失去了心跳。

客从何处来

如果我们是故乡的游子，那他们就是过客。

二〇〇二年考上师范后，我便离开了麦村。上学时，寒暑假会回家。毕业工作后，逢年过节才回趟家。结了婚，只有春节回去待五六天。回麦村的机会越来越少了。不是不想回，实在是脱不开身。人如水上浮萍，身不由己。

现在想来，我已十多年没有在麦村完整生活过了。我们这一茬人，基本都和我一样，对于故乡，记挂在心，但是回不去。

回家少，麦村的事，多是听父母絮叨的。麦村的老人，印象中，好端端的，突然就听说走了，让人满心凄然。中青年人，都在城里挣光阴，少有音信，偶尔听说谁家姑娘嫁人了，谁家买了廉租房，谁家出了事故等。十五岁以下的孩子，大都跟随父母在城里念书，我也没见过。

正月里，走在麦村巷道，会遇到一些小孩，刚从商店出来，手里提着麻辣片，嘴里叼着雪糕，一个个衣着光鲜，胖乎乎油腻腻的，不像麦村的孩子。麦村，苦寒之地，山高风大，人和草木

故乡那么辽阔，为何还要远行

都是干瘦的。这里的水土养不肥人。再看脸，也是白皙又光滑的，也不像麦村的孩子。麦村的四季长风，将每个从娘胎出来的人反复搓磨，直到粗糙不堪，最后天长日久，在两腮烙下红二团。

他们真的不像麦村的孩子，但他们又能是哪里的孩子？人啊，总得有个根吧，无论老少。

我瞅着那些脸，陌生的、幼稚的、冰冷的脸，我隐隐在他们的眼角、鼻头、下巴上看出了某种似曾相识，那些相识在我的童年反复出现过。是的，他们在某一处像极了海生、大宝、二球、狗娃……那些和我一起玩耍过，这些年一直在新疆、兰州、西安、广州打工的人。这些孩子，应该是他们的种子，是他们在这仓促人世的延续和证明。那上翘的眉梢，和狗娃的如出一辙。那白多黑少的眼珠，就是大宝的复制品。那下塌的鼻子，和海生的毫无区别。那走路时的外八字，明显就是二球的模样……在他们身上，我恍惚看到了我和海生、大宝、二球、狗娃的童年，但仅仅是恍惚，也只有恍惚……

他们分明是麦村的后代。但他们哪里又像麦村的后代？

他们和我照面而来，但依旧围在一起，争抢着手机，用指头疯狂地在屏幕上点着，用普通话咒骂着——快，点杀，快啊，你不会玩，滚一边去，都没血了，还玩个毛啊……他们沉迷在游戏中，目不斜视，雪糕汁滴滴答答从嘴巴上落下来，掉在衣襟上。

他们和我擦肩而过，头也没有抬。

没有玩手机的两个，勾肩搭背在一起，说，今晚到我家来，我用我爸的手机下载了一个新软件，很炫的。前面玩手机的回过头，看见后面两个钻在一起，笑着骂道：你俩"搞基"啊。然后他们都笑了，笑声里满是钢筋、水泥、雾霾、尾气的奇怪味道。

麦村祖祖辈辈是很讲究长幼尊卑的。从小，父母便教育我们，路上遇见人，一定要带着称呼主动问候。小时候分不清村里辈分，不知该称爷还是爸，正当犹豫时，人家已先问候了我。弄得我很尴尬，显得不懂礼貌。对此，父亲总会说教批评。于是，从小骨子里便养成了主动问候他人的习惯。

一个孩子的好坏评价，在麦村，并非学习优劣、勤快与否、身体健弱等，毕竟这些是属于私人的。而真正评价的标准就是有无礼貌，照面之后是否主动问候。如果有礼貌，村里人就说某某的娃乖，有礼心，碰上人都问候。如果见面后，目中无人或低头而过，人们则说某某的娃是个"完货"（坏东西），顺便会连累到其长辈，说当父母的也不是好货，不知道教育。

礼貌，俨然是麦村评价一个孩子的重要道德标尺。

但现在的孩子，早已不会主动问候人了。他们与人擦肩而过，冷漠得如同一块顽石。当我准备心热乎乎地问你是谁家的娃娃时，人家头也不抬离你三尺远了。他们完全秉承了城市里人和人的冷漠与隔阂，甚至防备与躲避。

我不知道海生、大宝、二球、狗娃们，还会不会教育孩子出门要主动问候人，要有礼貌。是他们早已忘记了老一辈的教导，还是现在的孩子将这些当作了秋风过耳。我不得而知。

同样，麦村人无论老少回来后都应该说土话。你在外面如何风光，那是自己的事。回到麦村，有麦村自己的一套价值标准和道德框架，每个人必须遵循。说土话，是最基本的。如果在麦村人跟前，你操一口普通话，即我们麦村人称的洋话，没说两句，人们会丢下鄙视的目光，转身离去。然后人们就会在背后说某某：鸪老哇（乌鸦）屁眼里插孔雀毛——充洋相，还会说：茅子门（厕所）拾了个手巾——咋敢揩口（开口）呢，也会说：吊死鬼搽胭粉——死皮不要脸。顺便上溯到其父辈、祖辈，齐齐数落一顿。

而得知子女在村里给人说洋话，作为父母也是一件很害臊的事。某年，一个在城里干公事的人回村，看到不远处一老头割荞，便站在地埂上操一口字正腔圆的洋话喊：老乡，这红秆秆绿叶叶的是啥东西？老头伸腰一看，是自己的儿子，气得七窍生烟，跑过去二话没说就捶了一顿镰刀把。

现在的孩子，跟随进城务工的父母自幼学了一口洋话，洋话已成了他们与人交流的唯一话语。对于土话，他们要么不会，要么嫌弃。曾经到处充满了土话的麦村，如今总会冒出洋话，显得别扭，不伦不类，像夹生饭。洋话，肯定会在多年以后，吞并了麦村的方言。

偶尔我也想起乡音这个词。如果有一天，孩子们都一口洋腔洋调了，乡音，是不是也就消亡了。或许会有这一天。

看着孩子们的背影消失在了巷道，我开始责怪自己。每一代人都有每一代人的活法，为什么要强求没有乡村背景的孩子说土话，为什么非要将麦村自身的价值标准套在现在的孩子身上，为什么非要用我的童年作为参照比较他们的处世方式，为什么要让几乎毫无瓜葛又互相陌生的孩子来问候我……这个变幻之快让人惊心动魄的时代，我依旧恪守着老旧的方式，评判着一切，猜想着未来，难免荒唐可笑，难免会被扫进时间的灰尘。

但我还是忍不住。忍不住用曾经的尺子，丈量现实。因为我对故乡满怀深情，因为那套标准是做人处世的原则，因为那些美德是祖先们留给我们的财富，因为该死的乡愁还在日夜折磨着我们。这真的是病。我们应该是最后一代有这种病的人了。

我也常想，我和这些孩子之间仅仅隔了十多年，为什么会有如此巨大的差异？为什么几千年积淀起来的东西会在这么短的时间里分崩离析？这些年我们的到底经历了什么、发生了什么？

我们这一茬人，和现在的孩子，已经相差甚远，甚至东奔西走了。

我相信，在麦村，他们是不会替代我们了。当老一辈看到我们拔节疯长，用枝叶遮住他们时，他们一定知道，我们会替代他们成为麦村新的主人。他们失落、无奈、苦楚又喜悦、安心、欣慰。但我们不会有这些悲喜了。因为那群叼雪糕、穿球鞋、说普通话的孩子，会把枝叶伸到远方，伸到车流如脱缰野兽、高楼如人间森林的城市。他们不属于麦村，也不会回到麦村，甚至没有把麦村当作故乡。他们终究不会替代我们成为麦村未来的主人。

如果我们是故乡的游子，那他们就是过客，甚至连过客也算不上。我们会写，祖籍地：麦村，出生地：麦村，成长地：麦村，墓地：麦村。他们只会写，祖籍地：麦村。很多年以后，祖籍地这词，也就可以忘却了。

奔跑的村庄

从自行车到摩托，再到小车，一个时代如同波浪席卷而来。

上世纪八十年代，麦村条件好点的人家，陆续有了自行车。当时结婚，彩礼流行三大件：手表、缝纫机、自行车。结婚时能送一辆自行车，那绝对挣面子。但遗憾的是，麦村山高路陡，坑洼不平。随便骑一段路，都颠得胯子疼，一不小心，还会压着蛋。赶集时，最有必要骑车，因为路远，还要载东西。但去时，全是下坡路，腾云驾雾一般快。回来时，上山就要推着走二三里。去时人骑车，来时车骑人，糟糕极了。

我们家的一辆大加重，死牛烂马般重，父母平时从未动过，只有我少年时带着一腔热血和二劲，硬是把两根瘦腿别进三角架，在陡峭的羊肠小道上学会了。后来初三上学，骑了半学期，太重，路不好走，实在消受不起就弃之一边了。

麦村不像川道，自行车终究难以派上大用场。最后，丢在厢房，舍不得扔，成了一堆废铁。

到了九十年代末，麦村人生活略有好转，不再为吃穿发愁。

一年种的庄稼留过吃喝，还能粜两三千元作为积蓄。这样，三四年之后，手头有了万把元的积攒。人们心里发痒，骚动不安，开始买摩托。

最早骑摩托的人应该是大爸，他在乡政府上班，平时要回家，路远，加之手头也相对宽裕，就买了摩托。那时候还不叫摩托，叫轻骑，个小，力小，叫声大。每次听见轰隆隆的声音在梁上呼啸而来，我就知道大爸回家了。

后来，摩托陆陆续续走入了普通农家。牌子多是力帆、建设、钱江、宗申、嘉陵等。买了新摩托，吃毕饭，男人们凑一起，说着摩托的事，多是一些我们一知半解的话，说得唾沫子乱飞。买新摩托的人，一圈圈发烟，听着大家对他买的这款摩托叫好，心里美滋滋的。就连那些填满尘土的皱纹里，也泛着兴奋的光芒。人们怂恿着，贺一下，一定要贺一下，这么好的摩托，不贺咋成。

男人到小卖铺提了两瓶低价酒，把串门子的女人吼回来，让炒两个菜。女人骂骂咧咧，回家，进了厨房，把一块洋芋在案板上剁得震山响。

那一夜，一串鞭炮过后，喝酒划拳的声响，在村庄上空回荡着，久久未散。人们吹着牛皮，拍着桌子，抵赖着杯中酒，在寡淡如水的日子里，生硬地制造着欢乐。

有了摩托，方便多了，再也不用上山车骑人了。摩托，在广袤的乡村成了最实惠的交通工具。时至今日，虽然电动车开始横行，但对于山大沟深的地区，电动车依然无法施展身手，无法取代摩托的地位。到了二〇一〇年，麦村几乎家家有了一辆摩托，就像家家有一口酸菜缸一样，稀松平常。我们家的是一辆铃木，买时八千多元，觉得好贵，至今都是家里最贵钱的家当。好在父亲爱惜，车的质量也行，快十年了，一直能骑。赶集、走亲戚，基本全靠这匹喝油的铁驴。

后来，农村人候鸟一般往城里撤离，摩托也就渐渐失势了。村里留守的老人不会骑，也不敢骑。摩托丢在屋檐下，用一块塑料布遮着。曾经万千宠爱集于一身的家伙，现在整天风吹日晒，塑料布破了，满身灰土，闷声蹲在地上，生着锈，像一只受伤的大鸟。

前几年，村里开始有人买小车了。一开始是面蛋蛋，即双排座。在外打工的阳娃，于某个冬天开着一辆银灰色的面蛋蛋进村了。他狂摁着喇叭，生怕麦村人不知道他买了一辆车。他把车停在自家门口，在车耳朵上拴了两根红布条。然后端出一盆水，用洗脸毛巾开始擦车。人们围拢而去，从头到屁股，反复研究着面蛋蛋。阳娃摔着毛巾上的水，洋洋得意地炫耀着自己的车性能多好、速度多快、坐上多舒服。人们投送着羡慕的目光，口水在嘴巴里紧紧衔着。

从接回新车那天起，阳娃每天都在洗车，哪怕没走一步，他也要洗。他总是抱怨麦村风大土多，睡一觉车上就落满了尘土。他总是抱怨麦村人对小车百屁不通，没有人和他探讨车技。他总是抱怨麦村的道路太他妈糟糕，不能让他放开手脚撒一把野。他一盆又一盆地端着清水，反复擦洗着面蛋蛋，恨不得把轮胎翻过，也洗一洗。其实，他不是在洗车，他只是在炫耀。用现在的话说，就是刷存在感。

今年过年，黑牛也买了一辆车。吉利，小越野。什么型号，我不认识。价钱也没问，估计七八万。这几年，麦村在外打工的人多多少少挣了点钱。手头稍微一宽裕，除了买房，就是买车。黑牛祖父常年在外，做点小生意。父母在工地搞建筑。他在城里开出租。一家四口人，一月少说挣万把元。前年，他们在城里买了套经适房，二三十来万。去年后半年装修了。他们家平时大门紧锁，只有过年时回来一趟。

天摸黑，父亲急急出了门。问母亲，才知给黑牛贺车去了，已经连贺三天了。黑牛父亲和我父亲关系好，所以特意邀请前去贺车。

一阵礼炮炸响之后，便是喧闹声了。和很多年前贺摩托一样，人们还在用吵闹声、笑骂声、划拳声为枯寂而落寞的麦村制造着声响。这声响一直持续到后半夜，惹得村里的狗狂吠不休。

第二天，黑牛开着车，在去年刚沙化过的路上奔了一圈。他打过发胶的头发、黑墨镜、青春痘退后留下的坑、银白的耳钉、中指的镀金戒指、小拇指的长指甲、紧身的皮裤，车里放着劲爆的歌曲。他把烟头在窗口弹飞，关上玻璃，呜一声，飙了。他在梁上来来回回，说是磨合车，其实是向麦村人炫耀。

现在，麦村有小车的人差不多二三十个了吧，但大都在城里，无法统计，只能估算了。对于麦村人来说，车已不再是稀罕之物，不过是一个代步工具罢了。阳娃和黑牛早已不再借着洗车和磨合的由头，向人们炫耀了。

从自行车到摩托，再到小车，一个时代如同波浪席卷而来，然后退去，又一个时代如同波浪席卷而来。麦村像一块口香糖，粘在时代的车轮上也往前跑着，而同时跑动的，不光是交通工具，还有世道人心。

路过人间

人们匆匆而来，又火急火燎地离去。

如果我们是一只鸟，那麦村就是窝，就是我们的归宿。可现在，它只是我们迁徙途中一根暂时落脚的枝条。

很多时候，我们还不如一只鸟。

在西秦岭，有人说，正月初三一过，年就结束了。有人说，十五一过，年才结束。还有人说，二月二过了，才没年了。

二月二，炒豆豆，小猫把我叫舅舅。儿歌里这么唱着。过了二月二，天一暖和，地一解冻，就该忙活了。送粪、翻地、准备化肥地膜等。随着农忙，人们也从年味里慵懒地走出来，打着最后一个酒嗝，吃掉最后一个干油饼，开始了一年的生计和忙碌。

当然，这还是十多年前麦村人的生活。

正月十五雪打灯。一场薄雪落在麦村的沟壑山梁时，人们等不到二月担头，就背着铺盖卷去打工了。天依旧黑着，难见五指。没有取掉的灯笼，依然亮着，挂在树尖上，风吹，灯笼晃动，稀薄的红光映着一地白雪，也在晃动。赶早班车的人，背着行李，脚下打着滑，出了门。东摇西摆的班车，开过来，车门打开，寒冷把搭车的人抓起来，塞进了满是炕土味的车厢里。车哆嗦着，载着一车离乡的人，开走了。

再后来，也就到了现在。

打工，已不再是麦村人的主业或副业，它已是麦村人的全部，是麦村人唯一的生存方式。既然要打工，就要遵守城市的套路和规矩。什么时候上班，是没有商量余地的。这不比干农活，迟一天早一天，地不骂你，活不怪你，都无所谓。三天年一结束，正月初四就该上班去了，最迟也是初七。

一大早，天依旧黑着，但有路灯，西北风把灯光吹歪了，斜挂在墙上。村子里还残留着几分鞭炮、香蜡、酒肉的味道，还残留着隐约的锣鼓声和欢闹声。但人们已收拾好行李，来到路边，睡意蒙眬，打着哈欠，一边闲聊几句上班的事，一边等着班车。车来了，因为是首发站，座位都空着，架好行李，闷声坐在塌陷的座上，丢着盹，离开了麦村。来送行的老人，又一次被丢在了麦村的夜色和长久的孤独里。

我和妻子是腊月二十八晚上到家的，正月初六一早，顶着一脑袋浓稠的瞌睡，坐上早班车，离开了麦村，准备初六转一趟丈人家，初七就得上班了。

以前，正月初三一过，年不但没结束，反而重新热闹了起来。初一到初三，要送新灵纸、接先人、守先人、送先人、走亲戚，零碎的习俗总是太多，得一件件遵循着。加之麦村人有讲究，过年是不能串门的，尤其女人们。所以初三晚上先人一送，麦村人才开始串门子、喝酒、耍社火。走亲戚，正月十五之前都可以。摩托上绑好礼当，一天走好几家。饭，走到哪，吃到哪。

酒，也是家家喝，不能少。女人们串门子，坐在炕上，围一堆，手压在屁股下暖着，也不用缝缝补补，不用绣鞋垫拉鞋底，说说鸡毛蒜皮的事儿，或过年时别人带来的新鲜小道消息。男人们不分昼夜地喝酒划拳，今天你家，明天我家，后天他家，排着队，轮流来。一堆人，围着老梨木方桌，桌上两盘菜，一盘粉丝凉拌胡萝卜，另一盘胡萝卜凉拌菠菜。酒盅里添满了酒，溢在桌上，一晃荡，酒杯子醉倒了，酒流在了炕上。男人们面红耳赤，表情夸张，伸着指头，在拳上要见个你低我高，最后，醉了一圈人。有人倒在炕后边，磨牙放屁，沉沉睡去。有人趴在地上，掏心掏肺地呕吐。有人在炕上，似笑非笑，似哭非哭。有人脚下拌蒜，在巷道里骂骂咧咧，像病鸡一样，胡乱打转。这酒，能喝到正月结束，直喝得天昏地暗，日月无光，甚至鸡犬不宁，妻离子散。有些年也要社火，社火分黑社火和马社火，异常热闹。马社火一般化装成传说中的神仙，穿上古装，骑在马背上，从上庄到下庄，挨家挨户走一圈，送去福兆。黑社火，以唱为主，到了晚上，在谁家院子点一堆柴火，人们围在一起，敲锣打鼓，表演的人在中间耍狮子、唱小曲。

现在，已不是这样了。人们匆匆而来，又火急火燎地离去。城市成了麦村人的居所。他们把所有的时间安置在高楼里，为了安身立命而忙碌着，忙得眼窝深陷，忙得昼夜颠倒。而麦村，则成了一个暂时的借居之地，人们回来，住上三天、五天，最多七八天。枕头都没睡出窝，被子也没暖热，便匆匆忙忙离开了。

城市的大手，又一次把村庄掏空。只有那个柴草垒成的窝，挂在树梢，风一吹摇摇欲坠。

人们走了，热闹了几天的村庄，再一次被冷寂和衰败的气息所挟裹。鞭炮声，隐匿进墙角，听不见了。叫喊声，破碎在巷道，听不见了。锣鼓声，消亡在山野，听不见了。孩子们打闹的身影，消失在了某个昏暗的早晨。跪倒在祖先牌位前的儿孙们，被破旧的乡村班车载去了远方。炊烟被冷风掐灭。大门被锁子守住。欢喜被离绪侵占。往事和回忆随着半截烟头一起被抛在路边，被生活的脚掌研灭了。

村庄被冷寂和衰败的气息再次笼罩。或许并非再一次陷入冷寂和衰败，而是回归到了常态。一年四季，无论雨雪，无论春秋，它都是冷寂和衰败的。

对于故乡，我们终究成了过客。我们回去，留一些时日，制造一些声响和欢愉，让孤独的村庄不至于绝望。但我们最终还是被生活的泥沙挟裹着，流向没有归属的未来。

我们本就是路过人间的鸟。某一天，当我们飞了好久，需要落下栖息的时候，却发现早已无枝可依了。

清明记

桐始华，
田鼠化为鴽，
虹始见。

——《礼记·月令》

采花

正月里采花无花采，二月里采花迎春开。

三月里桃花将开败，要采牡丹四月里来。

五月里石榴红玛瑙，六月里莲花水上漂。

七月里石竹开满院，要采大丽花八月半。

九月里菊花到处香，十月里松柏熬寒霜。

十一月风吹雪花来，要采梅花腊月开。

——小曲

一早，微雨。我从宁远坐班车赶到天水，出高速，下车。江叔开车，在路边等着。我到后，便一起坐车回麦村。去年清明，有事没有回家上坟（方言，扫墓祭祖之意）。今年无论如何是要回的，回去看看我的祖先们。他们在黄土之下，那思念也定如二月春草，破土而出。

　　半路，父亲打来电话，问我们到了哪里，说天气阴沉，像有大雨，他们先去坟园，让我们后面赶来。

　　车沿公路行驶一个钟头，上山，下沟，再行，再上山，就到了麦村——一个藏在群山深处、普普通通的村庄，除了一千八百米的高寒和阴湿、漫山遍野的槐杏、五月满坡的野草莓、夏季众多的蚂蚱，便与北中国任何一个村庄没有区别。

　　雨由山下的雾状扯成了丝，把灰褐的远山遮着，影影绰绰。村庄寂静，鸡犬不闻。

到祖父家，姑姑也在，她专程是来给祖父送馍的。

祖母的坟，三爸已上过。我们便去老坟。祖父没有去，二祖父有高血压、糖尿病，身体不好，但执意要去坟园看看。

到了老坟，三祖父、大爸、父亲，三人已把坟园的蒿草清理完毕，一些胡乱生长的槐树秧苗也已被砍掉，堆在地埂边。在西秦岭，坟园是不能长槐、桑之类的树的，不吉利，尤其槐树根系发达，在地下乱窜，会扎进棺材，让逝者不安，生者不祥。每个坟堆上，大爸和父亲已添了新土，江叔又背了几背篓黄土。先人已逝，儿孙们的福气再也无法消受，只有指望着坟头有人添堆新土。作为儿孙，也只能在清明之时，背起沉沉的黄土，添在坟头，才算尽了孝心。

坟园在斜坡上，呈条状，想必以前是缓坡，年年上坟添土，越堆越陡。坟园背靠土崖，三面为别人家耕地，皆种了连翘。上完坟，新土潮湿，蒿草除净，坟园整齐。年复一年，坟头是生长的。即便蒿草再野，也淹不没黄土里掺杂着的惦念。

坟园还是那块坟园，埋着我的祖先。最上，是天祖父、天祖母；下面，是高祖父、高祖母；再下，是大曾祖父、大曾祖母，曾祖父、曾祖母。祖宗三代，自上而下。坟地满了，已是崖边，不能再埋了。祖父请风水先生另择了新坟，祖母便埋于那边。

我的祖上在麦村安家落户，到我一辈，共六代，算上堂弟的闺女，也就七代。听祖父说，我们是搬迁来的。至于更远的先祖在哪里，祖父很模糊，我也难以知晓。

客从何处来？或许谁也无法追溯到源头，而一切，都来于黄土，也归于黄土。这是最好的答案。这苍茫大地，埋葬我的祖先的，也将埋葬我，埋葬我的子孙。

在九十多户人的麦村，除过我们王家五户和刘家一户，其余全姓赵。祖父和三爸为一户，二祖父一家计一户，三祖父家一户，大爸家一户，我家一户。

在我印象中，每逢清明，我们家族去上坟，总有一大堆人，老老少少，好有阵势，大人说着农事、节气和眼前的光景，孩子们挑着长幡，提着香蜡，牵着风筝。到了坟园，祖父们干一些轻省的活，拾捡点杂物，拔拔蒿草，看看柏树的长势。父辈们正值壮年，轮番往坟头添土，直到新土将坟堆全部覆盖。长些的孙子也争抢着背土。小些的，满地跑着放纸糊的风筝玩。有时会扛来柏树，种在坟园四周，孩子们提桶浇水。一个家族的宗族感情在坟园里凝聚，一个家族的血脉在坟头间流淌传承。祖父捏着一把蒿草，会给我们指认祖先的坟头，这是谁，这又是谁，我们该怎么称呼。也会念叨起祖先们活着时的事，多是苦难，像甩不掉的云，罩在心头。而祖先们对儿孙却是无尽的疼惜，像贴身的肉，一牵一扯，都会心疼。

后来，来上坟的人渐渐少了。祖父不去了。祖父过了八十岁后，就不再去坟园，我不知道为什么，是怕伤感，怕怀念，说不清，或许只有我到了祖父的年龄才能理解他的心境。大爸、父亲、三爸是每年要上坟的，而我的两个堂弟，已不来了，一个为了生活在遥远的南方打工，是回不来的，另一个在外面上学，也是不回来的。二祖父身体不好，从城里回趟麦村，山高路远，实在不便，有时也就不去上坟了。权叔这些年事多，遇闲则回麦村，一忙也没心思回来，两个儿子都在城里长大，回村甚少。只有江叔每年都回。三祖父在村里守着几亩地，倒是每年都要上坟，志叔为小日子奔波在外，是不大回来的。他常开玩笑说，祖坟里发的是你们二房，不发我，所以这坟我不上。

祖父一辈，能上坟的就三祖父一人。父亲一辈，有五人，算最多的。到我一辈，似乎只剩下我一人。

每当在坟园，看着日渐颓败的三祖父和不再年轻的父辈，再看看我的四周，除了旷野、荒草、树木和从北而来的倒春寒，就再无其他了，我的孤独显而易见。我不知道去世的、活着的祖父辈们看着坟园稀落的后代，看着血脉之河越流越窄，会是何等忧愁。

旷野无声，白雾浮游。远山潮湿，成了墨色。

添完新土，我们在每个坟堆上插满各种色彩的纸条。红、黄、白、绿、紫，在枯燥的初日，煞是显眼。西秦岭人认为坟头是阴间的祖屋，纸条为屋瓦，插上纸条即是重新整理铺设了新的瓦片，然后再把竹棍上绑着的白色或黄色长幡插于坟头。长幡都是在镇子上买了纸，自己剪的。长幡一则为悼念先祖之物，二则是指钱物，供先祖们使用，我们方言叫长钱。

最后，沿坟园四周倒一圈白酒，奠一杯茶水。焚香点蜡，鸣放鞭炮。鞭炮声在山谷间回荡着，久久不息。被惊吓到野鸡扑啦啦叫着，从一堆荒草中飞出，又一头扎进了另一堆荒草。父辈们常说，明年我们带着吃食和烟酒，一大家人，多坐一会，陪陪先人。话这么说，可每年都没有多陪一会。

一切忙毕，我们齐齐跪倒在祖先坟前，把冥票点燃，火焰跃动，定能照亮祖先们的窗口。有风起，纸灰如蝶，飘满空中，那是祖先们的灵魂吗？最后，齐齐跪下，三叩头，把头低下去，低下去，低过草木，低过黄土，低过被尘世拿捏的膝盖，直到大地深处祖先们的心跳边。这一刻，我们内心平静，没有悲喜，唯有念想如春日的原野，辽阔而深远。

只是，曾经我们跪下的是十几双膝盖，而现在仅有六双了。我们这一辈，仅剩我的一双了。我们的下一辈呢，难以想象。越来越少的膝盖跪倒在祖坟前，就像这人世间，越来越薄的日子。

闲事录

> 我像一只虱子爬在秃头上，寄生于故乡，却区别于故乡。

临近中午，村里喇叭响了。

先是一段秦腔，《铡美案》《二进宫》等一些经典折子戏的选段。粗狂、浑厚、苍凉的大秦之音在板胡的伴奏之下，回荡于沟沟壑壑间。那满是黄土味的声音，把初春时节大地上的万物吼醒，把悬挂在枝尖的露珠打碎，把光阴里夹杂的心事酿酸，倒入稠泥河的苦水，成了咬牙也要咽下的一碗药。

开喇叭，放秦腔，无非两件事。一件事就是放段折子戏，没别的。但大多时候是另一件事——村干部讲话。放秦腔，像过门和前奏。秦腔一响，村里人就知道村干部要讲话了。唱秦腔的人，一个"哎嗨"刚出口，那气壮山河之势，那肝肠寸断之情，让人颤抖，可"嗨"字吐到一半，就被掐断了，唱声戛然而止。几根电流声呼啸而过，接着"嘣嘣"几声，有人弹话筒，再接着是几声干咳，然后便扯出了瓮声瓮气的腔调。

喂——村民们，都注意一下，乡上来了一批松树苗，给我们村里搞绿化用的，村里的低保户，到梁上来领，一户人五棵苗子，多了没有，领上之后，按照画好的线，十米一棵，自己栽上，还要负责浇水。这苗子包在每户人名下，要负责到成活，死了的话，你自己花钱买苗子补栽去。咳咳——咳——低保户，听见了就赶快领来。

然后，秦腔又响了，那个卡在喉咙的"嗨"字气急败坏地喷了出来，让冷清的村庄打了个激灵。秦腔唱着，音量被调小了。

过了半个钟头，梁上开始有了人声。站在我家门口，远远就能看见有人扛着一捆树苗，苗梢子闪悠着上了梁。有人分发起树苗，开着玩笑。领到树苗的人，挖着坑，栽了起来，依旧是有说有笑。这或许是死寂的村庄少有的热闹时刻。村庄早已被掏空，只有迟钝而昏暗的暮气，一群六七十岁的老人和病残之人，除了枯坐和回忆，再也无法给村庄送上一粒欢笑。只有此刻，村庄才展开了皱巴巴的脸。

我站在门口，是一个无所事事的人。我已难以走进故乡，我不懂农事和节令，我回村的日子屈指可数，我把自己当作笔杆子，虚伪地与握犁把子的人划分开。我像一只虱子爬在秃头上，寄生于故乡，却区别于故乡，我尴尬地存在着。

在我远眺着栽树的人时，六十多岁的大钢爸走了过来。我们寒暄几句，便说起栽树的事。他说，栽啥哩，树苗一点根子都没有，咋活，真是胡日鬼哩。我说，松树成活率高，就怕浇不上水。浇啥水，人吃都舍不得，还给树浇。他气愤不堪地说着，好像是我让栽树一般。都是胡球整，弄这一堆光把子树苗，又发财了几个老板，这事，要是遇到以前，嗐，把他们一个个拾掇了。

我搭不上他的话茬，沉默着。父亲提着铁锨出了门，大钢爸问，干啥去？

不是喇叭里喊着栽树吗？我去看一下。

跟你有啥关系，人家是低保户种，你跟我没资格。说毕，他又指着梁上说，你看，二拜的架势，平时吃着低保，腰杆子直得很，一种树就马尾提豆腐——连裤子都提不起了。

父亲扛着铁锨进了院，他喊大钢爸来我家坐坐，大钢爸说外面转转，屋里常坐，腰椎不合适。

不久，岁娃走了过来。我好久没有见他了。他依旧是那副模样，一辈子似乎穿着一套衣服，藏蓝上衣，青布裤子，配着一顶帽檐折成两截的蓝帽子。岁月唯一改变他的是消瘦的脸颊上，日渐松弛的黑皮肤和堆起来的皱纹。大钢爸故意大声问，岁娃，你咋不栽树去呢？

岁娃把帽檐往起掀了掀，说，我又不是低保户。

你没儿没女的，咋不是低保户？大钢爸伸着脖子，显得很惊奇，这种疑问里，带着一种怪怪的味道。岁娃五十来岁，一辈子没娶上媳妇，没有子嗣，一直寄居在大哥家里，耕种打碾，推天度日。有人说，岁娃给他哥当了一辈子牛。

岁娃抹了抹嘴角的唾沫，说，以前有，去年取消了，我去问干部给我的咋没了，干部嘴里胡吃毛栗子，我再没多问。岁娃说话嘴里老感觉吞着一口水，凡事无所谓的样子，好像那低保有和没有都一回事。

你咋没到乡政府反映去，这些白眼狼，照你老实，就糊弄你，这事要是以前，让他们吃不了兜着走。大钢爸挥着胳膊，怂恿道，你去举报了。

嗨，算了。岁娃搓了几下袖口上的泥巴，折过身回了。

你看见对面驴驮水的没？大钢爸给我指着梁下面的一条路，好几个人扛着树苗，赶着驴，驴驮着水，朝南边走去。

看来真的要浇水。我说。

浇水？你真看不来，那是把松树苗往自家坟园里栽去了。

我啊一声，颇为吃惊。那些人确实没有上梁，而是朝坟园的方向走去了。薄雾一来，身影有些模糊。

你先站着，我去要树苗，也在坟园栽几棵。打完招呼，大钢爸走了，他的一头白发，直愣愣戳着天，跟他的脾气一样。

大钢爸走了不久，收洋芋的两个男人开着三轮车进了村。最后他们把车停在我家门口不远处，蹲在路边，像两只灰雕。他们摁开了手中拿的喇叭，喇叭里反复吆喝着：收洋芋哎——收洋芋哎——收洋芋哎——口音是西秦岭的土语，"收"和"哎"字都扬成了拐弯的三声调，"哎"字拉得长长的，像从乱线头里抽出的一根麻丝。喇叭一遍一遍地吆喝着，无休无止的样子。这吆喝，在冷清、暗淡、紧锁着大门的巷道里探问着，终究一无所获，最后显得疲惫起来。

巷道里除了收洋芋的人，再无他人。以前，一有个灌醋的、换西瓜的、头发换针换线的、补鞋的、磨剪的、爆米花的、收猪毛的，很快便围满了人，大大小小都来看热闹。山里人家，无甚大事，也少外客，有个生人来买卖东西，总要来凑个热闹，才算安心。可如今，这上演过一场场生旦净末丑的巷道，人走茶凉，空空荡荡。就连曾经在脚底下觅食的麻雀，也去了城里。

收洋芋的人蹲了许久，也没有人来粜洋芋，甚至询问价格的人也没有，实在等不住，他们沿着巷道走了一圈，边走边喊：收洋芋哎——收洋芋哎——收洋芋哎——过了半个钟头，又过了半个钟头。

由于天阴，微雨，被尚未成荫的山林包裹的麦村，渐渐昏暗下来。

收洋芋的人终于等不住了，他们开着三轮车，出了村，在村口遇上了老田。他们下车，递给他一根烟。他们问，老人家，村里谁家有洋芋？

老田哆嗦着嘴皮子，磕磕绊绊地说，哪还有洋芋，你看到处荒着哩，没人种洋芋了，就算种，也就几分地，自己吃的。

我记得你们村以前洋芋多得很，有些人家要种三五亩呢。

那是以前，村子里有人，现在没人了，谁种啊，哎，现在的人都不种地了，我是个爱种地爱到上瘾的人，现在不种了。他吸惯了水烟，老是感觉纸烟没劲，吸了两口，夹在手上，不吸了，接着说，这地大片大片撂荒了，可惜得很啊，也危险得很呐，别看是太平年，要是有个战争啥的，就了不得，还是毛主席老人家说得好，手中有粮，心里不慌，脚踏实地，喜气洋洋。

看来到处都一样，还以为你们村里好一些。

能好到哪？现在洋芋多少钱一斤？

八毛，最好的一块。收洋芋的人伸出一根指头，在老人眼前晃了晃。

哦，还是价钱低，一亩地收得好，也就是个两千块，还不包括化肥、人力啥的，这么便宜，种地划不来，也就收不住人的心了。

老人家，这是市场价，都一个样，不是我们压得低。

哦，也对，你们收洋芋做啥？

当籽，我们那一个老板承包了些地，想种洋芋，打发我们来收的，没想到一天连个洋芋芽芽都没收到。

到别处看看吧。说完，老田转过身，背搭着手走了，走得颤颤巍巍。看走路的样式，就是种了一辈子五谷的人。

收洋芋的人几口咂完烟，长长地哎了一声，先后上了三轮车。三轮车突突突地干咳着，出了村，像发出了一串哀叹。暮色渐起，淹没了三轮车的声音。

变迁记

那些久远时代残留下来的痕迹，如同证据，此刻消失了，预示着一个时代的退场，另一个时代的来临。

这十年，是麦村基础设施面貌变化最大的十年。

活在村里，水、电、路，是致命的事。农村人遭罪，也遭在这几样。

电，很早就通了。我小的时候，家家就挂着十五瓦的灯泡，织着一层灰尘和油污，毛茸茸的。

先说说路吧。

麦村卧在山顶的湾子里，到公路上去，得下山。下山，有两条路。一条捷路，一条大路。一般人行，都走捷路，行程短。但这条路仅有架子车的轱辘宽，一侧是坡，一侧是崖。关键陡，有段路，差不多快九十度了。从山下上山，脚底放快，也得半个小时。大路，一般车走，路宽，两辆拖拉机能让开。但为了减少坡度，修了很多弯子。我们常说"九曲十八盘"，估计没这么多，可也不少。车走，二十来分钟吧。

外村人不喜欢把姑娘嫁到麦村，嫌山高路远，满是不屑和鄙视地说，那是啥村呀，鬼不下蛋的地方，上一趟山，能把驴挣死。

麦村人外出，多是去赶集，或者搭班车进城。

去赶集，下坡路好走，踩着风，一溜子便到了。回来时，就受罪了。买了一疙瘩蔬菜，还背着一只猪娃子，上山，走半截就得找个土墩坐下歇歇。尤其是上那几段陡坡，得把腰弓成虾，脑袋弯到胸膛上，鼻子尖都快擦着脚面了。上了坡，早已挣得满脸血红，大汗淋漓，气喘不止。如果猪娃子再踢腾一番，那就跟上刀山没啥两样。小孩子爱赶集，但最怕上山时背东西，太吃力。

搭班车，也费事。从古到今，麦村一直不通班车，路难走啊，班车进村，难保不是把轮子搭在崖边上，就是弯子太大掉不了头。所以坐班车，就得下山到公路途经的梁村。起初，麦村一带只有一趟班车，每天早上五点多发车，八点就能进城。五点，天黑得伸手不见五指，就得起床收拾东西。那时尚未睡醒，起床实在是件折磨人的事。洋芋、面粉、白菜、清油、山野菜等，装几大疙瘩（这些城里都有，只是要花钱买，麦村人一般从家里带），肩扛手提，完全凭感觉，在黑如墨汁的夜里深一脚浅一脚下山。转过一个山咀，就能听到班车打喇叭了。喇叭声喊叫着进城的人，在西秦岭山沟里回荡。三十分钟，下了山，赶到班车来之前，站路口等着。班车来，挤进车，车里人多，温腾腾的，一路丢盹，续着残梦。

这是天晴时。下雨天，大雨封山，到处泥泞。赶集可以不去。没盐吃，借一点，凑合几天。可进城上班或上学不行。大雨不歇，心急如焚。只有踩着泥，冒着雨，连滚带爬下山，可下了山，班车今天不发，真是郁闷到家。

二〇一〇年左右，记不大清了，政府有财政奖补项目，村里开始打水泥路。先把梁村到麦村的大路用水泥硬化了，五米宽。这下好了，出村方便了。赶集、走亲戚，不再看天爷的脸色。下雨天，水泥路能走，骑摩托也行，路滑，小心点即可。接着，村里的巷道硬化了，三米宽。麦村彻底告别了天晴时尘土飞扬、下雨时泥泞遍地。

　　另外，麦村到董村的路也硬化了。班车从城里回来后，停在麦村，第二天大早在麦村发车，到董村，再到梨村，转一圈，就进城了。麦村成了班车首发站，人们再也不用大半夜起来，步行半个钟头赶着坐车去了。

　　再说吃水吧。

　　麦村虽高寒阴湿，但缺水。我小时候，村里人担水吃。担水有三个地方，一个下庄，一个新院门，还有一个老泉。下庄离得近，有两口锅一般大的泉，是上面涝坝里渗下来的水。新院门距离中等，泉大些，也是两口。老泉，顾名思义，很早的一眼泉了，泉水甜，里面还有小虾米，但太远，挑一担水要用一个钟头。所以人们担水一般到下庄，可就那么大亮眼泉，要维持四百来口人的用水，常常捉襟见肘。守水就成了大事。人们按先来后到的顺序，到泉里舀水。水渗得很慢，得等，等积了一马勺水，再舀到桶子里。前面的人守着舀，后面的人排着等。有时，守水的人临时不在，后面的掺队偷偷舀了，被发现后，两个人开始吵架，轻则拌个嘴，重则撕扯打斗。守水，守水，就是守护着自己那边水。在麦村，为了一口水，吵架斗殴的事，偶有发生，也有结了怨，两家人互不理睬的。

　　父亲怕守水，大都是凌晨一两点捏着手电去担水。那时没人

　　　　　　　　　故乡那么辽阔，为何还要远行

守水，水也积攒了一点。稍微等会，就能担满水。

平时，一个上午，顺利点的话，才能守满一担水。一担水，省着用，换着用，反复用，能用两天。麦村人洗脸，盆子立在桌子腿上，盆底倒一点水，蹲下，手能掬住就可，不敢多，倒多了会挨大人的指责。麦村人心疼一滴水，如同心疼一粒粮食。这些都是用血汗换来的。浪费了，就是作孽。

一九九几年，我忘了，那些年头，天特别旱，连一年四季有水的老泉都干了。麦村人吃水成了大问题。无奈之下，人们赶着毛驴下山，去十里外的团村驮水吃。

除了挑水，则是驮水。挑水是大人的事，驮水是孩子的事。孩子们去沟里放牲口，头上戴着马勺，牲口背上架着鞍子，鞍子两侧各一五十斤的塑料水桶。到沟里，孩子们取掉水桶，卸下鞍子，把牲口赶到坡上吃草，排队守水。或者先去玩，前面的水桶舀满了，站在山咀上喊一声，然后再下来舀。沟里泉眼多，在砂岩上凿一个窝，水就渗出来了。渗沙水，凉快，干净。两个桶里舀满水，就可放心去玩耍了。到傍晚回家时，赶着牲口到泉边，架上鞍子，大家互帮着把一百斤的水桶驾在牲口背上，头顶马勺，就可以回家了。干焦的黄土上，一路洒满黑色的水斑，如铁钉牢牢钉着日子。

当然，沟里也有缺水的日子，去得晚了，排不上队，只能空桶子回家。回到家，女人满门子借水，男人给孩子一顿打，说是贪玩，谁家的孩子去得更晚，怎么就驮回了水。孩子那个冤枉，哭得眼泪比一桶水都多。

我放了十年牛，吆着牛驮了七八年水。我一辈子都忘不了驮水的日子。

后来，哪一年我想不起了，村里有了"母亲水窖"工程。政府提供部分水泥、井盖、井圈、压水设备等，每家每户在自家院里掏井。麦村人担水担怕了，驮水也驮怕了。一听这消息，不由分说，热火朝天掏起了井。井深近五六米，直径三米。掏好后，用砖和水泥把井底和四周砌了。掏井是个吃力活，我们家的井，前后掏了一个月，几个我叔，还有我舅爷、舅舅都来帮忙，硬是用几双手一铁锹一铁锹掏成了。当时虽然苦，但大家心里憋着一股劲，因为都知道，有了这井就要少受好多罪。

掏好井，安好井圈、井盖、水泵等，就能用了。下雨天，在院子四角屋檐上，绑一块塑料布，雨水落在上面，顺势流进过滤槽，然后入了井。也有些人家临下雨时把水泥硬化过的院子清扫一遍，雨落到院里，流入井里。

有了井，方便了不少。下一场透雨，盛到井里，能吃一两月。秋里，雨水多，勤快人家能把一眼井盛满。有了井，再也不用半夜担水，更不用赶着牲口走十里路去驮水了。当然，井水也有问题，一个是有水泥味，吃进嘴里，有股怪怪的涩味，另一个就是下雨天挂塑料布，总淋得像落汤鸡，弄不好就感冒。

二〇一四年，村里有了农村饮水安全工程，开始通自来水。水管翻山越岭，绵延数十公里通到了麦村。人们也没有掏什么钱，只是把自家门口的水路疏通了一下。一个月后，家家户户安上了水龙头，一拧，亮闪闪的水，哗啦啦流了出来。麦村人彻底改变了曾经靠天吃水的年月。那些被双手反复打磨至包浆的水担、水桶、水壶等，都已束之高阁。那些汗渍和血迹也早已渗入木头的纹理中，像记忆刻进了骨子。

吃水之苦，就这样，在麦村历史上一页页揭着，揭到了

故乡那么辽阔，为何还要远行

今天。

前段时间，听说村里的墙要统一刷白，喷上青砖图案作为边框，用来装饰美化。此次回家，下车，站梁上一看，真有一部分刷白了。白墙灰瓦，掩映在树林间，让人陌生，也新鲜。

近些年盖起的砖房，都是红砖外露，用蓝漆或白漆很随意地刷着"培育文明新风，构建和谐农村""移动手机卡，一边耕地一边打""孕龄妇女一次环检补助两元"等标语。以前的土坯房，墙面写着"紧密团结群众，密切干群关系""植树造林，人人有责"等红漆标语。更早一些的墙皮，多已破损不堪，隐约可见墙上字迹，"向雷锋学习""工业学大庆、农业学大寨"等。这次粉墙，把这些十年内的标语，八九十年代的标语，甚至六七十年代的标语，统统遮住，重新粉白，写上了新标语。那些久远时代残留下来的痕迹，如同证据，此刻消失了，预示着一个时代的退场，另一个时代的来临。我曾想把那些土墙上的标语拍成照片存下来，也是个留念，但由于懒惰，没有实现。这倒好，再也没有了。

今年，上面拨款，给村里开始修活动中心和乡村舞台。我去闲逛，在梁后打麦场看到了工地。这麦场，以前是上庄人夏天晾晒、打碾麦子和胡麻，平时堆放柴草的地方。麦村有大小四块麦场。每家每户都在场里有一坨属于自己的地方，用来摞麦垛子、堆放麦草等。这几年，没人怎么种地了，加之用打麦机，麦场也就无人打理使用，废弃荒芜了。除了几堆发黑腐朽的麦草之外，就是蓬蒿、火燕麦、车前草、牛搅团等杂草，甚至一些洋槐树把根伸进场，长出了树苗。这样下去，不多几年便成了一片林地。

村里决定把活动中心修在梁后的麦场里。从此，用了几辈人的麦场，将告别麦子、胡麻、葵花、杈、锨、连枷、竹箩。谁能想到，曾经挥汗如雨、收获粮食的地方，会变成老了后的休闲娱乐之地。用有田老汉的话说，这社会变得太快，都跟不上趟了。

麦场里的活动中心二层已盖好封顶，等着砌墙头。百米之外，正对着乡村舞台，舞台背景墙已砌好，三米高，挑檐戴帽，下面的台子砌了边沿，等着往里面填土。因下雨，工地上没人干活。看这情况，年内完工是没问题的。

听说活动中心和舞台修好，还要把麦场硬化，安装健身器材。麦村的老人一辈子都没用过健身器材，常年挥镰把子、握牛鞭子，织满老茧的手，有一天摸在冰冷的、花花绿绿的双杠、太空漫步机、太极揉推器上会是什么感觉呢？

除了这些，村里还安了路灯，拉了网线，通了网络。这些祖祖辈辈想都没有想到的事，一天天发生了，在眼前，在脚下，在闲谈中，在不经意间，在生活的每一个部分，都一一呈现出来，直到变得如家常便饭，被人们习以为常。每一个留守麦村的人都是见证者，也是经历者和受惠者。这是时代捧出的福利。

疯狂的野物

野鸡、野猪、野兔、瞎瞎、山鸟，无不加入到与人夺食的队伍中。

去年冬天，我在麦村 QQ 群里看到一张照片。照片上一堆青草中间横躺着一只野猪。野猪明显死了。随后，群里有人说话，方知，这只野猪是被农药毒死的，一个回村的小伙上山转，在马湾的荒地里发现了。

我没有见过活着的野猪。记得很小很小的时候，听大人说，谁谁去打野猪了，但打到没有，不得而知。倒是我家东梁的一块地下面，有一个三四米高的崖，崖上有几个水桶粗的洞，洞口被柴草的烟火熏得漆黑，听别的孩子说，这是熏野猪的。

后来，村里就没有关于野猪的消息了，野猪也没有出现在人们的生活里。人们似乎都忘了，世上还有野猪这么一种东西。

野鸡，倒是常见，我们叫呱啦鸡，它刚飞起时呱啦啦叫，故名。小时候放牛，路边草丛动不动卧着一只休息的野鸡，受到惊吓后，翅膀扇得扑啦啦，嘴里叫着呱啦啦，弹向天空，飞走了。人吓了野鸡，野鸡也自然吓了人。本来一门心思想着偷苹果的事情，被野鸡一吓，魂飞魄散，膝盖酸软。于是捡一块土疙瘩，朝飞远的野鸡屁股扔去，骂道，去死吧。土疙瘩在空中滑出一个优美的弧线，掉进了葵花林，打得叶子又一片哗啦。

有一年夏天，我跟着大妈去割麦。我和兄弟们在麦捆中间捉迷藏，麦捆割得早了，摞起来晾晒。我一头扎进麦捆中，发现里面有黑乎乎的东西动，以为是蛇，大叫一声跳出来。兄弟们跑过来，人多胆大，我们探试着提开麦捆。一窝野鸡娃，还没拳头大，毛茸茸，灰褐色，慌慌张张站在干草窝里，叽叽叫着，边上是白里透黄、还有斑点的破蛋壳。我们脱掉汗衫，蹑手蹑脚扑上去，野鸡娃没扑住，却来了个狗吃屎，被麦茬戳破了嘴皮。我们又满地捉，但这些家伙跑起来真快，练过凌波微步一般，东挪西闪，统统钻进草丛不见了。

据说野鸡肉特别好吃，我没吃过。小时候村里有猎人，猎人有老土枪。那时好像每个村里都有老土枪，没人管。后来乡政府和联防队的人来全没收了。我去放牛，总能遇见猎人结伴出没在山林间打野鸡。他们发现猎物，不急着开枪，而是丢土疙瘩赶，一赶，野鸡飞进另一堆酸刺，他们跑过去，再赶，野鸡经不住赶，胆小，赶急了一头扎进土里，屁股朝天撅着。猎人端着枪，瞄准，嘭一声，喷射而出的砂子像一张网罩过去。灵活的野鸡，听到上闩声，一伸翅膀，呱啦啦冲上天，飞了。飞得迟的，翅膀上挨一颗砂子，跌下来，成了猎人的囊中物。还有些只会撅屁股的笨蛋，被砂子打成了筛子。

我们村里有个猎人，某年秋里，准备打野鸡，土枪生锈了，他坐在供桌边的椅子上捣鼓着枪栓，枪口朝着炕上，炕上坐着老婆孩子。他捣鼓了半天，也没好，就试着扣了一下扳机。嘭一声，坏了，枪响了！枪身一抖，砂子朝窗户打去，打碎了玻璃，打塌了墙皮。从窗户、墙上反弹过来的砂子钻进了老婆肚皮。幸好，枪口出现了偏差。幸好，孩子刚钻进被窝。幸好，反弹过来的砂子是乏砂，没有了力道。幸好，老婆的肚子皮厚膘肥。他赶紧找人用三轮车把老婆拉到卫生院，取了砂子，人无大碍。歇了几天，就回家了。

这可是一件大事，在麦村周围传得沸沸扬扬。人们说，这家人吃的野鸡太多了。

后来，七八年前吧，种地的人，常在地里放 3911 拌过的玉米粒毒田鼠，野鸡吃了，也就一命呜呼了。慢慢地，野鸡成了稀罕之物，在山野很少见了。

这两年回家，村里的老汉们说，野物又来了。他们说这句话的口气和说狼又来了的口气是那么相似。

村里的人越来越少，牲口越来越少，荒地越来越多。山野里少了人影，原先驴马成群放牧的地方，现在人迹罕至。原先被剁回家烧柴的酸刺、槐树，现在信马由缰地生长。原先有人撒毒玉米的地块，现在蒿草能把人淹死。整个山野都快成森林了。在麦村，出现了地缩人退，树木野草步步紧逼、围拢而来的局面。和草木一道挟裹而来的，还有大批的野物。茂盛的山林、无人搅扰的环境，为野物们的大量繁殖提供了保障。

以前，这些野物是可以捕捉的，现在都成了保护动物，不能打了。这也为野物生息繁衍筑起了一道安全防线。不过话说回来，村里都是老弱病残，谁还有精力去跟那些狡猾的野物作对，一天两顿饭也就够他们忙活的了。

我们去上坟，一路上，动不动就有受到惊吓呱啦啦弹起来飞走的野鸡，甚至有些野鸡胆大到你吆喝它，它都懒得理你，目中无人地蹲在草坡上想心事。还有的屁股后面领着几只娃，优哉游哉觅食吃，好像它们成了这块土地的主人了一般。

而野猪更是在村子周围四处出没。人们去田野，总能看见几只结伴而行的野猪在树林里溜达，或者带着自己的猪宝宝游览风光。父亲说，去年冬天，土炮去酸刺咀转，发现一只刚被药毒死的野猪，叫了几个人，拖回村，在顾爷家开膛剖肚了。顾爷拿大头，其余几个帮忙的小伙一人分了一吊。土炮提回家，土炮妈嫌是毒死的，让扔掉。土炮提着肉还给了顾爷，顾爷说，该死的娃娃屎朝天，你们不吃，我老汉开荤。那头野猪被他吃了整整一冬，甚至还过了一个油水肥厚的春节。人们歪嘴瞪眼看顾爷会不会被毒死，但他把最后一点野猪肉臊子吃得狗儿干净后还是精神抖擞地活着，并且嘲笑了村里人是怕死鬼。

按理说，野物多了，说明环境好了，是好事，但有时却适得其反。

村里留守的老人总是诅咒着这些该死的野物。春天，秋田入地，就到野鸡们狂欢的时候了。它们在没人惊扰的地里，闲适地翻刨着泥土，把埋在下面的葵花籽、玉米籽掏出来吃掉了。由于籽种被吃，大片土地成了秃子。等到谷雨时节，侥幸留下的葵花苗、玉米苗从土里出来，新芽正鲜嫩，又成了野鸡们的美餐。被啄食过的苗子，很快枯死。种到地里的洋芋，此刻正遭受着野猪们的摧残，它们噘着长着獠牙的猪嘴，像翻耕机一样，在地里齐刷刷拱过去，种进去不久的洋芋籽种就暴露在了光天化日之下。野猪们流着嘴角的涎水，一粒粒吞食着。到了夏秋时节，野猪们会抢先一步，替人们把洋芋收进肚子。而即将等着下镰的麦子，也遭到了前所未有的糟蹋，野猪把麦穗吃掉，打个滚，把麦秆压倒，拉一堆粪，再乱拱一通，溜之大吉。麦田里，跟鬼子扫荡过一样，惨不忍睹。到了秋天，玉米再次遭殃，野鸡蹲在玉米棒子上悉心地剥开皮，一粒不落地把玉米吃了，空留一个光棒子在风里颤抖着。而野猪也不放过任何一个时机，抓住机会就吃喝一番，破坏一番。

一开始，人们还会扛把铁锨去赶野物，野物们有所顾虑，后来发现来的都是一些没有攻击性的老头老太，也就不当回事了。有时人们会立个稻草人，但野物们几番挑逗之后，发现并不会动，也就不放在心上了。有些野猪甚至冲过去，把稻草人拱倒，践踏一番。撒点药吧，毒死一个，来了一批，前赴后继，生育率远远大于死亡率，也不奏效。这些野物，就这样一天天嚣张起来，一天天疯狂起来，一天天在村庄周围耀武扬威、称王称霸，无所顾忌。

三祖父在村里还种点玉米洋芋，但被野猪糟蹋得实在不行，曾托我父亲在城里买了喇叭，捎回去，他们自己录了喊声。在玉米洋芋快成熟的一段时间，每至凌晨，三祖父提着喇叭来到地里，打开声音，放下后回了家，让喇叭里发出的人声吓唬野猪。起初还有效果，但没过几天，野猪习以为常，发现只闻其声不见其人，也就不当回事了，还是照常糟蹋。三祖父叹着气，十分无奈，只得半夜一直守在地里，野猪来了提着铁锨赶走，到了五六点，天渐亮时，才放心回家。每天如此，直到把玉米洋芋收完，才消停下来。

当然，野物不仅是野鸡、野猪，还有野兔、瞎瞎（鼹鼠）、山鸟等，无不加入到与人夺食的队伍中，只是破坏性较小。

由于野物糟蹋，很多还打算种点五谷的人便打消了念头，因为种上只会做了野物的口粮。于是，产生了恶性循环，种地的越来越少，野物们越来越多，越来越逼近村庄，庄农受灾越来越严重。种地的再一次减少，野物们进一步逼近，庄农再遭侵害……

　　在麦村，人和自然的平稳关系就这样被打破了。那个生态系统的平衡点被破坏，就如同水库的闸被撬开了。野物和人争食的年代，人开始败下阵来。

荒草弥漫的人间

曾经，金黄的麦浪在田野如潮水一般起起伏伏，把所有的田野染色，每一穗麦粒都身怀六甲，即将分娩出盛大的收获。

麦村，山高路远。离镇子上要步行两个钟头，差不多二十里路。

四里八乡的人都把麦村人叫山上人，姑娘是不大肯嫁到我们村的。在他们眼里，麦村没有一点好处，山大，风紧，路不便，缺水吃，最重要的是烂地多。地一多，姑娘就要遭罪。

麦村确实地多，全村两千多亩，人均五六亩。地大多是山地，只有少许川地，还在山底。地是按队划分的。麦村分一队、二队。一队多是老一辈，或者说老房头的。二队多是分家出来的和外姓人。一队的地较偏远，人均六亩。二队的地在村庄四周，较近，人均五亩。耕地在数量和距离之间找到了一个平衡点。地多的远。地少的近，各得其便。

我家属于二队，四口人，二十亩地。

以前，麦村这两千多亩地是没有一寸闲余的，该种什么都种得满满当当，甚至不少人把荒坡垦了出来，那么陡，一头驴站不稳就会翻下去的地方也种上了庄稼。也有人为一犁宽的地你争我抢，大打出手，积成了宿怨，几辈人化不开。

每年一打春，麦村人就开始赶着牲口往地里送农家肥。蔫黄牛慢慢腾腾拉着架子车，车筐里装满了垫过猪圈的灰土，车轮在暄虚的地里轧过，留下两道深深的车辙。一朵，又一朵，碗口大的牛粪在地里开出了花，屎壳郎闻香而动，开始滚动一场春天。炕土种洋芋好。厕所的大粪适宜种胡麻。牛粪、草灰是玉米和葵花的偏爱。

春分前后，落一场春雨，或者水雪也可以，就该撒化肥了。麦子刚返青，雨水洗过，碧绿清新。化肥一撒，天一暖，噌噌噌蹿个子。

惊蛰过了不闲牛。惊蛰后，就该陆陆续续种玉米、胡麻、葵花、洋芋等这些秋田了。整个山野到处是春种的人，一家老小赶着牲口，驮着籽种，背着耱，扛着锄，天麻麻亮下地了。种玉米得先起垄，然后点籽，最后铺膜。末了，还要在地垄间种一些白芸豆。胡麻得深耕浅种，深了就捂死了。撒胡麻籽，拇指、食指、中指三根指头抓一撮，撒的要匀，是个技术活。葵花和洋芋都是前面耕，后面在犁沟里遗籽，最后耱平整即可。

五六月多是地里的零碎活。洋芋、葵花匀苗，施肥，壅土。玉米苗从地膜里放出来，没发芽的，得补种，也得施肥。然后是胡麻地拔草。

端午前后，瓢熟了，油菜也能下镰了。油菜微微泛黄，籽粒饱满，头重脚轻，斜卧在地里。油菜不能等黄透了才割，那样豆荚一碰就破裂，籽儿会洒落一地。微黄略绿时，就得割。一镰刀下去，油菜彻底睡倒在了地上，反正它们也瞌睡得打盹呢。割毕

故乡那么辽阔，为何还要远行

后，不束，整成堆，晒着去，狠狠地晒。

六月中旬，莓子熟了，金黄的，像一顶顶小帽子。麦黄杏也熟了，藏在树梢，风一吹会露出羞涩的脸。这时就该割麦了。割麦是大事，人们在半月前就开始摩拳擦掌，买草帽，磨镰刀，还要称一些菜水（蔬菜）放着吃，十年半月内是不打算下山赶集的。麦村人种的庄稼里，麦子占近半。少的七八亩，多的十来亩。

割麦子，鸡叫头遍就得起床，磨镰，烧水，装干粮。天一抹亮，下地开镰。一头扎进麦堆里，憋着一口气，净是割割割，啥心也不操，啥事也不想。麦子割成堆，束成腰粗的捆，立在地里，像站满的兵马俑。到中午，烈日当空，脊背如扣着火盆，该回家歇息了。下午三点，顶着瓦片云，接着下地割。一场麦割下来，真能脱一层皮，浑身晒得锅底黑，人也瘦了一大圈，一把能扯住松塌塌的皮。

割完麦子，驮回场打碾。麦村的地，农路大多通不到地头，架子车能拉的也很少，基本全靠驴驮。小毛驴驮十来捆麦，颠颠晃晃，小碎步跑在鸡肠路上，不小心就被一边的土崖掀翻了麦垛子。小毛驴少不了一顿打，驮麦子的孩子陪着挨一顿骂。

早些年，麦村人碾冬场，麦子摞在场里，一直放到天寒地冻，麦子干透才打碾。后来，为了省事就碾夏场了。收回来，晒一段时间就开碾了。麦村的场前前后后能碾一个月，麦场里每天拖拉机转着圈，突突叫着，吐着黑烟，从早到晚也不累。在邻里们的相帮下，麦子碾完，扬去麦衣，装进袋子，码好麦草，夏收才算告一段落。

胡麻黄，麦碾光。七月末，就该拔胡麻了。

接着，农事一样挨着一样。收葵花，掰玉米，挖洋芋。葵花掸了籽，要成天晒，直到脱了水分，干透了才装包，等收的人来。湿葵花，易发霉，会坏掉。葵花价钱好的时候一斤一块二，平时一斤也就卖八九毛。寒露掰玉米，霜降拔黄豆。玉米掰回家，上架。入冬，消闲了，搓下来晒干。洋芋刨来了进窖，留过吃的，多余的卖了。有些人家种了荞、莛等，也得收了。然后，就是阴雨绵绵的秋天，白露时分，又该种麦了。

如此循环，一年一年。

在麦村，地不闲着，人闲不住。一户人家会种八九亩麦，四亩葵花，二亩洋芋，二亩玉米，二亩油菜，剩余的一亩种点胡麻等。人们遵守着时序，凭借着从祖辈手里传下来的经验，在土地上挖刨着、寻觅着，推着一家人清汤寡面的日子。总想着这样日出而作、日落而息、年复一年、春种秋收的日子会一直循环下去，祖祖辈辈，不会休止。

然而进入二〇一〇年前后，随着主要劳动力的外出，麦村出现了撂荒地。起初，一部分青壮年外出，一些便捷且叫肥沃的地租给五十岁左右的中年人。尔后，中年人也外出打工，这部分地留给了七八十岁的老人，老人们有心无力，难以耕种，只能眼看着节气一天天过去，田地一片片荒芜。

原先，即使步行一个钟头，人们也要去耕种，现在村口眼皮底下的良田被一亩亩遗弃，最终荒芜。有人说，在麦村所耕种的地不足二百亩，也就占到所有耕地的十分之一，这些耕种的部分，也只是一些顺带种的，春天撒一把籽，任其自生自灭，没有人在农业上操心、下功夫，也没有人一年四季守着几亩庄稼过日子。在村里，靠种地过日子的人被认为是没本事的人。

　　　　　　　故乡那么辽阔，为何还要远行

二〇〇〇年之前，我的家二十亩地一亩不落全部种着，甚至还借了大爸家的两亩地。到二〇一〇年时，父亲在外打工会兼顾着种两亩小麦、几分地的洋芋和二亩油菜。这两年，父亲完全放弃了耕种，家里的农田一律撂荒，父母全天候在外打工。而我又不懂农事，只会在纸上划拉划拉，连个犁把子也捏不住。

在更多的村庄，庄农仅能满足温饱，在花花世界里，要有更高的需求是难以现实的。人们蹴在牙叉骨台，扳着指头算着账，其实不用扳指头，心里都清楚。一家人，一年碾五六千斤麦，留过吃的，一斤麦子一块钱左右，能粜两三千元。洋芋、玉米、葵花，拉一起也粜三四千元，农业上的收入一年最多万把元，而这还不算化肥、籽种和人力。物价十年翻了不知几番，而农产品价格一直一成不变，有时还会塌价。一斤麦十年前一块左右，十年后还是一块左右，最高也就是一块一二三。而一条裤子原先十几元，现在涨到上百元。一年万把元的收入能干什么？买过油盐酱醋，交过水电费，添补过农具，购置过化肥，搭过人情，看过病，也就所剩无几了。如果供给个大学生，或者给娃盖面房、结个婚，或者有个七灾八难，日子咋推？这账，不用细算，都明摆着。农业不养人，人不出去能成吗？人家打工的，建筑队和水泥当小工，一个月就把半年的粮食挣下，砌墙抹灰当个大工，一月能把一年的粮食挣下。于是，人们屁股一拍都走了。

就这样，麦村的荒地一天天生长着，和荒地一同生长的还有成片成片的荒草。齐腰高的麻蒿、淹过脚的地蓬、挖不死的冰草、遍地生根的蒲公英、见水就长的牛蒡、野火烧不尽的燕麦……一浪接着一浪，翻过地埂，侵入农田，向村庄包围过来。

某个午后，我独自一人站在山顶，看着辽阔的田野，内心无比悲伤。

　　曾经，每到初春，田野里总是人欢马叫，而今一片死寂。春末，菜花金黄、麦苗葱绿、地膜雪白，色彩把大地装饰得斑斓多情。而如今褐色的蒿草如同火焰，在毫无生机的土地上燃烧着，大有燎原之势。夏天，在"旋黄旋割"的鸟叫声里，金黄的麦浪在田野如潮水一般起起伏伏，把所有的田埂染色，每一穗麦粒都身怀六甲，即将分娩出盛大的收获。还有那灿烂的葵花，把六月的天空照亮，每一朵花盘都如太阳一样，在大地上泼洒光芒。而如今大地只有荒草的颜色，墨绿，深沉，湖水一般，单调得让人绝望。秋天，丰腴的玉米脱掉衣衫，在山坡上舞蹈；滚圆的洋芋，把瓷实的心交给沾满泥土的大手；胡麻籽在灯笼般的小屋子里推门而出，闪烁着褐红的光泽。而如今还是蒿草、蒿草、蒿草，蒿草步步紧逼，占山为王。院落空空，铁锁把门，不见人影，唯有鸟声，独自凋零。冬天，大雪覆盖的田野，耕作后如沉睡的女人，安静，祥和，大雪如被，舒缓而平整地盖住她疲惫的身体，她在歇缓，等春暖花开、冰雪消融后，再次生儿育女。而如今蒿草长满大地，戳破白雪，一片狼藉，蒿草吞没了村庄，蒿草翻墙而入，即将在落满灰尘的祖先灵牌上生根发芽。

　　我的悲伤如同蒿草，风吹过，尽是萧瑟之声。我记忆中的田野，竟是这般陌生、这般冷清、这般让人失望。田野几乎无人耕种。那些摇曳在雨中的葵花苗，那些蓝格盈盈的胡麻花，那些牛粪堆里烤熟的洋芋；那些父亲耕种过无数遍的地块，那些女人匀过苗的地块；那些长满了莓子、野茧子、酸啾啾的地块；那亩宜种玉米的土，那亩把脚掌走麻才能到达的地，那亩父母因翻了架子车而打架的地……此刻，都成了回忆。

就连我的回忆，也将被荒草淹没。那些疯狂的、肆无忌惮的、铺天盖地的荒草，正张着大口，吞掉麦村。而人们，又在哪里？

锈　悼

清明前后种洋芋。

种洋芋，先要切籽。从窖里掏出旧洋芋，捡洋芋上窝窝勾的，切成数牙。每牙要有窝，那是洋芋的肚脐眼，新芽会从那里生出来。（小时候我们问母亲，我们是哪里来的？母亲指着肚脐眼，说是这里出来的。）切成的籽堆在一边，小山包一样高。案板和切刀上沾满了沙碌碌的淀粉，白晶晶，在太阳下泛着斑斓的光。

有了籽，就可以种了。一家人赶着牲口，牲口驮着籽种和化肥，大人背着糖，用鞭子挑着犁，挎着粪斗，挽着装干粮的篮子。孩子们扛着刨子、馒头、铁锨，牵着驴，驴牵着大人，大人牵着一场春风，在青草萌动的雨后晴天下了地。

进地，先用铁锨扬粪。粪是去年腊月盘新炕时拆下来的炕土，年后春分时用架子车拉进了地，一直卧着。一馒头刨开炕土，一股浓烈的潮湿的混合着杂草、木头、树叶、牛粪、驴粪、马粪交融发酵后的炕土味扑面而来，吸入鼻孔，如吃芥末一般。粪咋上，各有窍道。种玉米、麦子等，粪一般用铁锨均匀铺撒开。种洋芋、葵花，用粪斗把粪装着，撒在犁沟里。

完了就是耕地，遗籽种。套好驴，女人牵着，男人扶犁，在地边上引个边。有了第一道犁沟，牲口就会跟着沟走，很懂事。一犁过去，女人用篮子提着籽种，紧随其后，一步一窝，均匀地遗着。耕过的地，犁头会翻起大土疙瘩，我们叫基子。小孩的任务就是举着刨子或镬头满地打基子，把基子敲碎成末。要不压在上面，苗出不来。

遗完籽，撒化肥，一般是土磷肥。男人用粪斗装着，来回撒。一会，湿漉漉的泥土上就落了一层灰色的磷肥，磷肥遇潮，发黑了。

这一切忙完也就十点多了，太阳架在吐着新叶的树梢上。一家人坐在地头，缓口气，开始吃干粮，一人一片馍，也没个汤汤水水，全靠舌头搅和。有些人家会提一罐酸菜，撒了盐，放了辣椒，就着吃，也算是个下食。

吃干粮时，临地的人端着干馍，互相吆喝着：娃他爸，来吃干粮。

啥好吃的？

层层油饼，来吃。

算了，我的是荷包鸡蛋。

婆娘把你个老贼上心啊。

正用力气的时候，能不上心？

半坡的人听到了，话里有话，哗啦啦都笑了，地埂上滚动着一颗颗豌豆般的笑声。

干粮吃毕，就该耱地了。耱，一人高，长条形，用藤条编。要三五十斤重，小孩背不动。耱地，耱的一面挂在犁具上，牲口拉着走，人站上面，一手牵着牲口尾巴，一手扬鞭子。依靠人和耱本身重力的碾压，耕过的地就会就变得平整，像梳子梳理过一般。耱地看着是个轻松活，人站耱上，牲口拉着走，但其实不然，地到头要提着沾满泥土的耱调头，地陡站不稳，会溜到沟里，遇到大基子，踩不实，会颠翻。耱完地，洋芋就算种上了。太阳悬在头顶，温腾腾的，像背着炕。晌午了，人困牲口乏。

回家的路上，男人们顺手扛半截枯木头，烧火用。女人们顺着地埂掐几把野菜，苦苣、芨芨草、油菜芽等，回家里，开水一焯，碧绿剔透，撒了油盐，便成了山里人家寡淡饭桌上的一道亮眼菜。孩子们走不动了，骑在牲口背上，摇头晃脑，满是开心。大人看着早上孩子表现好，才让骑的。大多数时候，干完活的牲口不能骑，一早上又耕又种，牲口也累坏了。在乡下，人们惜疼牲口，这惜疼，不比惜疼孩子差几分。

在麦村，每家都种两三亩洋芋。洋芋是一年四季离不开的主食，煮洋芋、炒洋芋、烧洋芋、粉洋芋面，就连浆水面里也要切一颗洋芋，吃了才踏实。

然而，这个清明，在麦村几乎没人种洋芋了。

田地荒芜，蒿草如风一般浩荡，再也难见种地的人。我遇见喜贵爸，一个快六十岁的人，背有点驼，是村里无法出门打工的人之一。他家人多地多，每到春天，他们家白天总是大门锁着，一家人每天忙着种地，洋芋更是种了四五亩。而如今，他也不种了，在家闲着。他说，一来种不动了，二来种的洋芋被野物糟蹋光了。

　　　　故乡那么辽阔，为何还要远行

和田地一起荒芜的，还有农具。农具悬挂在墙上，或堆放在柴房，或丢在院子，闲置着，落满了灰尘。

　　我进柴房取东西。我已好久没有进过柴房了。在这间只有窗户框子没用糊纸或镶玻璃的房里，我看见了农具，各种各样的农具，或堆，或挂，或立，或倒，无序地丢着。它们多像被尘世遗忘的一茬老人，遗落在角落里，无人过问。

　　我一一辨认着这些曾经沾着父亲、母亲、我和妹妹的指纹、汗水甚至血渍的农具。挂在墙上的一排，冰凉，枯瘦，有镢头、锄、鞭子、笼头、粪斗、篮子、麻绳、镰刀、连枷等。立着的，如同郁郁寡欢的老人，有铁锨、木锨、刨子、耱、叉等。堆在地上的，如同散乱的伤兵败将，有粮食袋子、犁、粮仓、鞍子、架子车轱辘、簸箕、竹箩、晒粮食单等。这些被我们反复使用，直至用皮肉打磨地光滑发亮，用血液浸泡包浆的农具，被我们彻底遗忘了，现在积着厚厚一层灰尘，黯淡无光，迟钝陈旧。

　　此刻，农具再也无法回到泥土了，如同英雄无法走向沙场。这里面的酸楚和悲伤，只有木头和铁能理解。

　　我不知道这些农具有一天是否还会被拿起，走向田野。或许不会了吧。时代巨变，撕裂着人心，也扯断了人们对于土地的依恋。当土地不再是农民的牵绊时，农具也就失去了价值。它们就这样在屋里闲置着，荒废着，虚度着光阴，把暮年交给蛀虫和铁锈，最后腐烂。这难道就是一件农具的宿命吗？

　　我被农具包围在房里，我分明看到了它们怨而不怒的眼神（一件农具，是从来不会愤怒的，即便被抛弃，也依然保持着大地般宽厚的胸怀，这是它和泥土长期打交道得来的好秉性），齐刷刷搭在我的肩上，像一只只手，搭在我肩上，说，兄弟，啥时候咱们还能下地去？我无言以对，我的双手已失去握紧农具的力气，在城市晃悠多年，我已被利欲、俗念、贪恋、懒惰所挟持，我已钙化，已麻木，已和一块空心砖、一段尾气、一条隔离带、一张卫生纸、一个猫眼没有任何区别了。

我像一个叛徒，此刻，正接受着无声的审判。

山中牲口今何在

在日落星起的地方，在风吹麦浪的地方，在大雨落脚的地方，在青草荡漾的地方，我和我的牛在一起。

麦村地多，自然是要养牲口的。要不然，种不到地里，收不回家。麦村的牲口，有三个任务，耕、驮，还有下崽卖钱。

一般人家，大都养两头牲口，两头牲口再下崽，就是四头。这很常见，基本都是如此。也有养一头的，但务农不便，就得看脸色和别人家互相搭对。也有多的，五六头。

麦村多养毛驴。灰背的、黑背的。毛驴好养，吃的料草少，干活利索，不踢不咬，性情温和。有点像城里人的电动车。不好处就是力气小，驮的少。也有养马的，不多几户吧。马是大家畜，性子暴烈，一般人驾驭不住。马耕地、驮东西，急脾气，呼呼呼跑一阵就停下歇几步，有点浮躁。像摩托。还有牛，多是秦川牛，耐力好，懂人心，性情敦厚。有点像电三轮。我家养两头牛，五六岁开始，我就是放牛娃。

麦村有牲口三百头左右。在一个农业村，这应该是不小的数字。

春天，牲口的任务是耕种，以秋田为主。耕地得两头牲口，套上犁，并驾齐驱，一头太吃力。一天种二亩地不在话下。整个白天，漫山遍野的地里都是驴嘶马叫、人吼秦腔的场面。

夏天主要驮麦。平常年份，一亩地要割三百件麦。驴力气小，一次驮二十件，二百来斤。一亩地，一头驴得驮十来趟。路远点的话，一个来回要一个钟头，一天顶多驮一亩地。麦村有句话：把毛驴的腿都跑细了。说明驮麦之苦。马一次能驮三十件，走起路来带着风，碗口大的蹄子把土皮都铲掉了。我家牛驮麦，是被逼出来的。麦子割毕，就得驮，不驮，会被老鼠、兔子等野物吃光。那时候，家家户户都忙着用牲口，驴是借不来的。没办法，就只能靠自己了。父亲专门在集市上购买了大号鞍子，加工改造了一番，能用了。但让牛驮是个困难事。牛背敏感，一有东西就发痒，鞍子没架到背上就跑了。父亲提着鞍子反复往牛背放，放一次，掉一次，再放，再掉，接着放……最后，牛慢慢适应了。能架上鞍子，就好办了。把牛牵到要驮的麦垛子跟前，用破衣服蒙住头，牛看不见，麦垛子趁机架在了它背上，牛腰一闪，脚下一个趔趄，很快站稳了。近四十件麦子压着，四百斤，任牛折腾也掉不下来。

秋天则是耕麦茬地，往家里驮秋粮。我家的两头牛早已习惯了驮东西。东西上背，乖乖顺顺，不再反抗，也不用破衣裳蒙头了。两头牛走路慢，不过驮得多，用数量弥补速度。在庄农的耕种和收获上，我家并没有落在别人后面。

到了冬天，牲口就歇下了。吃草喝水，睡觉，晒暖暖。一天三件事。父亲说，养兵千日，用兵一时，现在是养兵的时节。

当然，春、夏、秋三季，牲口忙活毕就得放牧。这是孩子们的事。

村子四周，有些地方是禁牧区，能放牧的大概有沟里、马湾、坟掌、红土坡等几块地方。当然，常去的还是沟里，那里山大、沟深、草茂、宽敞。把牲口吆到沟里，就由着它们自己去吃了。驴爱吃草尖，最喜欢的则是麻蒿头、酸刺芽，用柔软灵活的嘴皮勾过来，门牙摘菜一般掐断要吃的，然后慢条斯理咀嚼。灶台大的一坨地方，能吃一下午。牛就不一样了，粗枝大叶，舌头伸出来，花花草草全捋住，不分粗细扯进嘴。牛的舌头真像一把手，灵巧、有力。牛爱吃长草，若舌头卷不住，则自己去找草了。所以丢牛的事时有发生。我丢过好多次，每次都吓个半死。现在做梦，也老梦见丢牛。

牲口吃草，孩子们玩自己的。夏天，烤麦穗。微微泛黄的麦穗，火上一烤，搓掉皮，捂进嘴。有面粉的清香，真好吃。秋天，多是烤洋芋。牛粪烤，最好。烤完后的灰，涂抹在脸上，满脸乌黑，装鬼玩。多数时候，在打牌玩，七王五二三、升级、续竹竿、挑红四、双扣、干瞪眼、挖坑坑，打法很多，都是从大人那里学来的。不打牌，就去和邻村的男孩打架。互相站在山尖上，中间横着一条沟，对骂一番，互扔一阵土疙瘩。派人去迎战，没人敢去。骂累了，各自撤兵回营。

黄昏渐近，明亮的光线带着最后的温度，在沟里一步步撤退时，就该回家了。

孩子们赶着肚子鼓儿圆的牲口，喊叫着，跳跃着，挥着棍子，牲口也吃饱喝足了，歪着脖子，尥着蹄子，踢踏得黄土飞扬，如河流一般在山坡上滚滚而下。孩子们抓住驴鬃，顺势一跃，翻上驴背，唱着自编的曲调，上了大路。大大小小的牲口，五颜六色的牲口，嘶鸣哞叫的牲口，心满意足的牲口，从分散的山坡汇聚到了一起，声势浩大，有人打个口哨，嗷嗷两声，牲口们奔跑起来，如渭河翻腾，滚滚而流。蹄下踩起的黄土飞起来，遮天蔽日。橘黄色的光线穿过厚厚的尘土，绵软地搭在牲口和孩子们的背上时，天就黑了。

……

不过，这些都是多年以前的事了。

如今，村庄荒芜，和村庄一道荒芜的还有田野。每到放牧时节，田野再也很难见到那声势浩大的牲口了。沟里、马湾、坟堂、红土坡，野草没膝，酸刺蔽日，槐树如林。有些曾经踩踏的光溜如案板的路，现在长满荒草，无路可走。草木再次繁茂，本是放牧的好事，牲口就等着一嘴好草呢，可如今村里几乎没什么牲口了。

随着土地的撂荒，劳动力的外出，牲口自然就没有畜养的必要了。不耕种，养牲口干什么？有那么几年，村里的牲口陆续被贩子买走了。他们穿着油腻的黑衣服，眼里放着绿光，和牲口的主人磨着嘴皮谈好价钱，付了钱，提着皮绳，浑身杀气，吓得牲口哆嗦。他们把牲口赶上三轮车，拉走了。那些在村里生长了半辈子、流血流汗、眷恋着这里的一草一木的牲口，满眼热泪，在三轮车的柴油烟里，哭泣着离开了，像一个个孩子，被迫离开了母亲。如果它们会说话，它们一定会声嘶力竭地哭喊，一定会咒骂薄情的主人，一定会喊着麦村的名字。这声音，会让山川惊心，让草木含泪。

所有卖掉的牲口都去了屠宰场。那些日子，麦村的疼痛覆盖了整个中国。

现在，村里的牲口锐减到二三十头。马和牛绝迹，只剩下一些毛色暗淡的驴，由老人们喂养着，每天在槽头啃着干草。如果老人们一一过世，牲口也自然就消亡了。

我家的两头牛陆续卖掉了。大牛是祖父家的牛（后来那头牛老死了）生的，体格健壮，毛色红亮，双目如铃，炯炯有神，是村里最漂亮的牛。性格极为温和，从来不踢不咬，也不嘴馋，不会到处害人家庄农。走路也快，不像其他懒牛一步三摇摆。我从放牛开始，就放这头牛，后来它又生了一个女儿，和它一样漂亮，唯一的区别就是毛有点卷。我把它们母女放了十来年。我的整个童年几乎都和它们有关。我和它们相处的时间超过了任何一个人。我熟悉它们的脾气，超过了熟悉我自己的脾气。我知道它们喜欢吃什么样的草喝哪里的水。我的牛，是我整个童年里最好的伙伴。在所有孤寂的放牧日子里，我和它们一起卧在草堆里，看天，看云，看远处正在盛开的一朵花。我和它们一起吃东西，它们吃草，我吃莓子。大雨天我躲在它们肚皮下避雨，它们反刍着青草，任雨水飘零打湿身体，也要给我留出一块避风挡雨的地方。我甚至在饿了时，偷偷挤出它们奶水吃。我从来不会狠狠地打它们，别人也不能打。我惜疼它们。父亲有时候鞭子落得重了，我也不愿意。

后来，我在外念书，父亲把两头牛先后卖掉，去打工了。我回到家里，进了牛圈，空空荡荡，我的心里也空空荡荡，好像有人把我的肉剜去了两块。我一度怀疑我家的牛还在，不过是出门吃草去了。今晚，或者明早，它们就回来了。蹄子湿漉漉的，肚子吃得鼓鼓的，毛色如淘洗过一样鲜亮，嘴唇上还沾着黄色的花瓣。它们一进门看到我，一定会惊奇，一定会跑过来，像抱住自己的儿子一样抱住我，用满是肉刺的舌头舔我、吻我。

可没有，我依旧站在空空如也的圈里，没有等到什么。只有它们用过的东西还在，笼头、犁、缰绳和那年春节头戴过的一朵黄色纸花。这些东西，落着浮尘，早已没有了温度。

我的牛再也不会回来了，和我的童年一道，淹没在了荒烟深处。只是我三十岁的梦里，我的牛反复出现着，依旧是俊美的模样。我还是一个放牛娃，在山野，在河畔，在日落星起的地方，在风吹麦浪的地方，在大雨落脚的地方，在青草荡漾的地方，和我的牛在一起。

何处还乡

我是一个融不进城市，也回不到故乡的人。

父母花尽一生积蓄，让我跳出农门，挤进城市，立足谋事，生儿育女。我用三十年的挣扎，终于落脚城市，又怎么能回去呢？回去，我又能干得了什么？操务农事的本事一点没有，苦守清贫的品质不曾具备，吃苦耐劳的性格早已丧失。我只有纸上谈兵的劣习。

何处还乡？

我曾在很多报道中看到，中国每年减少 7000 多个村民委员会，平均每天有 20 个行政村消失。当我看到这组触目惊心的数字时，内心总是充满恐慌。在这组数字中，我隐隐能看到麦村的宿命。

麦村，不大不小，普通到难以再普通，横卧在西秦岭末一处半山坡上。

我小时候，也就是上世纪九十年代初，除去少数几个在兰州搞副业的之外，人们全留在村里，春种夏耘，秋收冬藏，在土地上度着光阴，日子清苦，甚至整天为几个油盐酱醋钱操心忙碌。但鸡犬相闻，人声喧腾。春天，播种季节，漫山遍野，都是人喊马叫，忙着耕地、撒籽、铺膜。冬天，正月里，老老少少凑一块耍社火，一耍就是十来天。牙叉骨台上，老人们坐一堆，晒暖暖，说古今，天天不空。麦场里，四里八村的年轻人赶过来打篮球赛，总要争个你低我高。巷道里，孩子们提着"刀剑长矛"，到处乱跑，打打杀杀，闹腾得尘土飞扬，鸡犬不宁。炕头上，妇女们围坐在一起，拉着闲话，或织毛衣，或纳鞋底。村庄四季都充满着生机和活力，即便天再冷，总有人背着背篓拾粪，有人夹着鞋底串门；即便天再旱，总有人在山坡上吼着秦腔，有人赶着牲口去放牧。

到九十年代中期，比全国第一次打工潮稍晚一些，麦村出现了大规模青壮年劳力外出打工的热潮。那时候，"搞副业"这个词换成了"打工"。这一次，村里约三分之一的主要劳力开始外流。城市第一次将手伸向乡村的口袋，掏去了一部分人。到二〇〇〇年左右，村里的年轻人几乎清一色外出打工，打工的去向覆盖了大半个中国，所从事的工种也多元化。这时候，麦村出现了"61 - 38 - 99"队伍。"留守儿童""留守妇女""留守老人"成了村庄主力。失去了主心骨，相对弱势的妇女成了家庭顶梁柱。虽然通过政府投入，麦村在基础设施建设上有了极大变化，但劳动力流失所带来的一系列问题开始显现。

到了二〇〇五年前后，"61 - 38 - 99"队伍里，"38"这一群体中年轻的一部分开始流失。在重男轻女观念的影响下，很多女孩上完小学最多初中毕业就去广州、深圳等地进入工厂,从事服装、玩具的生产加工。到二〇一〇年,受周边村庄影响,麦村五十岁以下的妇女全部去了北京、天津等地,从事酒店服务或干家政。随着妇女群体的流失,村庄彻底进入低迷期,农村劳动力被抽干,孩子无人照顾,许多良田开始撂荒,重活累活全由老人承担。

近几年,"61"群体开始在村里撤离。二〇〇〇年前,麦村还有小学,设有一到四年级,在校学生三四十人左右,后来人数日益减少,除了受计划生育影响出生率降低之外,转学进城成了主要原因。到二〇一〇年左右村小仅剩七八名学生,最后不得不关门撤校。除个别条件所限去了梨村上学,其余全部转进了城。于是城中村便出现了很多男人打工、女人接送孩子上学的租房群体,这些群体里就有来自麦村的。

孩子离开后,村里仅剩的一点生机消失殆尽。

即便如此,村庄还被不断抽取着,一些六十岁左右不能打工尚有劳力的老人被接进城,负责照顾孩子生活,接送孩子上学,男人女人两口子则打工挣钱。

这样一来,村里就剩下一群七八十岁左右的老人。农田荒芜,房屋空置,集体事务缺乏人手,老人生存难以自理、精神空虚、亲情淡漠,传统文化消亡,农业生产后继无人等一系列现实问题日渐出现。

我常想,村里留守的老人大多会在十年内过世。外出打工的农一代,有一部分会回来,有一部分留在了城里,回来的也会在二三十年内离世。而农二代、农三代,也就是 80 后、90 后群体，由于回村种地收入太低，种地条件太苦，没有种植技能，感觉不体面，物质不够丰富，娱乐方式单调等，返乡的意愿很低，用麦村的俗语说"宁做城里的狗，也不做乡里的有"。这样一来，麦村是不是就出现了断茬，乡村的香火延续是不是就断裂了？

其实，就算有人回村，农村还存在着，但早已不是当初的模样了，曾经的人和事，曾经的质朴和善良，曾经的宁静和温暖，曾经的皮影戏、社火、老手艺、节气农时、人情世故、伦理道德，统统在时间、生存、金钱、欲望的消磨下一寸寸弥散了。当传统文化和农耕文明消失后，就如同一个人的灵魂丢失了，乡村也就仅剩一副皮囊。

这是一个麦村的命运，也是无数个麦村的命运。

或许有人说，城市化的趋势不可逆转，传统农业和农村已渐渐无法满足农民多元化的需求，农民进城打工，农村消失，是人们向往城市生活的必然，是社会进步的表现。这样的观点我也认同。可我也想，城市化不能完全建立在掏空农村的基础上啊。农民弃田不种，土地大量撂荒，作为一个人口大国，没有粮食怎么办？就算保住了耕地红线，可没有保证土地的耕种，又如何解决粮食问题？此外，无论城市化率达到多少，乡土中国的本质和精神是难以改变的。中国乡村是社会礼仪的发源地、传统道德的根据地、农耕文明的承载者，中国文化几千年来在广袤的乡村大地生根发芽，如波纹一样扩散开来，深刻影响着一代又一代中国人，并成为推动中国不断前行的内生动力。如果乡村消失，世代延续的农耕文明、饱含特色的乡音方言、风情独特的村落文化、代代相积的民情习俗、相守相扶的传统美德都会消失，那时候文化的根也就被拔断了，民族精神便如同无源之水无本之木。再说，粗放式地推进城市化，而没有解决农民的生产生活和长远生计，这样的城市化值得商榷？假如农民进城，而没有拥有和城市人一样的社会福利，尤其是难以得到社会的认可和尊重，被排斥成边缘人，如此这般，农民就真的进城了吗？乡村这个承载体没有了，我们遍地的乡愁又何处安放？

当我这般心急火燎地追问时，其实是一个无助者的自问罢了。

无论我如何唠叨，麦村的日子依旧被人们各自过着，田野里的草木依旧慢慢绿着，活在城市里的乡亲们依旧忙碌着，清明的节气依旧和往年一样不冷不热着。这一切，不会因为一个人的唠叨，而改变什么。

清明正是种瓜点豆的时节，我坐着江叔的车，一路过来，在田野上几乎没有发现一个人。进了村，依旧是一片寂静，路上只遇到了两三个人。家家户户都是"铁将军"把门，从锁孔处那暗红的锈迹上，便可看出这户人家离开的时日。村里安静得可怕，没有大人的说笑，没有小孩的吵闹，甚至连鸡叫都没有。村庄安静得都让人怀疑自己的耳朵。这还是清明时节，有人回来上坟祭祖，都是这般萧瑟寂静，平时就可想而知了。

我在村里走了一圈，除了几个回家上坟的年轻人，就没有别人了。老人们怕冷、行动不便，自然是不出门的。而返乡的人，也会在下午离开，回到城市。

就在我们要离开时，大宝母亲，一个六十来岁的女人，种了一辈子地、放了一辈子牛的女人，跑上跑下、喘着大气打问村里另一个来上坟的人，看他的车里能挤下她不。半个钟头前，她接到电话，大孙子在出租屋附近，被人打了，她要赶着进城，看孙子被打得严重不。她是今年进城照顾儿子的三两个孙子的，负责做饭、接送。从今年开始，她彻底丢掉了犁把子、牛鞭子，候鸟一样随着儿孙进了城。

下午五点，暮雨渐歇，但依旧阴沉。我们别了祖父、姑姑等。春节过后，几个月时间里，村庄只迎来了这片刻的热闹（甚至谈不上热闹，只是有了些许的响声而已），时辰一到，我们这些回村的人，被城市的磁铁又吸走。城市又会把空口袋扔给乡村。

我们彻底成了麦村的过客。

故乡那么辽阔，为何还要远行

后记

故乡那么辽阔，为何还要远行

这些年，做梦总绕不开故乡。梦里所有的事，都发生在那片青山隐隐的地方。

我在麦村完整地生活了十五年，然后挤进城市，努力把自己活成一个小市民。十五年，是我迄今在人间晃荡的一半时间。但这一半，却塑造了我的骨肉、脾气和活法。

不管走到哪里，我骨子里依然是个农民。

在故乡，小时候，我们上学、写字、放牛、掏鸟、摸鱼、掐菜、捉迷藏、打枪仗、偷苹果、捉蚂蚱、摘杏子、溜滑滑……把整个童年安放在村子的所有角落。虽然日子过得清苦，有时喝玉米糊糊，穿打补丁的裤子，睡没有褥子的土炕，用青霉素盒当铅笔盒，没有几个零花钱，大人买化肥地膜也要贷款，但我们拥有世界上最简单、最纯粹的快乐。

那时候，一村人，四五百口，热热闹闹，吵吵嚷嚷。炊烟是搭向天空的梯子，密集而深远。牲口众多，总把巷道踩出尘土。鸡鸭人家，在一棵棵桃梨下把穷日子捻绳子一般，捻得悠长绵密。一碗酸菜填饱肚子，两只布鞋就能踏遍四方。一袋盐，难倒英雄汉，但也能让清贫之家多了滋味。

打罢春，送粪，种秋田。三月，放玉米苗，杏花白，梨花也白。四月，锄葵花、洋芋，拔麦地的杂草，春日融融，青杏酸牙。五月，割油菜。六月，割麦子，太阳晒烂脊梁骨，麦茬戳破脚片子。七月，拔胡麻，吃新油。九月，收秋田，割苜蓿，葵花装进袋，洋芋进窖，胡麻碾了两袋子。十月，耕地，种麦子和油菜，秋雨绵长，寒气生，露成霜。十一月，碾冬场，麦子铺了满场，拖拉机突突突转着圈，铁叉叮当，粮食进仓，大雪蹲在远方。腊月，赶集，办年货，雪落四野，新衣裳穿身上，鞭炮把日子的门窗映亮。

日子年复一年。一座村庄，三四百年的历史循环成了一天。

后来，村庄在不知不觉中，一点点发生着变化。在时代的洪流里，麦村难以独善其身，它像一条独木舟，随波逐流。人们一个个离开村庄，去了远方，和更远的远方。尤其这十年，村里四分之三的人口流失，全部进了城市，只留下了老弱病残。进城的人，拼尽全力，榨干血汗，在城里买房。即便买不起房，在郊区也要买院盖房，反正做好了不回麦村的打算。留在村里的人，多是老弱病残，守着暮年，守着孤寂，守着日渐空虚的村庄。如果这些留守下来的人，一个个殁了，我的麦村会是什么样子？

这些年，因为各种原因，我已很少回到村庄，即便回去，也只是短暂的停留。不经意间，我竟也成了故乡的过客，成了逃离乡土的一拨人。

　　　　　　　　故乡那么辽阔，为何还要远行

每一次回麦村，我都要在村子和田野走走，看看，或者听老人们说说。我想知道，我的麦村究竟发生着什么，究竟发生了什么。以此类推，整个乡村，究竟发生着什么，究竟发生了什么。

　　后来，从二〇一七年端午开始，我有意识地利用两年时间，选择在逢年过节的日子回到麦村。因为在乡土中国，传统节日更能凸显一座村庄的特性和价值。每次回去，麦村似乎一成不变，还保持着旧年模样。但静下来，细细看看，细细想想，麦村却发生着巨大而深刻的变化。一方面，我们的村庄走向了"空心化"，乡村凋敝似乎也成了很多人的共识；一方面，村庄的基础设施得到了特别大的改善，无论饮水、用电、交通、住房、通信等。

　　看着村庄的变化，作为这片土地的子孙，我内心波澜起伏，常常想起村庄的命运。我不太关心她的前世，前世早已成形，并日渐模糊。我只关心她的今生和去路。作为一个回乡的人，我不厌其烦地记录着村庄的日常和变迁，甚至不厌其烦地回首往事。这本书，就是这两三年的时间里我陆续回村后的记录。这种被称为"返乡体"的文本，或许有人诟病，有人觉得已经过时，甚至有人会说做作。但我不介意，因为我深爱着我的故乡，深爱着故乡的人们，也深爱着辽阔大地上的每一座村庄。

　　对于麦村的去路，我依然模糊，依然没有自己的见解。我写下这些拙劣而无力的文字，也正是想与所有关心农村的人，一起为我们的故乡探路。

　　人到三十，开始念旧。一个在农村长大的人，尤其如此。我常在文字里不由自主地回到过去，回到童年。我们的童年，日子过得紧张，生活处处艰难。但时间筛沙子一般，会筛掉所有的苦涩，把美好的东西留下来。加之那时候，一村人居住在一起，鸡毛蒜皮，不分彼此，尚未有离别之心。一家人也在一起，过着小日子，尚未飘零四方。父母尚且年轻，像头顶的大树绿荫盛大，庇护着我们。我曾以为这样的日子会是一辈子，但岂料光阴匆匆，人生无常，世事变迁。

这些年，和以前比，我们家的日子好过多了，村里人也是如此，吃穿不愁，手头相对宽裕。但我们却为了满足更高的需求，比如楼房，比如教育，比如金钱，比如生活品质，却陷入了新的泥沼，无法自拔。这本无可厚非，城市化是发展的必然，人们追求更好的生活也是理所当然。但我们的腰杆还没有硬到和这些追求相匹配的地步。我们强行上马，马吃力，人更吃力。我们不去城里可以吗？不可以，因为在滚滚潮流里，没有人能独善其身，只好随波逐流。况且，守在村里，靠着薄田，是没有出路的。我无意美化过去，也不会守旧，我只是想，在城市化的进程中，如何处理好城市和乡村的关系，如何保存乡土大地上生发出的品性和道德，如何真正守住乡愁，守住记忆中的美好，这才是最关键的。中国的城市和乡村，是前行中的两只轮子，它们是一对，城市的轮子跑得再快，乡村的轮子跑不起，定然不行。毕竟中国还是一个农业大国，毕竟中国是从几千年的农业社会里走来的。

虽然我的意识里有剔不掉的小农意识，但我不是一个保守老派的人。我连篇累牍地记录着故乡当下的人和事，是因为我爱这片生我养我的地方。一个人走遍了四方，割不掉的还是故土。我常跟妻子开玩笑：我死了，还是要埋到麦村。她笑着说，你那山上，有啥好的。我也搞不清，我那山上，有啥好的，山高路远风大，除了莽莽苍苍的群山，就是辽阔如洗的蓝天，似乎再没有什么值得留恋和炫耀。但我就是爱着那片土地，死心塌地。爱那里的山河草木，爱那里的乡里乡亲，爱那里的民风习俗，爱那里的粗犷朴素，爱那里的生生死死。但我又回不去，也不想回去。我的内心矛盾而分裂。这可能是中国几代人内心的悖论，不止我一个。

我们家的老坟，没有落棺的地方了。祖父寻了新的坟址，祖母埋在那里。那块地，平坦，向阳，头枕着浑厚的山，脚抵着细细的河。落日熔金，举目可望。是块好地方。那块地埋三四辈人，应该没问题。我死了，也将和祖先们一起，沉睡在那里，在另一个世界过我们的日子。至于我的儿孙，我就不知道了。

每一个人都试图回到故乡。但今天，我们无法抵达我们期盼中的故乡。面对现状，乡村如何发展？它将走向哪里？像我这样愚钝的人，难以回答。我期待着你的回复。毕竟我的故乡麦村，就是你的故乡，也是大地上所有人的万千故乡。

清明前后的雪，我们叫水雪。水雪被太阳一晒，很容易融化

白雪黑瓦，瓦片上被风吹来了一朵杏花苞

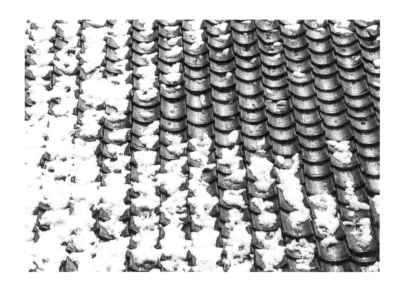

乌云、群山、沟壑

西秦岭的初春，油菜绿了，再过不久，就该开花了

初春，站在山梁望过去，桃花、杏花盛开着，大片大片，云朵一般

我的故乡就在群山的皱褶里

白鹅绿草，相映成趣

我在村里闲走，它们把我当成过客，对我狂叫不休

端午前后，野草莓就熟了，我们摘成把，绑起来

野草莓在酢浆草上躺着，红红绿绿

树荫里站着牛和她的孩子

在漫长的夏日和秋日，我放了十多年的牛，后来，我家的牛卖掉了

再后来，我在梦里长久地放着那头牛

蓝天, 绿树, 长风
一个人只有回到此刻的故乡, 他才能触摸到生命中最温暖的那根骨头
才能在血液里看到自己的影子

麦黄时节,母亲用菜瓜炒菜,颇为清香,也烙瓜馍,将菜瓜切丝

盐稍腌,捏掉水,卷进面饼即可入锅烙

秋天了,吃不完的菜瓜架在屋檐上晾晒,它肚子里的籽,就像

一窝心事,无处诉说

山里的野果熟透后，吃起来软糯，微甜，
有小小的籽

它被拴在路边，像农耕时代遗落的黑色孤儿

在老家屋檐下闲坐，一抬头，看到暮色即将落下

瓦片多像翻开的一本本书

胡麻花开了，水汪汪的蓝

以前村里每家每户都种胡麻，胡麻榨油吃，最香。现在鲜

有人种胡麻了

野棉花，开白花

野棉花盛开时，麦子黄了，莓子也黄了，蚂蚱声是挂满田

野的铜铃铛

冬天了，北风吹啊吹，野棉花，飞啊飞

除夕,妻子拿出我们从城里买来的窗花,准备贴到窗户上

妻子在县城长大,对麦村带有新鲜和不适

我常开玩笑:你是麦村的儿媳妇,就是麦村人,她笑而不语

除夕。屋外对联已贴好，鞭炮声不绝于耳。夜色尚未落下。屋内，炉火温热
父母，妻子，妹妹。我们一家早早吃着扁食，吃完要去"接先人"

雪落在屋檐上，落在树枝上，落在田野里，落在时光的缝隙里
雪落下的声音，是一个人回到故乡后的心跳

春节过后，我们锁了房门，举家进城，留下老院子、老房子

清明回家，春联依然红艳、喜庆

高高挂起来的大红灯笼,风把它们摇醒,又把它们熄灭
在我的梦里,它们始终亮着,像一星念想、一粒种子